光文社古典新訳文庫

イタリア紀行（下）

ゲーテ

鈴木芳子訳

kobunsha classics

光文社

Title : ITALIENISCHE REISE
1816-1817
Author : Johann Wolfgang von Goethe

『イタリア紀行（下）』目次

第二次ローマ滞在　一七八七年六月より一七八八年四月まで

イタリア紀行（下）

第二次ローマ滞在

一七八七年六月より一七八八年四月まで

この国に久遠《くおん》のいのちと全世界を統治する力をお与えください
東も西もその支配下におかれますように*

* ローマの詩人オウィディウスの『祭暦』（第四巻八三一行以下）の、ローマ建設に際してロムルスがジュピター、軍神マルス、かまどの女神ヴェスタに捧げた祈りの結句。

六月

通信

ローマにて、一七八七年六月八日

一昨日、無事にふたたび当地に到着した。昨日の荘厳な聖体節は、ただちに私にふたたびローマ人の資格を与えたようである。ナポリを去るのは、いくぶん苦痛だったと白状しよう。あのすばらしい土地を、というよりも、ヴェスヴィオ山の頂上から海に向かって流れていく巨大な溶岩をあとにするのが苦痛だったのである。これまでたくさん読み聞きしていた溶岩の状況を間近で観察し、私の経験に加えるべきだったのに……。

今日はしかし、この大自然の光景に憧れる気持ちもおさまった。信心ぶったお祭り騒ぎではなく、ラファエロの下絵によるタペストリー[1]が高尚な省察の世界へ連れ戻してくれた。あのような祭は、全体的に堂々としているが、あちらこちらに没趣味な箇所があって、内なる意味がそこなわれている。タペストリーはラファエロのおかげで、たしかに秀逸なものに仕上がっていて、ほかにも弟子や同時代の画家仲間によって考案されたと推測される作品が一緒に披露《ひろう》され、これに見劣りすることなく延々と続いている。

ローマにて、六月十六日

親愛なる諸君、また短信を書き送ろう。私は体調もよく、ますます自分の内に沈潜し、私にとって固有なものと、なじみのないものを区別することを学んでいる。私は勤勉で、あらゆる方面から摂取し、内部から成長している。この数日はティーヴォリへ行き、第一級の自然の光景のひとつを見てきた。あそこの滝は、廃墟や景色全体とあいまって、見る者の心の奥底まで豊かにしてくれる。ティーヴォリを散策し、暑いこの前の郵便集配日には手紙を書かずじまいだった。

1　聖体節には、キリストと使徒の伝記を題材にした、ラファエロの下絵による壁掛けがサン・ピエトロ教会の前にある柱廊にかけられる。一七八七年五月三十一日付け、上巻、六六五頁注24参照。

ヤーコプ・フィリップ・ハッケルト　アウグスト・ニコデモ作
セピア・水彩による細密画（セピアについては上巻 169 頁、注 45 参照）

なかでスケッチしたら、たいそう疲れてしまったのである。一緒に出かけたハッケルト氏[2]は、信じられないほどすぐれた腕前の持ち主で、自然を写し取り、すぐに線描画を生み出していく。この二、三日で彼からおおいに学んだ。

これ以上のことは言わずにおこう。これもやはり地上における最高のものだ。この地方のたいへん複雑な滝が、すばらしい効果を生み出している。

ハッケルト氏は私を褒めたり、叱ったりしながら、私の進歩を助けてくれた。半ば冗談、半ば真剣に「イタリアに一年半ほど腰をすえて、正しい原理にのっとって修業してみるというのはいかがでしょう」と提案し、「その期間がすぎれば、楽しく制作できるようになりますよ」とうけあった。ある種の困難をのりきるために、何をどのように学ばねばならないか、私にもよくわかっている。さもないと、一生、その重荷を背負ってのろのろ歩くはめになることもわかっている。

もう一言。今になってようやく樹木、岩石、いや、ローマそのものが好ましいものになり始めた。実を言うと、これまでいつも違和感しかおぼえなかったのである。こ

2　ヤコブ・フィリップ・ハッケルトについては上巻二六五頁、注29参照。

れに対して、若いころに見たものと似通った、とるにたらぬものには、喜びをおぼえた。まずこの地で、わが家にいるような気持ちにならないといけないのだが、人生の初期に見たものほどは親しめない。この機会に、美術と模写に関するいろいろなことを考えた。

ティッシュバインは私の留守中に、ポルタ・デル・ポポロに近い修道院で、ダニエレ・ダ・ヴォルテッラ[3]の絵を発見した。僧侶たちは「千スクーディ出して頂けるなら、お譲りしましょう」と言ったが、画家ティッシュバインはそれだけの金額を調達できなかった。そこで彼はマイヤーを介してアンゲーリカに申し出たところ、彼女は承諾し、前述の金額を払い渡してひとまず絵画を手元に引き取った。契約上、半分はティッシュバインのものになっている。その後、彼はかなりの金額で買い取った。キリストの埋葬を扱ったすぐれた絵で、多くの人物が描かれている。マイヤーがていねいに模写してくれ、それはいまも手元にある。

ローマにて、六月二十日

この地でまたすぐれた美術品を見て、精神が純化され確固たるものになってゆく。

しかし、私の流儀でこの滞在を有益なものにしようとすると、ローマだけでもせめてあと一年は滞在する必要がある。ご存じのように、私は他のやり方では何ひとつできない。いまこの地を去れば、いかにまだ心眼が開かれずにいるかを思い知らされるだけだろう。とにかく、十分な時間がほしい。

ファルネーゼ家のヘラクレス像は運び去られた[4]。だが私は、その前に、長いあいだ見失われていたその像の脚部がふたたびつけられて、像が本物の脚部の上に立っているのを見ておいた。それを見ると、ポルタ作の最初の脚部がどうしてこうも長い間いものと思われていたのか、わからない。それは古代のもっとも完全な作品のひとつだ。ナポリでは王が博物館を建てさせ[5]、王が所有する美術品のすべて、ヘルクラネウム博物館、ポンペイの絵画、カポディモンテの絵画、ファルネーゼ家の全遺品がひと

3　ダニエレ・リッチャレッリ（一五〇九～六六）のこと。イル・ソドマ（一四七七～一五四九）およびミケランジェロの弟子。
4　上巻、一七八七年一月十六日付け、三一九頁参照。
5　現在の国立考古学博物館。この計画は一七九〇年になってはじめて成就された。そのときハッケルトは関与しておらず、この点でゲーテの叙述と異なる。

つにまとめられて陳列されることになっている。大規模なすばらしい計画である。私たちの同国人ハッケルトがこの事業の最初の推進者だ。トロ・ファルネーゼ[6]さえもナポリへ運ばれ、そこの散歩道に陳列されるという。もし宮殿からいわゆるカラッチギャラリーをもちだすことができるなら、そうするだろう。

ローマにて、六月二十七日

ハッケルトとともに、プッサン、クロード、サルヴァトール・ローザなどの作品が一緒に掲げられているコロンナ画廊[7]へ行った。ハッケルトはこれらの絵について有益なこと、徹底的に考え抜いたことを私に話してくれた。彼はこれらの数点を模写したことがあり、他の作品も基礎から研究していたのである。私はこの画廊を訪れたのははじめてだが、総じて彼と同じ思いだったので嬉しかった。彼の話はいずれも、私が考えていたことと基本的には同じだったが、話を聞いて視野が広がり、理解が深まった。さっそく自然を観察して、かの画家たちが発見し、多かれ少なかれ模倣したことを再発見して読み取ることができれば、魂は広やかになって純化され、ついにはこのうえなく直観的に自然と芸術を把握できるにちがいない。言葉や伝統ではなく、すべてを生き生きと把握するまで、私はもはや休むことはないだろう。若いころから、それが私の衝動であり、苦しみだった。ずいぶん長いあいだ、至当にも、また不当にも、シシュフォス[8]とタンタロス[9]の運命を耐え忍んだので、年齢のあがった今となっては、せめて到達できるところまでは到達し、成しうることは成しとげたいものである。私を愛し信頼しつづけてほしい。目下ここの人たちと一緒に、かなりのびのびと、

6　いわゆる「ファルネーゼ家の牡牛」は、ゼトスとアンピオンの二人の青年が邪悪な継母ディルケを牡牛の角に縛りつけている像（ギリシア神話による）。カラッチギャラリーについては上巻、一七八六年十一月十七日付け、二六六頁参照。

7　ニコラ・プッサンの十二枚のテンペラ風景画はコロンナ画廊の重要な所蔵品。プッサンについては上巻、五六七頁、注92参照。クロード・ロランについては上巻、一七八七年二月十九日付け、三四七頁、注92参照。サルヴァトール・ローザ（一六一五〜七三）はナポリの人で、風景画や歴史画を得意とした。

8　ギリシア神話の人物。コリントスの王。ジュピターを冒瀆したため、地獄においてたえず落下してくる巨大な岩を山上に押し上げる罰を科せられた。

9　同じく神話中のジュピターの息子。神々を欺いた罰として、地獄で永遠の飢えと渇きに苦しめられる。

まずまずの生活を送り、元気に毎日を楽しんでいる。ティッシュバインはたいそう精を出しているが、このように楽しくのびのびと制作できる日はもう二度とこないだろう。この驚嘆すべき人物については、いずれ帰ってからもっとお話ししよう。私の肖像画[10]は順調で、私にそっくりだし、着想をみなが気に入っている。アンゲーリカも私を描いているが、[11]こちらはうまくいきそうにない。実物に似ておらず、ものになりそうもないので、彼女はたいそう不機嫌になっている。実物にはほど遠い美青年が描かれている。

ローマにて、六月三十日

聖ペテロ・聖パウロの祭がついにやってきた。昨日私たちは丸屋根の提灯によるイルミネーションと城塞の花火[12]を見た。イルミネーションは夢のような眺めで、われとわが目を疑うほどだ。以前は事物に接しても、そこにはないものを見ていたが、近ごろはただあるがままの事物を見ている。したがって、私が喜ぶとすれば、よほど壮大な光景でなければならない。旅行中にこのような眺めがおよそ半ダースほどあったが、今回はむろんそのうちの第一位といえよう。柱廊、教会、特に丸屋根の美しいフォルムが、まず燃えるようなシルエットを見せ、時がたつと焔の塊《かたまり》になるのは、比類なくすばらしい。巨大な建築物がこの瞬間、ただの足場となってしまうことを思うと、これに似たものはこの世にありえないことがよくわかるだろう。空は明るく澄みわたり、月が輝いて、提灯のあかりをやわらげ、やさしく照らし出したが、最後に第二回目の花火ですべてが燃え立つと、月の光はうち消されてしまった。花火は場所の関係で映えるが、提灯の明るさに比べれば、その美しさははかない。今晩もう一度、二人で見にゆくことになっている。

10 上巻、一七八六年十二月二十九日付け、三〇二頁および一七八七年二月十七日付け、三四五頁参照。

11 ヘルダーはこの肖像画について「ひじょうに優男《やさおとこ》、本人よりも優男」と記している（カロリーネ・ヘルダー宛、一七八九年二月二十七日付け）。この絵は現在ヴァイマールのゲーテ・ハウスにある。

12 六月二十九日は聖ペテロ・聖パウロの祭日。サン・ピエトロ教会の円蓋には無数の提灯が飾られ、サンタンジェロ城からはジランドラと呼ばれる車輪状に飛び散る大きな仕掛け花火が発せられた。ローマの祭日行事のなかでもとりわけ注目を集めていた。

聖ペテロ・聖パウロの祭の花火（サンタンジェロ城のジランドラ）。ハッケルト作、1775 年　油彩

それも過ぎてしまった。清澄な空に満月だったので、提灯のイルミネーションもやさしげで、まるでお伽の国のようだった。教会と丸屋根の美しいフォルムが、いわば焰でふちどられたように見え、雄大で魅惑的な眺めである。

ローマにて、六月末

ローマという、あまりにも大きな「学びの園」に入学したので、さっさと卒業するわけにはいきそうもない。私の芸術の知識やささやかな才能を、この地でじゅうぶんに練りあげ、成熟させないと、半人前で帰国して、またもや憧憬の念を抱きながら努力し、幼子《おさなご》のように這いまわり、そろりそろりと探り足で歩を進めることになる。今月もまたいかにこの地で何もかもうまく運んだか、いや、願い事がなにもかも、いわば一皿《ワンプレート》で供されたかを語るなら、いくら話してもきりがないだろう。宿[13]はりっぱだし、宿の人々も親切だ。ティッシュバインはナポリへ行き、私は彼のアトリエである大きな涼しい広間にひきうつる。私のことを想うときには、「仕合せなのだな」と

13　最初にローマに滞在したときと同じ宿。

思ってほしい。たびたび手紙を書こう。そうすれば、私はいつも君たちと一緒にいられるから。

新しい思想や着想もじゅうぶんにある。ひとりで気ままに生活しているので、幼いころのことが微細な点までよみがえってくる。それからまた諸々の事物の品位ある卓越性が、私という人間存在の究極のエッセンスしか到達できない高みと彼方へ、私を運んでくれる。信じられないほど見る眼がやしなわれ、手腕もこれに遅れをとるまいとしている。世界にただローマあるのみ。この地で私は水を得た魚のようだ。他の液体では沈んでしまうのに、水銀中では沈まぬ小球のように上部を泳いでいる。この幸せを愛する人々と分かち合えないということだけが、私の心象風景をくもらせる。いまや空はすばらしく晴れわたっている。ローマは朝晩だけ少し霧が出るが、先週、三日間だけ過ごした山地のアルバーノ、カステッロ、フラスカーティなどは、いつも晴れて大気は澄みきっている。そこには研究すべき自然がある。

前書き

私の報告を、当時の状態や印象、気持ちに沿うように整理したいと思い、それゆえ、後日譚よりも、その瞬間ならではの独自性をより多く描写している私自身の手紙のなかから、みなの興味を引きそうな箇所を抜粋しはじめたところ、手許にある友人の手紙もこの目的にすばらしく役立ちそうに思われた。そこで、このような手紙文のドキュメントをときおり挿入しようと決心した。ここでさっそく、ローマを去ってナポリに赴いたティッシュバインの活気あふれる話を紹介しよう。それらは、読み手をたちまち、かの地方と人物が置かれた直接的な状況へいざなうと同時に、とりわけ、この長いあいだ重要な活動をした画家ティッシュバインの性格をもあきらかにするというメリットがある。ときおり実に風変わりに思われることもあったが、その努力と功績につねに感謝の念をささげながら、彼をしのんでいる。

ティッシュバインからゲーテへ

ナポリにて、一七八七年七月十日

ローマからカプアまでの旅はたいそう恵まれ、快適であった。アルバーノでは、ハッケルトが私たち[14]の一行に加わり、ヴェッレトリでは、ボルジア枢機卿のところで饗応をうけ、そこの博物館を見学した。最初の折に見落としたものがいくつかあったから、ことのほか嬉しかった。午後三時にそこを出発し、ポンティーノの沼沢地を通過した。今回の旅は、緑の樹木や生垣がこの大平原にこころよい変化を見せてくれたので、冬に旅したときより、ずっと好ましかった。夕闇のせまるころ、沼沢地の真ん中に来た。そこで郵便馬車がつぎ替えになる。御者たちは私たちから金をゆすり取ろうとして能弁のかぎりをつくしたが、そのあいだに元気のいい雄の白馬が一頭、隙《すき》をみて綱から身をもぎはなして逃げ去った。これはたいへん面白い活劇となった。みごとな体つきをした、雪のように白い美しい馬で、つながれていた手綱を引きちぎり、引きとめようとする者を前脚ではね、後脚でけとばし、ものすごい嘶《いなな》きの声をあげたので、みな、怖がってわきへよけた。馬は堀を飛び越え、たえず鼻を鳴らし、嘶きながら野を越えて疾駆した。尾とたてがみは宙高くひらめき、自由に飛びまわる姿は美しく、みなが「すばらしい、すばらしい」と叫んだ。それからその馬は別の堀の近くをあちこち駆けめぐり、そこを飛び越し、向こう側で何百頭も放牧されていた子馬や雌馬のところへ行こうとして、溝の狭いところを探していた。ついにうまく飛び越すと、静かに草を食べていた雌馬の群れのなかへ突進した。雌馬たちは、彼の荒々しさと叫び声に驚き、長い列をなして走り出し、平原を逃げまわったが、彼は跳びかかろうとしながらそのあとを追い続けた。

ついに彼は一頭の雌をわきのほうへ追いつめた。するとその雌馬は、別の野原にいるおびただしい雌馬の群れのもとへ逃げていく。こちらの群れも恐怖におそわれ、最初の群れのほうへなだれこんだ。いまや馬で真っ黒にそまった野原を、真っ白な雄馬がたえず跳ねまわり、すべて荒れ狂う恐怖のなかにあった。馬の群れは長い列をなして野原をあちこちと駆けめぐり、大気はざわめき、重量感ある馬の踏みつける力は地

14 ティッシュバインの旅の連れには、フィリップ・ハッケルト、ゲオルク・ハッケルトのほかに、ナポリの騎士ヴェヌティもいた。

表に伝わり、大地はとどろいた。何百頭という群れが、あるいはひと塊になり、あるいは分裂したかと思うと、一頭ずつバラバラになり、あるいは長い列をなして駆けて行き、野原をあちこち疾駆するさまを、私たちは長いこと大喜びで見物した。

ついにこの比類なき光景も、しのびよる夜陰におおわれ、明るい月が山かげから昇ってくると、灯していたカンテラの光も消え、私は長いあいだおだやかな月の光を楽しんだ。でも、もはや眠気に勝てず、夜気は体に悪いと思いつつ、一時間あまりも眠り込み、目をさましたときには、馬を取りかえるテッラチーナに着いていた。

ルッケジーニ侯爵[15]がにらみをきかせていたせいで、ここの御者たちはたいへん丁寧で、「大きな断崖と海とのあいだの道は危険ですから」と言って、いちばんしっかりした馬とガイドをつけてくれた。このへんでこれまでに何度か不祥事があり、ことに夜は、馬が臆病になりやすいからである。かれらが馬車の用意をし、ローマ領の最後の見張所[16]に旅行免状を提示しているあいだに、私は高い岩と海とのあいだを散策して、このうえなく印象的な光景を見ることができた。黒々とした岩は月に輝かしく照らし出され、青い海にチラチラ光る月の道ができて、岸辺に打ち寄せる波まできらめいていた。

薄暗い空にそびえる山のとがった頂きに、ゲンゼリヒの崩壊した城塞[17]の廃墟があった。私は、過ぎ去った昔に思いをはせ、囚われの身から逃れようとした不幸なコンラディーン、キケロやマリウス、[18]すなわち、この地方で苦悶の日を送った人たちの切望をしのんだ。

それから先、山に沿って、海の縁に転がり落ちている大きな岩塊のあいだを、月光

15　上巻、一七八七年六月一日付け、六六七頁参照。御者たちに「にらみをきかせていた」という件についての詳細は不明。
16　教皇領の南の境界線にある見張所。
17　ヴァンダル族の王ゲンゼリヒではなく、東ゴート王テオドリクスが五〇〇年ごろに建設したもの。テッラチーナの前山の最高峰にある。
18　コンラディーンはシュヴァーベンの王で、ターリアコッツォの戦いに敗れ、一二六八年にこの地方で囚われの身となった。キケロはこの四十キロ南のフォルミア（古代名フォルミアエ）に所領を有していたが、所領から追放されるという報知を得て、海岸へ脱出しようとしたが、この地方で捕らえられて殺害された。紀元前四三年のことである。ローマの執政官マリウスは、ライバルのスッラから逃れてミントゥルノの沼沢地に身をひそめていたが、紀元前八八年にこの地方で捕らえられた。

を浴びながら進んでいくのは素敵だった。フォンディの近くではオリーブ、棕櫚《しゅろ》、カサマツの木立がくっきりと照らし出されていた。だが、太陽が黄金色に輝く果実を照らすとき、その最大の美しさを発揮するレモンの森のすばらしい情景は見られずじまいだった。オリーブやイナゴマメの木がたくさん立っている山を通って、墓碑がたくさん残っている古代都市の廃墟に着いたときは、すでに夜が明けていた。最大の墓碑は、キケロのために建てられたそうで、ここで彼は殺害されたという。モーラ・ディ・ガエータの気持ちのいい入り江に着いたときは、すでに夜明けから二、三時間たっていた。漁師たちが獲物をもって戻ってきたところで、浜辺は活気にあふれている。魚類や海産物を籠に入れて運び去る者もあれば、次の漁のために、もう魚網を準備している者もいた。私たちはそこから、騎士ヴェヌティが発掘を進めているガリャーノへ馬車を走らせた。ここでカゼルタへ急行するハッケルトと別れ、街道からそれて海辺へ下って行った。そこには、昼食といってもよさそうな豪華な朝食が用意されていた。ここに発掘された古美術品が、無残に打ち砕かれた状態で保管されている。いろいろとよい物があるなかに、ベルヴェデーレのアポロンにもさして見劣りしないような、彫像の片足があった。残りの部分も見つかれば良いと思う。

疲れたので横になって少し眠り、目をさますと、私たちは気持ちのいい一家族と一緒になっていた。地元の一家で、私たちに昼食を饗応するためにここへ来てくれたのである。すでに遠くへ去ったハッケルト氏の配慮だろう。[19]かくしてまた新たに食事の用意がなされた。団らんは良いのだが、私は食事する気にも、じっと座っている気にもなれず、海辺の岩石のあいだを散策した。それらの石のなかにはたいへん珍しいものもあり、多くは海虫のために孔があき、二、三のものは海綿のように見えた。

ここでまたじつに愉しい光景に出くわした。山羊飼いに海辺へ追い立てられた山羊の群れが、水中で体を冷やしていた。するとそこへ豚飼いも来て、両方の家畜の群れが波にうたれて水浴びしているあいだ、二人の牧人は木陰に腰をおろして音楽を奏ではじめた。豚飼いはフルートを、山羊飼いはバグパイプを奏でる。そこへ大人になりかけた少年が裸のまま馬に乗ってやってきて、海のなかへ乗り入れ、馬が彼を乗せたまま泳がねばならぬほど深く入って行く。立派な体格の少年が、その姿全体が見えるほどに岸辺近くにやってきたかと思うと、すぐまた、泳いでいる馬は首だけ、少年は

19　これはゲーテがつけ加えた文章である。

肩までしか見えないほどの深みへ戻って行くのは、じつに美しい眺めだった。

午後三時にはさらに先へ先へと馬車をすすめ、カプアを後にして三マイルほどのところへ来たころには、すでに夜のとばりがおりてから一時間ほどたっていた。そこで馬車の後輪がこわれてしまい、車輪を取り換えるのに二、三時間、停車せねばならなかった。ところがそれがすんでまた二、三マイル進むと、今度は車輪が折れてしまった。そういうわけで、ひどくうんざりした。こんなにナポリの近くまで来ているのに、友人たちに会えないとは……。真夜中を二、三時間すぎたころ、やっとナポリに辿り着いた。ナポリの街は、たいへんな人出でにぎわっており、他の都市だったら、昼ごろでもこれほどではあるまいと思われた。

当地の友人たちはみな健在で、「ゲーテさんはお元気ですよ」と聞くと喜んだ。私はハッケルト氏と同じ館に住んでいる[20]。一昨日は騎士ハミルトンと一緒にポジリポにある彼の別荘へ行った。神の創られたこの世に、これほどすばらしいところは他にないかもしれない。食後に十二人ほどの少年が海中を泳いでみせ、それはすてきな眺めだった。遊動しながら、いろいろな隊形やポーズを披露してくれた！　ハミルトンは毎日午後、これを楽しむために、少年たちに報酬を払っている。彼を格別に好ましく思う。館でも、舟遊びをしながら海上でも、彼とたくさんおしゃべりし、いろいろ聞けて、ことのほか楽しく、この人物からは、さらに多くの有益なものを期待できそうだ。他の当地におられる友人の名前を書き送ってほしい。そうすれば、その人たちとも知り合いになって、敬意を表することができるので。近いうちに当地のことをいろいろお知らせします。ご友人、とくにアンゲーリカとライフェンシュタインによろしく。

追伸。ナポリはローマよりずっと暑く感じられる。相違点は、空気がもっと健康によく、たえず爽やかな風が吹いていることだ。でも太陽の光ははるかに強烈で、最初の数日は耐えられないくらいだった。氷水と雪解け水ばかり飲んでいた。

20 フランカヴィラ宮殿の一翼。上巻、一七八七年二月二十八日付け、三六九頁参照。この後の「ハミルトン家では近ごろ何もかも変わってしまったようだ」という一文は、ゲーテによって削除されている。

後日、日付なし

昨日つづく「ゲーテさんがナポリにおられたらなあ！」と思った。あれほどの賑わい、ただ食料品購入のために、あれほどの人出があるのを、生まれてはじめて見た。それにこれほどたくさんの食料品がひと所に集まっているさまも、二度と見られないだろう。あらゆる種類の食物で、トレードの大通りがほぼ埋め尽くされていた。当地に来てはじめて、四季を通じて日ごとに作物の生育する、かくも恵まれた地方に住んでいる民衆とはいかなるものかがわかった。思い浮かべてほしい――今日は五十万もの人間が、それもナポリ風に、ごちそうを食べている。昨日も今日も会食で、みなが驚くべき食欲を見せる。罪深いまでの飽食。クニープも列席していて、美味なものはすべて平らげるので、彼の腹がパンクするのではないかと心配した。でも彼は意にも介さず、食事をしながら、「僕はシチリア行きの船のなかでも、シチリアでも食欲旺盛でしたよ。それに対して、ゲーテさんは船酔いしたり、意図的に食を絶ったりして、お金をどっさり払っているのに、断食同然でしたね」と語った。

昨日、店頭で売られたものは、今日はもうすべて胃袋におさまっている。明日も、昨日と同じように街路は食べ物であふれかえるという。トレードは、ぜいたくをみせつけようとする劇場のようだ。小売店はみな食料品で飾りたてる。食料品を街路の上に張り渡した花づなにつるす。小ぶりのソーセージは一部に金紙をかぶせ、赤いリボンでゆわえる。どの七面鳥の尻尾にも赤い旗がさしてある。昨日の売り上げは三万羽。これに人々が自宅で太らせている七面鳥を加算してほしい。去勢した肉用雄鶏を積んだり、小さなダイダイの実を背負ったりしているロバの数や、この黄金色の果実が舗道に積みあげられ、大きな山をなしているのにびっくりする。でもいちばん美しいのは、青物屋と、干しブドウやイチジクやメロンが並ぶ店で、なにもかもきれいに陳列されていて、目にも楽しく、心も浮き立つ。ナポリは、どんな感覚に対しても神がひじょうに多くの祝福をあたえた地である。

後日、日付なし

この地に囚われの身となっているトルコ人たちのスケッチを送る。最初は「ヘラクレス号」[21]に捕まったと噂されていたが、珊瑚《さんご》採りに同行する船に捕まったのである。トルコ人たちはこのキリスト教徒の船を見つけて、これを奪い取ろうと企てたが、あだな望みだった。キリスト教徒側のほうが強かったのである。かくして、トルコ人側

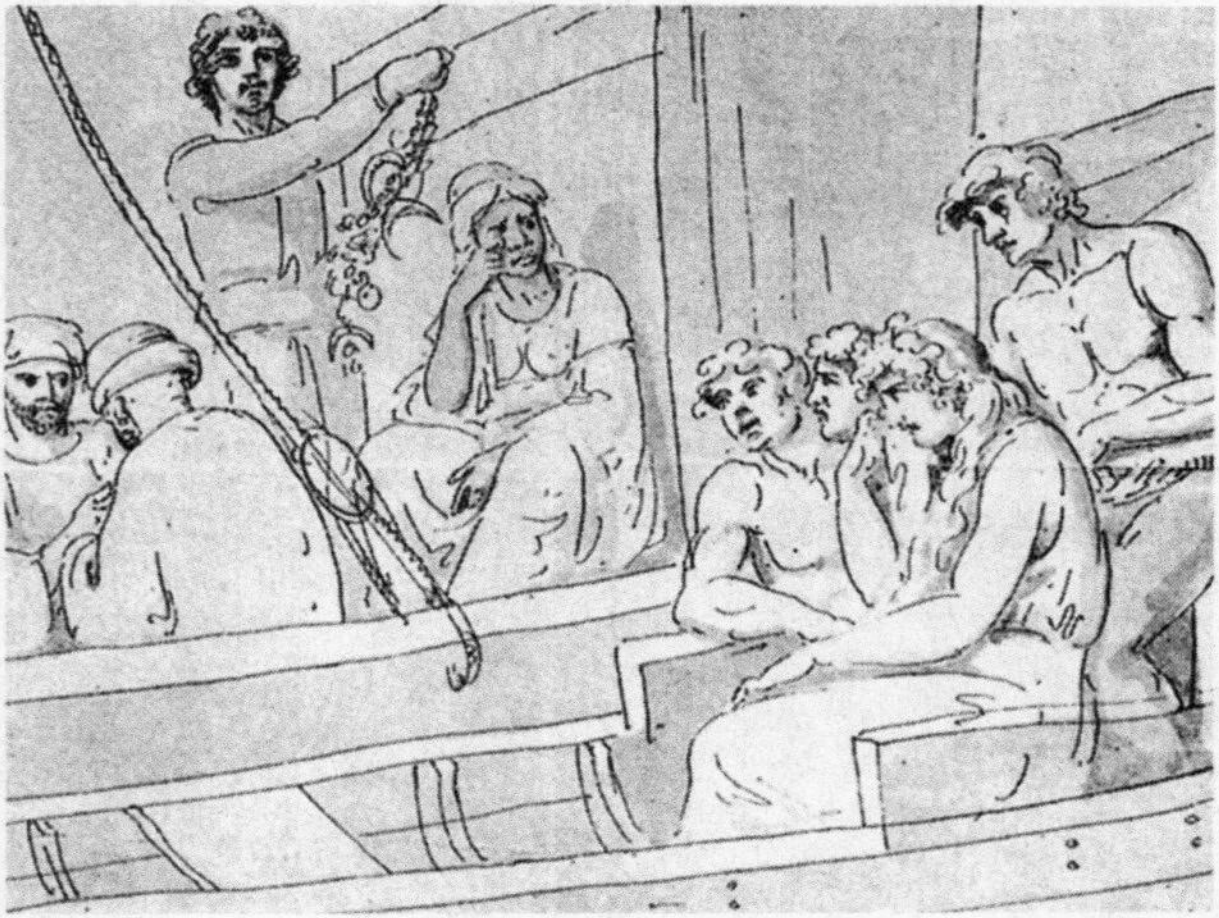

ヴィルヘルム・ティシュバイン作　とらわれのムーア人女性(1787)、手前の小舟ではキリスト教精神にあふれる美女が涙ぐんでいた

は打ち負かされ、捕虜として連れてこられた。キリスト教徒側の船には三十人、トルコ人側の船には二十四人の乗組員がいたが、その戦闘で六人のトルコ人が戦死、一人は負傷。いっぽう、キリスト教徒側は聖母マリアのご加護で、死傷者はひとりも出なかった。

船長はたいへんな戦利品を得た。大金と品々、絹物とコーヒー、それに若いムーア人女性のものである豪華な装身具を手に入れた。

数千人が、捕虜たち、とくにムーア人女性を見物しようと、小舟をつらねてやってくる様子は、特筆すべき光景だった。大金を積んで、この女性を買おうと名乗り出る、さまざまな者がいたが、船長は彼女を手放そうとしなかった。

私は毎日出かけて行き、一度騎士ハミルトンとハート嬢に出会った。ハート嬢はたいへん心を動かされて涙ぐみ、それを見たムーア人女性も泣き出した。ハート嬢が彼女を買おうとしたが、船長は頑固に引き渡そうとしなかった。いまや捕虜たちはここ

21　ファルネーゼ家のヘラクレス像がこの船でローマからナポリへ運ばれたので、こう呼ばれている。

におらず、私のスケッチ[22]がさらに多くの事柄を物語っている。

補遺

教皇のタペストリー

山頂から海のほとりまで流れ下る溶岩は見ないでおくという決意は、私に大きな犠牲を強いたが、タペストリー鑑賞という目的を達成すると、十分につぐなわれた。このタペストリーは聖体節の日に掲げられ、ラファエロ、その弟子たち、その時代のことなどを最も輝かしく思い起こさせてくれた。

オランダでは、縦織と呼ばれる、垂直な経糸《たていと》でタペストリーを織る技術が、すでに最高度に進んでいた。どのようにタペストリーの製造が次第に進歩発達したのか、私はよく知らないのだが、十二世紀にはまだ、個々の図柄を刺繍その他の方法で作成してから、特別につくられた中間部でつなぎ合わせていたらしい。こうしたものはいまなお古い大教会の参事会員席の上方に見られ、その作業工程は、着色ガラスの小片から図像を組み立てる多彩なステンドグラスに似ている。ただし、タペストリーでは、ハンダと錫《すず》の棒のかわりに、針と糸が使われた。美術工芸はみな、こうした起源をもち、同じやり方でつくられた高価な中国のタペストリーを見たことがある。

おそらく東方の先例にうながされたのだろう。十六世紀初頭、商業が栄えた華美なオランダでは、この精巧な工芸がすでに盛んにおこなわれていた。このような手仕事はふたたび東方へ戻ってゆき、きっとローマにも知れわたったのだろう。もっともビザンチン様式でつくられた、不完全な文様や図柄だろうが。偉大な人物であり、いろいろな意味で自由な、とくに美意識において自由なレオ十世は、壁に描かれていたものを、やはり自由かつ大規模に、自分の周囲のタペストリーで眺めたくなったのだろう。彼の求めに応じて、ラファエロはカルトン[23]を制作し、キリストの使徒たちにたいする関係、およびこれらの天分ゆたかな人たちが主の昇天後になした活動を首尾よく

22 ゲーテはこのスケッチを一七八七年七月二十日にシュタイン夫人に送っている。描かれているのは、三人の囚われのトルコ人、船長、ムーア人女性、涙ぐむハート嬢、騎士ハミルトン、漕ぎ手などである。

題材にした。

聖体節の日にはじめて、このタペストリーの真の使いみちがわかる。このときタペストリーによって、柱廊と空き部屋が、華麗な広間とロビーへと変貌するのだ。しかもこのタペストリーは、最高に天分ゆたかな人物ラファエロの力量を、はっきりと目の前にみせるいっぽうで、美術は美術の側で完成をめざして進み、手工芸は手工芸の側で完成をめざして進んできて、両者がその頂点で生き生きと出会った、このうえない成功例を示している。

今日までイギリスに保管されているラファエロのカルトンは、いまなお世間の称賛を集めている。そのなかのいくつかは確かに巨匠の直筆だが、その他は彼のスケッチや指図によって作られたものらしく、なかには彼の死後はじめて完成されたものもあるらしい。あらゆるものが一致して偉大な芸術の使命を表明し、あらゆる国の芸術家が精神力を高めて、腕をみがこうと、ここにどんどん集まってきた。

ドイツには、ラファエロの初期作品を高く評価し、好み、当時すでにその影響のあとがかすかに認められる画家たちがいる。これをきっかけに、こうした画家たちの傾向について考えてみたい。

いかなる芸術であれ、つねに温和で優雅で気取りのない、才能ゆたかで繊細な青年にたいして、私たちはたいそう親近感をおぼえる。あえてその青年と自分をくらべたりはしないが、内心では彼と競い、彼がなしとげたものを、自分にも期待する。

ところが完成された人物を相手にすると、これと同じような心地よい気分にはなれない。というのは、気骨のある人でも究極の成功へと昇りつめるには、おそるべき諸条件を満たさねばならないことをうっすらと感じるからである。絶望したくなかったら、おのれをかえりみて、努力家や成長途上にある者と、自分をくらべるほかない。

これが、なぜ、ドイツの芸術家たちが、初期の未完成なラファエロを好み、尊敬し、信頼するのかという理由である。かれらは自分と彼をならべても、自分をちょっとしたものとみなすことができたし、そのためには何世紀もの年月が必要であった仕事を、自分ひとりで成しとげられるのではないか、という希望で心をなぐさめることができ

23　システィナ礼拝堂の特別な行事のときにのみ飾られるタペストリーの制作用下絵をさす。ローマ教皇レオ十世（在位一五一三〜二一）の依頼で、聖ペテロと聖パウロの生涯におけるエピソードをモチーフに原寸大で十点のカルトンが描かれた（一五一五〜一六）。イギリス王室のロイヤル・コレクションが現存する七点を所蔵している。

たからだ。
ラファエロのカルトンに話をもどすと、いずれも男性的な構想であると言えよう。道徳的な厳粛さと予感に満ちた偉大さがあまねく支配していて、神秘につつまれた箇所があちこちにあるけれども、救世主の昇天や、主が弟子たちに残したすばらしい才能について、聖書で読んで十分に知っている人たちにとっては、これらのカルトンは実にわかりやすい。

なかでも「アナニヤの慚愧《ざんき》と懲罰」[24]を思い浮かべてみよう。すると、ラファエロの詳細な素描にもとづいてマルカントーニオ[25]が作成したといって、まず間違いない小さな銅版画と、ドリニィ[26]によるあのカルトンの模写と、それにこの両者の比較が、十分に役立ってくれる。

この構図に比肩するものは、ほとんどないだろう。ここには壮大な考えが、独自性をそなえた非常に重要な所為が、きわめて多様に、このうえなく明確に描き出されている。

使徒たちは、個々人の所有物が敬虔な気持ちで供され、公共のものになるのを待ちうける。いっぽうの側には寄進する信者たち、もういっぽうの側にはそれを受けとる貧者たちがいて、中央ではごまかした者が恐ろしい罰を受けている。この左右対称の配置は題材に由来するもので、表現上の必要性から、左右対称をぼかしたりせずに、むしろ際立つようにしている。ちょうど人体には左右対称の均整が不可欠であることに、多様な生命運動を通じてはじめて強い興味を抱くように。

この芸術作品を見ていると、コメントは尽きないだろうが、この絵の重要な功績をひとつだけ特記しておきたい。ひと包みにした衣類を担いで近づいてくる二人の男性は、たしかにアナニヤ家の召使だが、これで、一部は手元に残して、共有財産を着服したとどうしてわかるのだろう？　しかしここで、晴れやかな顔つきで、右手から左

24　新約聖書『使徒行伝』第五章一～十一参照。アナニヤとサッピラの夫妻はエルサレム教会の一員で、地所を売ってその金を教会に寄贈するが、「全額です」と偽って、手元にその一部を残していた。使徒ペテロに嘘をみぬかれ、夫妻は急死する。

25　マルカントーニオ・ライモンディ（一四八〇頃～一五三四）。ルネサンス期の著名な銅版画家。ラファエロ作品を銅版画にしたことでよく知られている。

26　ニコラ・ドリニィについては上巻二六七頁、注33参照。一七一一年、ラファエロのカルトンを銅版画にするためにイギリスに招聘された。

手へお金をうつしながら数えている、若く美しい女性に注意が向く。すると、すぐさま、「右手のすることを左手に知らすな」という貴重な格言[27]が思い浮かぶ。これはまちがいなくアナニヤの妻サッピラで、彼女は手元にいくらか残しておくために、使徒たちに渡すべきお金を数えているのだ。何食わぬ顔で策をめぐらす彼女の顔つきが、それをほのめかしているように見える。考えれば考えるほど、驚嘆すべき恐るべき着想である。私たちの前に、身をよじりながら罰をうけ、恐ろしく痙攣《けいれん》し、地面をのたうちまわる夫がいて、その少し後ろには、いま起こっていることに気づかない妻がいる。妻はいかなる運命にあうか夢にも知らず、神のごとき人々をあざむこうと奸智をめぐらしている。そもそもこの絵は、永遠の問題として私たちの前にある。問題が解き明かされ、はっきりすればするほど、驚嘆の念がますます増してゆく。ラファエロの素描と同じ大きさのマルカントーニオの銅版画や、下絵を模した、もっと大きなドリニィの銅版画と比較すると、このような才能をそなえた人間が同じ構図を二度目にとりあつかう際に、いかなる叡智をもって変化させ向上させることができたかを、あらためて深く考察することになる。このような研究は、長い人生における最もすばらしい喜びになると、すすんで告白しよう。

27 『マタイによる福音書』第六章三~四「あなたが施しをするとき、右手のすることを左手に知らすな、あなたの施しがかくれたところにあるように」参照。

七月

通信

ローマにて、一七八七年七月五日

私がいま送っている生活は、青春の夢にじつによく似ている。これを享受するのが私の定めなのか、それとも、他の多くのことと同様にむなしさだけを味わうのが定めなのか知りたいものだ。ティッシュバインはナポリへ旅立ち、彼のアトリエは片付けも掃除も洗浄もすんで、きれいになったので、私はいま喜んでそこに住んでいる。いまの時候には気持ちの良いわが家をもつことが、どんなに必要だろう。ものすごい暑さだ。朝は日の出とともに起きて、住まいのそばの城門から半時間ほどのところにあるアクア・アチェトーザ[1]の炭酸泉へ行って水を飲む。シュヴァルバッハ[2]の水を薄めたような味がするが、この気候にはたいへん効き目がある。八時ごろ帰宅し、気分のおもむくままに、いろいろと勉強する。体調はかなりよい。暑さで脱水症状をおこすのか、肌が敏感になるが、ずきずき痛むよりは痒《かゆ》いほうがましである。趣味に磨きをかけ、腕をあげるためにスケッチを続け、前より真剣に建築に取り組みはじめた。なにもかも驚くほどたやすい（ただし、これは頭で理解したという意味であって、実際にやろうとすると、一生かかる）。何よりもよかったのは、うぬぼれも思い上がりもなく、ここへ来ること以外、なにも望まなかったことである。いまや単なる名目や言葉にとどまらないように努め、美しく偉大で神々しいとみなされるものを、自分の目でみて認識しようと思う。これは模倣なしには不可能で、私は石膏の頭部の前に座らねばならない（正しいやり方は芸術家たちからヒントをもらっている。できる限り集中する）。今週のはじめ、ここかしこで食事に誘われ、拒めなかった。するとさらに私をあちこちへ連れ出そうとするので、私はそれをほっておいて、静かに閉じこもっている。ふだんつき合っているのは、モーリッツ、同宿の二、三の同国人、実直なスイス人だ。[3] アンゲーリカと顧問官ライフェンシュタインのところへも行くが、どこへ

1　テヴェレ河畔、ポルタ・フラミニオの東にある。一六六一年ベルニーニによって建てられた湯治場のあずまやにある鉱泉。
2　タウヌス山脈にあるシュヴァルバッハの湯治場の鉱泉水。

行っても物思いにふけり、だれにも心中を打ち明けない。ルッケジーニもまた当地に来ている。彼は世故にたけていて、世間からもそう見られている。私のひどい思い違いでなければ、彼は自分の仕事をきちんとこなす男である。まもなくお近づきになる二、三の人物についても近いうちに書き送ろう。

『エグモント』を執筆中[4]で、うまくいきそうだ。少なくとも仕事中にいくどもその徴候をみており、勘違いではない。この作品は、これまで何度も完成を阻まれてきた。ローマで完成しそうだとは、じつに不思議である。第一幕は清書もすみ、作中には、もう手を加えなくてよい場面もある。

芸術について考える機会にめぐまれ、『ヴィルヘルム・マイスター』がかなりふくれあがってゆく。だが古いものから先に片づけねばなるまい。私は若くはなく、これから先も何か成しとげたいなら、ぐずぐずしているわけにはいかない。君もたやすく想像できるように、私の頭のなかには新しいものがどっさりある。しかし、肝心なのは考えることではなく、つくることだ。一度、設定したら、変えようがないというのでは困る。芸術についてたくさん語りたいが、芸術作品なくして何が言えようか。さまざまな瑣事《さじ》を押しのけたい。だから、私がこの地で奇妙で風変わりな時間を過ごすのを、どうか愛をもって同意し、大目にみてほしい。

今回はここで筆をとめ、心ならずも一ページも空白のまま手紙を出す。昼間、ひどく暑くて、夕方ごろ寝入ってしまった。

ローマにて、七月九日

郵便日が猛暑だったり、他の偶発事があったりすると、まともなことが言えなくなるので、これからは週に二、三度手紙を書こうと思う。昨日はさまざまなものを見物してまわり、たいそう立派な祭壇画のある教会をおよそ十二ばかりも見物した。

それからアンゲーリカとともに、イギリス人モア[5]のところへ行った。彼は風景画家で、たいていは卓抜な着想の絵である。なかでもノアの洪水を描いたものはユニーク

3 ハーナウ生まれの画家フリッツ・ブリー（一七六三～一八二三）とフランクフルト生まれの画家ヨハン・ゲオルク・シュッツ（一七五五～一八一三）。スイス人とはハインリヒ・マイヤーのこと。マイヤーについては上巻、一七八六年十一月三日付け、二五〇頁参照。

4 この戯曲をゲーテは一七七五年に書きはじめ、一七七八年と一七八二年に加筆している。一七八七年九月五日付け、一〇八頁参照。

だ。他の画家たちは漫々《まんまん》たる大海原を描き、水に渺茫《びょうぼう》たるひろがりはあっても、洪水の高さがない。これに対して、彼は高い山で囲まれた峡谷を描き、しだいに水かさが増して、ついにその谷へ落ち込んでくるさまを描く。岩の形から察するに、水位は山頂に達そうとしており、そのために峡谷は背後で斜めに閉ざされ、断崖は切り立ち、おそるべき効果を出している。いわば灰色に灰色を重ねたような絵で、激しく波立つ濁水とふりそそぐ雨とが一体化して、水は岩から勢いよく落下して、しぶきをあげ、大量の水が地上のすべての景観をなめつくさんばかりである。太陽は水煙のために、どんより曇った月のようで、輝きを失い、だが夜ではない。[6]前景の中央の孤立した平らな岩面に、二、三人がよるべなく避難しているが、この瞬間にも洪水はふくれあがり、かれらを襲おうとしている。全体は信じられないほどよく考えられている。大作で、長さ七、八フィート、高さ五、六フィートはあろうか。ほかにもよく晴れた朝や、すばらしい夜の絵があるが、とくに言うべきことはない。

まる三日間、聖フランチェスコ教団のふたりの聖者の列福式のためにアラコエリ[7]で祭典があった。教会の装飾、音楽、夜のイルミネーションと花火で、たいへんな人出だった。近くにあるカピトリーノ広場で花火が打ち上げられた。サン・ピエトロ教会の祭のつづきのようだが、総じてたいそう美しかった。ローマの婦人たちはこうした折には、夫や恋人にエスコートされて登場する。夜は黒いサッシュをしめた白いドレス姿で、美しくしとやかだ。また日中は外出しないが、夜になると、コルソ通りを散歩したり、馬車でドライブしたりする人が頻繁にみられる。暑さはかなりしのぎやすくなり、ここ数日はいつも涼しい微風が吹いている。私は自分の涼しい広間にこもって、静かに楽しく過ごしている。

私は勤勉で『エグモント』もおおいにはかどっている。十二年前に書きつけたシー

5　スコットランドの風景画家ジェイコブ・モア（一七四〇～九三）。一七七三年以来ローマに滞在。

6　ゲーテはここで、古代・中世で物質界を構成すると考えられていた四つの基本物質（地水火風）をあげ、水（大海原、雨、大量の水等）が他の三つの基本物質である地（岩、峡谷、山頂、断崖）、火（太陽）、風（水煙）に関与し、それらに溶け込もうとしていく様子を述べている。

7　カピトリーノの丘の北部アラコエリにあるフランチェスコ派の教会サンタ・マリア・イン・アラコエリのこと。

ンが、ちょうど今ブリュッセルで実際に展開されているとは、おかしなものである。いまや、人びとは多くの点で諷刺文とうけとることだろう。[8]

ローマにて、七月十六日

往来には大勢の人がいて、歌ったり、ツィターやヴァイオリンを奏でたり、入れ代わり立ち代わりにぎやかで、もう夜はふけたのに、それと気づかないほどである。夜は涼しくてさわやかだし、日中の暑さも耐えられないほどではない。

昨日はアンゲーリカと一緒に、「プシュケーの物語」[9]が描いてあるヴィラ・ファルネジーナへ行った。これらの絵の色の美しい模写を、私は自分の部屋で、どんなにたびたび、なんといろいろな状況で、君たちと一緒に眺めたことだろう。これらの絵は、あの模写で暗記するほど熟知していたから、すぐに目をひいた。この広間、というよりもむしろ画廊は、装飾の点で私の知るもっとも美しいものだ。いまやかなり傷んで修復されてはいるが。

今日、アウグストゥス帝の霊廟で闘牛があった。この巨大な、内部は空《から》で屋根のない、まん丸い建物は、いまでは一種の円形劇場のように、競技や闘牛につかわれている。四千人から五千人は収容できるだろう。見せ物それ自体はあまり楽しめるものではなかった。

七月十七日火曜日、古代彫像の修復師アルバチニのもとへトルソー[10]を見に行った。ナポリへ運ばれるファルネーゼ家の所有物のなかにあったものだ。アポロンの座像のトルソー[11]だが、おそらく美しさにおいてこれに並ぶものはなく、少なくとも古代の遺物のなかでも第一級の品だろう。

フリース伯[12]のもとで食事をした。彼とともに旅行している教区僧カスティ[13]は『プラ

8　一七八七年六月ブラバントの民衆は、ヨーゼフ二世のなした宗教上ならびに政治上の改革にたいして反抗し、摂政マリア・クリスティーネの居城に押し寄せた。その際に彼女は『エグモント』のマルガレーテ・フォン・パルマのような振る舞いをした。そのためゲーテは「諷刺文の形で意見表明した」と邪推されることを考慮している。

9　上巻、一七八六年十一月十八日付け、二六六頁参照。

10　カルロ・アルバチニ（一七三四?～一八〇七以後）。彫刻家。サン・ピエトロ教会にあるメングスの墓碑の作者。古代彫刻の修復師として有名。トルソーは首・四肢のない、胴体だけの彫像。

11　バッカスのトルソーで、紀元前三世紀初期のギリシア人の作と推定される。

ハの大司教』という自作の小説を朗読した。りっぱとまではいかないが、ひじょうに美しい作品で、八行詩で書かれている。すでに彼を、私の好きな作品『ヴェネツィアのテアドロ王』の作者として高く評価している。彼がこんど書き上げた『コルシカのテアドロ王』の第一幕も拝読したが、こちらもきわめて愛すべき作品である。

フリース伯はいろいろ購入しており、なかでもアンドレア・デル・サルト[14]のマドンナを六百ツェッキーノで購入した。この三月にアンゲーリカが「四百五十ツェッキーノで買いたい」と申し出ており、もし慎重な彼女の夫が文句をつけなかったら、六百ツェッキーノ出して買っていたことだろう。いまやアンゲーリカ夫妻は二人とも後悔している。信じがたいほど美しい絵で、実物を見なければわからない何かがある。

このように毎日、新たなことがあって、昔から続いていることにそれが加わって、大きな喜びを与えてくれる。私の眼識もりっぱに培《つちか》われてきており、時がたてば通《つう》になれそうな気がする。

ティッシュバインは手紙で、ナポリの酷暑について不平をならしている。当地も猛暑だ。火曜日は、外国人がスペインやポルトガルでも経験したことのない暑さだったという。

『エグモント』は第四幕まで進んだ。君たちに喜んでもらえる作品にしたい。三週間で仕上げるつもりだ。できあがり次第、ヘルダー君宛に送ろう。熱心にスケッチし、彩色をほどこしている。外出すると、ちょっと散歩するだけでも、必ずりっぱな画題に出会う。私のイメージも記憶も、かぎりなく美しい題材であふれている。

ローマにて、七月二十日

ちょうどこの頃、生涯私を責めさいなんできた二つの重大な欠点を発見できた。ひとつは、自分でもやりたいし、やるべきだと思いながら、職人技を一度も身につけようとしなかったことである。それゆえ、かくも素質に恵まれながら、実際に成しとげたものはほとんどない。精神力で無理強いし、運と偶然にまかせて、成功したり失敗

12　上巻、一七八七年五月二十七日付け、六四三頁参照。
13　ジャンバッティスタ・カスティ（一七二一〜一八〇三）。一七八二年以来ウィーンの宮廷詩人。
14　フィレンツェ生まれ。ルネサンス最盛期の代表的画家（一四八六〜一五三〇）。

したりした。あるいは、熟考してちゃんと事を成そうとすると、臆病で成しとげられなかったりした。もうひとつの、これと類似した欠点は、仕事や業務に、そのために必要とされるだけの時間を十分にあてようとしなかったことである。私は、短時間にたいそう多くのことを考え、結びつけることができるという幸せな才能に恵まれているので、それだけに、こつこつやるのは退屈で耐えがたい。だがいまや、自己修正する潮時ではないかと思う。芸術の国にいるのだから、専門のことをみっちり勉強しよう。そうすれば、今後の人生は落ちついた楽しいものとなり、他のこともできそうだ。ローマはこの目的のためにはすばらしい場所だ。あらゆる種類の対象があるばかりでなく、あらゆる種類の人間がいる。正しい道を歩もうと本気になっている人たちと語り合うと、こちらも楽々とすみやかに進歩できる。ありがたいことに、私は他者から学び、受け入れることができるようになってきた。

そういうわけで心身ともに以前よりも健康である！　それを私の作品で見てほしい。そして、私が旅に出たことを讃えてほしい。私は仕事や思索を通して、君たちとつながっている。それ以外はむろんひとりで、人とのおしゃべりもケース・バイ・ケースで調整しなければならないが、この地では、誰とでも面白い話ができるので、他の所より楽だ。

メングス[15]がどこかでベルヴェデーレのアポロンについて、「これと同じくらい偉大な様式に、さらに真実味のある肉づけがなされた立像があるとすれば、それは人間の想像しうるかぎり最も偉大なものであろう」と言っている。私が前に述べたアポロンだかバッカスだかのトルソーは、メングスの願いと予言が実現されたもののように思われる。私はかくも微妙なテーマで決定を下せるほど、じゅうぶんに眼が肥えているわけではないが、個人的にはこの遺物を、いままでに見たなかで最も美しいものと思いたい。ただ残念ながらトルソーだし、雨どいの下に立っていたらしく、表面《エピデルム》もところどころはげ落ちてしまっている。

七月二十二日、日曜日

アンゲーリカのところで食事をした。私はすでに日曜日の常連客である。食事の前

15　アントン・ラファエル・メングス。上巻、一七八六年十一月十八日付け、二七一頁、注35参照。

に馬車でバルベリーニ宮[16]へ、レオナルド・ダ・ヴィンチの名画と、ラファエロ自身が描いた恋人の肖像を見に行った。アンゲーリカと一緒に鑑賞するのはとても心地よい。彼女は眼がたいへん肥えていて、美術の技巧についても該博《がいはく》な知識があり、そのうえ、あらゆる美しく真実で繊細なものにたいしてきわめて感度が高く、信じられないほど謙虚である。

午後、騎士ダジャンクール[17]のもとへ行った。裕福なフランス人で、時間とお金を費やして、美術の衰退から復興までの歴史を書いている。彼のコレクションはこのうえなく興味深い。陰鬱な暗黒時代にあっても、人間精神がいかにたえず活動していたかがわかる。彼の著述がまとめ上げられたら、たいそう注目されることであろう。

いま、ちょっとしたことを企て、大いに学んでいる。まず私が風景画を案出し、線描する。次にディース[18]という腕のいい画家が、私の目の前で、それに彩色する。こうすれば眼と心がいっそう色彩と調和になじんでゆく。全体としてうまくいっているが、ただ私は例によってやり過ぎてしまう。もっとも嬉しいのは確かなフォルムにたいする眼が培《つちか》われ、造形や事物相互の関係にも習熟し、そのうえ、私の昔ながらの、事物全体を見る芸術的な感覚が生き生きとよみがえることである[19]。なにごとも練習次第であろう。

16　カルロ・マデルノとベルニーニによって建てられた宮殿。一六二五年着工、三三年完成。レオナルド・ダ・ヴィンチの名画とは「虚栄と謙譲」という画題のもので、今日ではロンバルディアの画家ベルナルディーノ・ルイーニ（一四八〇／八二～一五三二）の作とされている。ここで「ラファエロ自身が描いた恋人」とは「フォルナリーナ」（パン屋の娘）をさし、「ウルビーノのラファエロ」と署名があるけれども、ジューリオ・ロマーノ（一四九九～一五四六）が仕上げた（一五一八～一九）と推定されている。

17　ジャン・バプティスト・ルイ・ジョルジュ・スルー・ダジャンクール（一七三〇～一八一四）。一七七八年以来イタリアに滞在。著書『芸術と記念碑の歴史～四世紀における衰退から十四世紀における復興まで』（全六巻、一八一〇～二三、パリ）。

18　アルベルト・クリストフ・ディース（一七五五～一八二二）。ハノーヴァー出身の風景画家・銅版彫刻家。一七七五年から九六年までローマで活動していた。

19　ゲーテの論文《Einfache Nachahmung der Natur, Manier und Stil》（自然の単純な模倣、手法、様式）（〈Der Teutsche Merkur〉一七八九）参照。ゲーテは、〈Einfache Nachahmung〉とは単純な模倣であり、単なる焼き直しだが、〈Manier〉とは画家による特別な強調であり、〈Stil〉とは描かれたものに意味を付与するものだと論じる。イタリアでゲーテはスケッチと素描に力を入れ、たびたび彩色を他の画家にまかせているが、芸術家としての眼識と技をみがくことで、事物全体の関係をより深く把握しようと企図していた。

七月二十三日、月曜日

夕方、トラヤヌス記念柱[20]にのぼってすばらしい眺めを楽しんだ。そこから見下ろす円形劇場《コロッセオ》は、沈みゆく陽に照らされて、まことに壮観である。カピトリーノの丘もごく近く、そのかげにパラティーノの丘があって、さらに市街がつづく。夜遅くなってからようやく、通りをゆっくり歩きながら帰宅した。方尖塔《オベリスク》のあるモンテ・カヴァッロ広場[21]は注目に値する。

七月二十四日、火曜日

ヴィラ・パトリッツィへ赴いた。落日をながめ、さわやかな風を楽しみ、精神を大都市の景観で満たし、視界を一点透視図法的に広げて簡素化し、数多《あまた》の美しく多様な風物でゆたかにしたかったのである。今宵、アントニヌス記念柱の広場[22]やキージ宮[23]は月光に照らされ、歳月をへて黒ずんだ記念柱が、晴れ渡った夜空を背景に、白く輝く台脚のうえに立っていた。このような散策で、他にどれほど無数の美しいものに出会うことだろう。しかし、これらすべてのごく一部だけでも、わがものとするためには、いかに多くの時間を要することだろう！　一生かかるだろう。いや、たがいに学びあって一歩一歩進む数多《あまた》の人々の人生を要するだろう。

七月二十五日、水曜日

フリース伯とともに、ピオムビーノ公[24]の宝石コレクションを見に行った。

七月二十七日、金曜日

ともかくあらゆる芸術家が、老いも若きも、私のささやかな芸術的才能を涵養《かんよう》し、

---

20 トラヤヌス（五三～一一七）はローマ皇帝で、五賢帝のひとり。トラヤヌス広場《フォーラム》にあって、戦勝記念のために建てられた。

21 上巻、一七八六年十一月三日付け、二四三頁参照。

22 マルクス・アウレリウスの戦勝記念の円柱があるコロンナ広場。この柱は誤ってアントニヌス・ピウスのものとされたため、この名が残った。

23 コロンナ広場に隣接した宮殿。一五六二年着工、一六三〇年完成。一六五九年からキージ公の所有になる。

24 ピオムビーノ館はコロンナ広場から遠くない大通りにあった。現在は取り壊されてしまっている。

おし広げる手伝いをしてくれる。遠近法と建築術は進歩し、風景画の構図もうまくなってきた。生きもののほうは、越えがたい溝ともいうべきものがあって、なかなか進まない。でも真剣に一生懸命にやれば、こちらも上達するだろう。

先週末にもよおしたコンサートについてお知らせしただろうか。当地でいろいろ楽しく過ごさせてくれた人々を招待し、オペレッタ歌手に最近の幕間劇《インテルメッツォ》[25]のなかで最上のものを上演させたら、みなが喜び、満足してくれた。

いま私の広間は片付けも清掃もすんでいる。ひどく暑くても、室内は快適である。曇りの日、雨の日、雷鳴の日、それから晴天のさほど暑くない日が数日つづいた。

七月二十九日、日曜日

アンゲーリカと一緒にロンダニーニ宮殿へ行った。第一次ローマ滞在の手紙で述べたメドゥーサ[26]を思い浮かべてほしい。あのときも深く印象に残った作品だが、いまやこのうえない喜びをもたらしてくれる。こうしたものがこの世に在る、創ることができるというだけで、人間存在を倍も豊かにする。このような作品について何をいっても所詮、むなしい微風にすぎないが、それでも何か言ってみたい。美術は見るためのものであって、論じるためのものではない。少なくともその作品を目の前にしていなければ、論じてはならない。かつて芸術談議に同調したことが、なんとも恥ずかしい。このメドゥーサの上質の石膏模造が手に入るならば、持ち帰りたいが、新たに型どりしてもらわねばならないだろう。売り物の模造品が二、三あるけれども、オリジナルの味わいを保ち伝えるどころか、その理念をだいなしにする代物《しろもの》で、食指が動かない。オリジナルは、特に口元になんとも言えない無比の素晴らしさがある。

七月三十日、月曜日

終日、家にいて精をだした。『エグモント』は終わりに近づき、第四幕はほぼ完成した。清書したらすぐ騎馬の配達人[27]に頼んで急便で送ろう。君たちがこの作品をいくばくか褒めてくれたら、どんなに嬉しいことだろう。この作品を書いていると、すっ

25　ローマで上演されていたオペレッタ風ジングシュピールの幕間劇。
26　上巻、一七八六年十二月二十五日付け、二九七頁参照。
27　当時、手紙は郵便馬車で送られるのが一般的だった。速達は騎馬の配達人に頼んでいた。

かり若返った気分になる。読み手も新鮮な印象をうけるとよいのだが。晩は家の裏の庭園で、ちょっとしたダンスパーティーがあって、私たちも招かれた。いまは舞踏会のシーズンではないのだが、みな嬉々としていた。イタリアの娘っ子たちは独特のものがあり、私も十年前だったら、多少そそられたのかもしれないが、いまや血が騒ぐということもなく、このささやかな祝宴も、最後まで持ちこたえるほどの興趣をおぼえなかった。

月夜は信じられないほど美しい。靄《もや》を通り抜けて昇ってくる月は、イギリスの太陽のごとく淡黄色で温かみがあり、あとは夜じゅう澄みわたって気持ちがよい。涼風が吹き渡り、万物は息づく。明け方までずっと、通りには歌い、楽器を奏でる人たちがいて、ときには二重唱も聞こえてくる。オペラやコンサートに劣らず美しい、いや、もっと美しい。

七月三十一日、火曜日

月夜の景色を二、三点、描いて、それから他のいろいろよさそうな技法を試してみた。同国人と散策し、ミケランジェロとラファエロの優劣を論じた。私は前者の、彼は後者の肩をもったが、しまいに二人とも一緒になってレオナルド・ダ・ヴィンチを褒めたたえて終わった。これらの名前がみな単なる名前で終わらず、これらの偉才の真価がしだいに実体をなしてゆくのは、なんと嬉しいことだろう。

　夜はコミック・オペラ[28]へ行ってみた。『劇場支配人は板ばさみ[29]』はすばらしい出来栄えで、劇場がどんなに暑くても、幾晩でも楽しめる。詩人が自作を朗読すると、いっぽうでは劇場支配人とプリマドンナが賞賛し、他方では作曲家と第二ソプラノがけなし、そのあげくに一同がけんかをはじめて、五重唱になる。これが大成功をおさめている。女装したカストラート[30]たちは、ますます巧みに役を演じて、ますます人気を博し、たまたま寄りあった夏場だけの小さな一座なのに、まことに感じがよい。実

28　カーニバルの時期以外でも唯一、興行を許されていたヴァッレ劇場。
29　ドメーニコ・チマローサ（一七四九～一八〇一）の作曲したオペラ。一七九一年、ゲーテはこの作品をヴァイマールの劇場向けに改作し（『劇場は大波乱』）、チマローサとモーツァルトの音楽で上演している。
30　ボーイ・ソプラノ時の声質や声域を保持するために変声期以前に去勢された男性歌手。十六～十八世紀のイタリアで盛行。

に自然に上質なユーモアをもって演じる。ひどい暑さで、連中は気の毒にもじっとがまんしてやっている。

報告

七月

これから書き出そうと考えている事柄の前準備として、前巻[31]ではできごとの進展上、読者の注意を引かずに終わったかもしれない箇所を二、三、ここに挿入し、私にとっての重要問題を、ぜひとも自然科学を愛する方々にふたたび紹介しておきたい。

パレルモにて、一七八七年四月十七日、火曜日[32]

さまざまな、正体のはっきりしない幻妖《げんよう》に追い回され試練をうけるのは、まことに不幸なことである！　今朝は文学上の夢想をつづけようと、確固たる落ちついた心づ

31　シチリアとナポリの部分、すなわち『イタリア紀行』の第二巻は一八一七年に刊行されている。

32　「さまざまな……そそられるのだろう！」上巻、五二四～五二七頁、パレルモの叙述で前出。

もりで公園へ出かけたのに、いつのまにか、近ごろ私の背後から忍びよる別の幻妖にとりつかれていた。ふだんは大型・小型の鉢植えで、それも一年の大部分はガラス窓越しに見るのが常であった、数多《あまた》の植物が、ここでは喜ばしげに生き生きと大空の下に立ち、天命をあますところなく尽くしているので、ますます鮮明に見えてきた。かくもいろいろな、みずみずしい、新たなものとなった形姿をまのあたりにすると、「この一群のなかに《Urpflanze（原植物）》[33]を発見できないだろうか？」といういつもの酔狂な考えが、またもや念頭に浮かんだ。そういうものがあるはずだ！　もしも植物がみな一つの原型《モデル》にならって形成されてゆくのでないとしたら、あれやこれやの形をとっているものが、どうして同じ植物だと分かるのだろう。

このいろいろと異なる形態が、どういう点で互いに区別されるのかを究明しようと努めた。しかし、相違点よりも類似点が増えるいっぽうだ。植物学の専門用語をもちだせば、うまく説明できるのかもしれないが、それでは役に立たないので、思考は少しも進まず、かえって不安になった。私の詩情豊かな名案は頓挫《とんざ》し、アルキノウス[34]の庭園は消え失せて、そのかわり現世の園があらわれた。私たち近代人はどうしてこんなに気が散り、到達することも実行することもできない要求にそそられるのだろう！

ナポリにて、一七八七年五月十七日[35]

さらに君に打ち明けるが、植物の繁茂や組織の秘密がだいぶはっきりしてきた。しかも、それは思いも寄らぬほどシンプルなものである。このイタリアの空の下では、じつにすばらしい観察ができる。萌芽発生の主要点を発見した。それも明快かつ明白に。その他の点もすべて大体わかったので、なお二、三の点さえ明確になればよい。《Urpflanze（原植物）》は世にも不思議な被造物で、大自然ですらこれを発見した私をうらやましがることだろう。この原型《モデル》とそれを解く鍵さえあれば、そのあとは論理にかなった植物を無限に発見できる。すなわち、たとえ現に存在していなくても、存在可能性があり、絵画や文学に登場する夢まぼろしや仮象とはちがって、内なる真実と必然性をそなえた植物だ。同様の法則は、すべての他の生物にもあてはまるだろう。

33　上巻、一七八七年三月二十五日付け、四三九頁参照。
34　ナウシカの父で、パイアケスの国王。
35　「さらに君に……あてはまるだろう。」上巻、六三二～六三三頁、ナポリの叙述で前出。

理解を深めるための前置きとして、手短に述べておこう。ふつう葉と呼ばれる植物のこの器官のうちに、あらゆる形態に見え隠れする、真に変幻自在な神プロテウスがひそんでいることがわかってきた。後にも先にも、植物はつねに葉から成り、やがて生じる芽と分かちがたく結びついていて、このふたつは一方なくして他方を考えられない。こうした考えを抱き、持ちこたえ、自然のなかに探し出すというのは、私たちを苦しいまでに甘美な心持ちにする課題である。

自然観察で行き悩む

内容豊かな思想と呼ばれるものをみずから経験した人は、それが自分自身から生まれたものであれ、他人から伝えられ教え込まれたものであれ、今後のさらなる展開、その先の成り行きをすべて総体的に予測することによって、精神にいかに熱烈な感動が生じ、いかに熱狂するかを告白するだろう。これを考慮すれば、このような発見や熱情に心を奪われ、一意専心とまではいかなくても、残りの人生をずっとそれに取り組みたいという、私の気持ちをくんでくれることだろう。

心の底から、そうしたいと念じてはいたが、ローマへ戻ってからは、規則正しい研究など考えられなくなってしまった。詩、美術と古代、そのいずれもが私をいわば全的に要求し、生涯において、これほど活動的で、努力を惜しまぬ日々を送ったことはない。私が毎日、ほうぼうの庭園を訪れ、散歩やちょっとした行楽の途上で、間近で目にとめた植物を採取したことを語るとき、専門家たちは「まったくもっておめでたい」と思ったかもしれない。特に私が重視して観察したのは、種子が成熟しはじめるとき、さまざまな種子がどのように発芽するかである。成長中の不恰好なウチワサボテンの発芽に注意を向けた。ウチワサボテンは可愛らしい双子葉状に二枚のやさしい小さな葉をだすのだが、さらに成長するにつれて、徐々に不恰好な形になってゆくのを楽しく観察した。

種を包んでいる莢《さや》についても特異なことに出会った。ハアザミ《*Acanthus mollis*》の莢をいくつか持ち帰り、ふたのない小箱に入れておいた。ところがある夜、パチパチ音が聞こえ、まもなく何やら小さな物が天井や壁にはじけ飛んだ。そのときは何なのかわからなかったが、あとになって例の莢がはじけて種子があたりに散乱しているのを見つけた。部屋が乾燥していたので、数日のうちにこのような弾力性をもつまでに成熟したのである。

こんな風に観察した多くの種子のなかで、なお二、三のものに言及しておこう。それらは、期間に長短はあるにせよ、かつてのローマで成長し続けたもので、私の記念になるからである。マツの実の発芽はまことに注目すべきものだ。マツの実は、種のもとになる胚珠がカプセル状にまもられながらもりあがり、やがてこの珠皮を脱ぎすてて、緑の針葉の頭冠をいただき、未来のあるべき姿のきざしをみせた。

以上が種子による繁殖に関することだが、若芽による繁殖についても同じように、それも顧問官ライフェンシュタインから注意をうながされた。彼は散歩のたびにあちこちで枝を折り取っては、「これを地中にさせば、どの枝もすぐに成長をつづけます」と小うるさいまでに主張した。はっきりした証拠として、彼は自分の庭園のじつに立派に根をはっている挿し木をみせた。このようにふつうに試みられる増殖法が、将来において園芸術にとっていかに重要なものになったかを、ライフェンシュタインの存命中[36]に体験させてやりたかった。

しかしながら、もっとも私の注意を引いたのは、灌木のように高く伸びたセキチクの株であった。この植物のさかんな生命力と繁殖力はよく知られているが、その若芽はつぎつぎと枝にひしめき合い、葉と茎の継ぎ目となる節《せつ》は続々と漏斗《ろうと》状に連なっていた。これが続くと、いっそう度合いが増し、若芽は見きわめがたいほど狭いところから最高度の発展をとげ、その結果、満開の花ですら、さらにそのふところから四つの完全な花を咲かせた。

この不思議な姿を保存する手立てがみあたらず、とりあえず精確にスケッチすることを企て、その際にメタモルフォーゼの根本概念に関わるいくつもの見解に達した。だが、やらねばならないことがありすぎて集中できない。いっぽう、私のローマ滞在も終わりに近づいている。あせればあせるほど、やりきれぬ思いが重荷となってのしかかった。

長いこと家に閉じこもって静かに過ごし、上流階級の気晴らしのおつき合いから遠のいていたが、落ち度があり、家の近所はもちろん、新奇なできごとを探しもとめる

36 ライフェンシュタインは一七九三年に没した。

社交界の注目をあびてしまった。事の次第はこうである。アンゲーリカは決して劇場へ行かず、私たちはその理由をたずねもしなかった。しかし大の芝居好きである私たちは、彼女の前で歌手たちの優美な技量や、チマローサ[37]の音楽の効果的なことをほめちぎり、彼女とこうした楽しみを分かち合いたいとひたすら願っていた。そんな矢先、若い連中、ことに歌手や音楽関係者とひじょうに仲のよいブリー[38]の計らいで、先方から「熱心なファンで熱烈な拍手をおくって下さる皆さまのために、折をみて、皆さまの広間で音楽を奏で、歌いましょう」という喜ばしい申し入れがあった。この計画は何度も話し合いがなされ、提案されては先延ばしになっていたのであるが、ついに若い人たちの希望通りに実現をみた。ヴァイマール公国に仕えているすぐれたヴァイオリニストで、コンサートマスターのクランツ[39]がイタリアで修業するために休暇をもらって、とつぜんやってきたので、たちまち事は決まった。クランツはその才能を音楽ファンのために活かし、私たちはアンゲーリカ、彼女の夫、宮廷顧問官ライフェンシュタイン、ジェンキンス氏[40]、ヴォルパト氏[41]、その他ふだん愛顧をうけている人たちを、上品な祝宴に招くことになった。ユダヤ人や室内装飾家が広間の飾りつけをし、近くのカフェーの主人が飲食物の世話をひきうけてくれた。こうしてこのうえなく美しい夏の夜に、華麗なコンサートが催された。窓の下には大勢の人があつまり、劇場にでもいるかのように、歌にさかんな拍手を送っていた。

もっとも人目を引いたのは、ちょうど夜の町を演奏しながらまわっていた楽隊と音楽ファンを乗せた大きな乗合馬車が、私たちの家の窓の下にとまったことである。かれらは階上の好演にさかんな拍手を送った後、しっかりしたバスの歌声で、私たちが部分上演していたオペラのもっとも人気のあるアリアのひとつを、全楽器の伴奏つきで聞かせてくれた。私たちはあらんかぎりの喝采を送り、群衆も一緒に拍手をし、誰

---

37 一七八七年七月三十一日付け、六三頁参照。

38 画家フリッツ・ブリー。彼については四七頁、注3参照。ローマではゲーテと同じ宿に泊まっていた。

39 ヨハン・フリードリヒ・クランツ(一七五四〜一八〇七)。ヴァイマール生まれ。宮廷音楽家(一七六六〜九九)。

40 トーマス・ジェンキンス(一七二二〜九八)。元来は画家、後に美術商・銀行家。ローマに邸宅を所有し、ゲーテの斜め向かいに住んでいた。

41 ジョヴァンニ・ヴォルパト(一七三五〜一八〇三)。銅版画家。レオナルド・ダ・ヴィンチやラファエロの銅版画の制作者として有名。

もが「さまざまな夜の楽しみに参加しましたが、これほど完璧に思いがけない成功を博したものはありません」と断言した。

だがロンダニーニ宮殿の向かいにある私たちのきちんとした、しかし静かな住まいは、急にコルソ通りの注意を引くようになってしまった。「富裕な貴人があそこに入居したにちがいない」と噂になったが、知名の士のなかから件《くだん》の人物を見つけだし、さぐりあてることは誰にもできなかった。私たちの祝宴は、芸術家間の好意によって成されたもので、それほど費用はかかっていないのだが、もしこのような祝宴を金銭ずくで張ろうとしたら、もちろん巨額の出費を要したであろう。私たちは以前の静かな生活をつづけたが、もはや「富裕で高貴な生まれ」という色メガネで見られずに過ごすことはできなくなった。

フリース伯が到着し、活発な団らんの新たな契機となった。彼が同伴した教区僧カスティは、当時まだ印刷されていなかった雅やかな物語を朗読[42]して、人々をおおいに楽しませてくれた。カスティの明るくのびのびした朗読は、あの機知に富む、とほうもなく独創的な描写にいのちを吹き込むようだった。ただ残念ながら、フリース伯のような善意の富裕な芸術愛好家を取り巻くのは、信頼できる人間ばかりではない。伯が贋造の彫刻宝石を購入したときは、話題になり、みなが渋い顔をした。そのいっぽうで、フリース伯は美しい立像を購入できて、たいそう喜んでいた。それはパリスを、別の解釈によればミトラ[43]を現したものといわれ、それとペアになっている像は、現在ピオ・クレメンティーノ美術館[44]にある。どちらの像も、ある砂坑で発見されたものだ。しかし、フリース伯をひそかにつけねらうのは、美術商の仲買人ばかりではない。彼は何度も危険な目にあった。そのうえ彼はおよそ暑い季節に体をいたわるすべを知らなかったので、さまざまな疾患におそわれ、そのために滞在の終わりの日々は不快なものになってしまった。私は伯の厚意にいろいろ負うところがあり、たとえばピオム

42　一七八七年七月十六日付け、五一～五二頁参照。
43　ミトラ教またはミトラス教は、古代ローマで隆盛した太陽神ミトラスを主神とする密儀宗教。東洋風の衣装をつけ、フリュギア帽をかぶっていることで、パリスと接点があるとされる。
44　クレメンス十四世（在位一七六九～七四）とピウス六世（在位一七七五～九九）は美術品の収集に尽力し、この二人の名にちなんでこう命名された。

ビーノ公のすぐれた宝石コレクション[45]を一緒に見る好機に恵まれたので、なおさら心を痛めた。

フリース伯のもとには美術商のほかに、当地を僧衣姿であるきまわる文士のような人たちもいた。かれらとの会話は、気持ちのよいものではなかった。話が国民文学のことにおよび、あれこれの点で教示を得ようとすると、すぐさまいきなり「アリオストとタッソーのどちらをもっとも偉大な詩人だと思いますか」と聞いてくる。私が「かくもすぐれた人物をふたりも、一国民に恵み与えたことを、神と自然に感謝しなければなりません。いずれの詩人も時代と状況、境遇と感性に応じて、私たちにこのうえなくすばらしい瞬間をさずけ、安らぎと恍惚感をもたらしますね」と答えても、こうした思慮深い言葉にはだれも耳を傾けなかった。軍配をあげられたほうの詩人は高く、いっそう高く持ち上げられ、他方の詩人は低く、いっそう低くおとしめられた。最初のうち、私はけなされたほうの弁護をひきうけ、こちらの詩人のすぐれた点をみとめさせようとした。しかしこれは効き目がなく、人々はいっぽうに味方して、自説に固執した。ずっと同じことがくりかえされ、このようなテーマで討論風に言い争うのは、気が重すぎて、私はこうした会話をさけるようになった。なかんずくかれらがテーマに本当に興味を抱いているのではなく、決まり文句を口にして主張しているにすぎないことに気づいたからである。

ダンテが話題にのぼったときは、いっそうひどかった。この鬼才にたいして心底、関心をもっている、身分も知性もある青年なのだが、彼は私の賞賛と賛意を快く受け入れず、「イタリア人ですら全部はついていけないような鬼才を理解するのは、外国の方にはむりでしょう」と直截に断言した。二、三やりとりがあったが、しまいに私はうんざりして「正直にいうと、あなたの意見に賛成したくなります。この詩をどう読んでほしいのか、見当もつきません。『地獄篇』はいとわしく、『煉獄篇』はあいまいで、『天国篇』は退屈です」と言った。すると彼はそこから自分の主張の論拠を引き出して、「それこそまさに、外国人である貴方には、この詩の深みも高みも理解できないということを示すものです」と言って、おおいに満足した。彼は「ながく熟考して、ようやく合点がいった、難解な箇所がいくつかあるので、それらを伝授して解

45 一七八七年七月二十五日付け、五九頁参照。

説してさしあげましょう」とまで約束し、私たちは仲良く別れた。

残念ながら、芸術家や芸術愛好家との会話も、いっこうにためにならなかった。しかし結局のところ、わが身を省みて他人の落ち度は大目に見よということだろう。あるときはラファエロに軍配があがり、またあるときはミケランジェロに軍配があがるが、結局、そこから出てきた結論はただひとつ。すなわち、「人間は偏狭な存在なので、たとえ偉大なものにたいして精神が開かれたとしても、さまざまな種類の偉大さを同等に評価し、承認する能力は決して手に入らない」ということである。

ティッシュバインが不在で、感化をうけられないのを寂しく思っていたが、彼はたいそう生き生きした手紙を送ってきて、できるだけ埋め合わせをしてくれた。彼は珍しい事件に関してさまざまな機知に富んだ受けとめかたをし、独創的な見解を披露し、ほかにも、彼がその地で頭角をあらわした絵画[46]のスケッチと下絵によって、詳細を知らせてくれた。オレスト[47]の半身像で、姉イフィゲーニエが生贄《いけにえ》の祭壇のところで彼をみとめ、これまで彼を責めさいなんできた復讐の女神フリアたちがたちまち退散するところが描かれている。イフィゲーニエは、そのころ美貌と名声の絶頂にあったエマ・ハートことハミルトン夫人に生き写しだった。彼女は総じてあらゆるヒロイン、文芸・学術をつかさどるミューズ、半ば女神のように神々しい女性の典型とされ、復讐の女神のひとりも、彼女の面ざしをやどした洗練された姿になっていた。このようなことができる芸術家は、騎士ハミルトンのりっぱな社交の集いで大歓迎されたにちがいない。

46　ティッシュバインがゲーテの戯曲『タウリス島のイフィゲーニエ』の最終稿に触発され、ナポリでクリスティアン・アウグスト・フォン・ヴァルデック侯爵のために描いた絵（一七八八）。

47　ギリシア神話の人物で、アガメムノンとクリュタイムネストラの息子でミケーネの王子。母殺しの罪で復讐の女神フリアたちに責めさいなまれ、方々をさまよい、タウリスにたどり着き、神殿の巫女となった姉のイフィゲーニエに出会う。

八月

通信

ローマにて、一七八七年八月一日[1]

暑さのために、一日じゅう静かに家にいて、仕事に精を出した。君たちはきっとドイツで素敵な夏を過ごしていると思うと、酷暑でもたいへん嬉しい。当地で干し草を取り込むのを眺めるのは、このうえなく楽しい。この季節にはまったく雨が降らず、農作業はしようとさえ思えば、思うままにできるからだ。

夕方、テヴェレ河のりっぱに設計された安全な水浴場で水あびをした。それからトリニタ・デイ・モンティのほうへ散歩して、月の光を浴びながら爽やかな風を楽しんだ。この地の月光は、夢想と幻想の世界そのものである。

『エグモント』の第四幕が完成した。次の手紙ではこの戯曲の結末をお知らせしたい。

八月十一日

次の復活祭までローマにとどまろうと思う。ローマという偉大な学びの園で、見習修業の途中で逃げ出すわけにはいかない。辛抱すれば、かならず、友人たちにも喜んでもらえるほど進歩する。君たちは私の不在を、しばしば死者を悼むように残念がっていたから、たえず手紙を書き送り、それから次々に著作を送ろう。そうすれば、私が遠く離れた地でも健在だとわかるだろう。『エグモント』[2]は完成し、この月末には発送できるだろう。それからは君たちの判断を切に待ちわびることになる。

美術の知識をせっせと増やし、実践しない日は、一日たりともない。瓶のふたを開

1　この手紙はシュタイン夫人宛。

2　ゲーテは一七八七年八月十一日付けのカール・アウグスト公宛の手紙で、「ささやかな絵の才能を磨く」ためばかりではなく、「『エグモント』を完成させ、新年までに『タッソー』を、復活祭までに『ファウスト』を練り上げて（…）私の最初の（というよりも第二の）創作時代を復活祭でしめくくることができるように」帰国を復活祭まで延期してほしいと願い出ている。

けて水中につっこめば、たやすく満タンになるように、感受性がつよく心構えができていれば、ローマではたやすく充実した日々が送れる。美術の基本的な要素《エレメント》があらゆる方面から押し寄せてくる。

ドイツの素敵な夏は当地の私にも予想できた。当地では空はいつも同じように澄んでいて、真昼のひどい暑さも、涼しい広間にいれば、かなりしのげる。九月と十月は田舎ですごし、自然をスケッチしようと思う。ハッケルト氏の教えを受けに、またナポリへ行くかもしれない。彼と一緒に田舎ですごした二週間で、おおいに進歩した。私ひとりだったら、数年かかっても、ここまで上達できないと思う。あなた[3]にはまだ何も送っていないが、とつぜんの贈り物にしようと思って、スケッチの小品を一ダースほど手元に残してある。

今週は静かに勤勉にすごした。とりわけ遠近法ではいろいろ学んだ。[4]マンハイムの校長の息子フェルシャッフェルト[5]はこの理論をじゅうぶんに研究し、彼の技術を伝授してくれた。月光[6]の景色も何点か、板に描き、墨で影をつけてみせた。その他に二、三、報告するには突飛すぎるようなアイデアもあった。

ローマにて、一七八七年八月十一日

公爵のご母堂に長い手紙を書き[7]、イタリア旅行はもう一年、先送りするようにすすめた。十月に出発すると、この美しい国に到着するのは、ちょうど天候が一変するころになり、興をそぐだろう。この点や他の点で私に賛成してくれて、幸運にめぐまれれば、楽しい旅になるだろう。今度のご旅行を心から喜ばしく思う。

自分と他人を気遣い、将来をじっくり待[8]とう。性格を大きく変えて、運命から逃れることのできる人間は、ひとりもいない。君はこの手紙から私の計画を見て取り、是

---

3 シュタイン夫人をさす。
4 一七八七年七月二十七日付け、五八頁参照。
5 マクシミリアン・フォン・フェルシャッフェルト（一七五四〜一八一八）。画家で建築家。一七八二年から九三年までローマに滞在。ゲーテはマンハイムの絵画研究所を訪問した際に、所長をしていた彼の父ペーター・アントン・フォン・フェルシャッフェルト（一七一〇〜九三）に歓待された旨を記している（『詩と真実』第十一章）。
6 一七八七年七月三十一日付け、六二頁参照。
7 カール・アウグスト公の母アンナ・アマーリアは一七八八年九月から一七九〇年九月までイタリアに滞在した。この手紙は保存されていない。

認してくれるだろうから、繰り返さないでおく。

たびたび手紙を書こう。そうすれば、いつも心のなかで、冬じゅうずっと君たちのもとにいられる。『タッソー』は新年になってから送る。『ファウスト』は彼の空飛ぶマントに乗って急使となり、私の到着を告げるだろう。そうしたら、主要な時期を終え、きっぱり終了したことになって、必要とあれば、また新たに取りかかればいい。以前よりも軽やかな心持ちになり、一年前とは別人のようだ。

私にとって好ましく価値あるものに、あふれんばかりに豊かに囲まれて過ごしている。この二、三ヵ月はじめて当地で自分の時間を満喫した。というのも、いまこそすべてが解明され、芸術はいわば私の第二の本能になろうとしているからである。ミネルヴァがジュピターの頭から生まれたように、[9] 芸術は偉才の頭脳から生まれたのだ。これについては今後、何日でも、何年でも君たちと話をしたい。

君たちみなに素敵な九月が訪れますように。みなの誕生日[10]が集中している八月の末には、一心に君たちのことを考えよう。猛暑が過ぎたら、スケッチをしに田舎へ行くが、それまでは室内ですべきことをして、ちょくちょく中休みしている。とりわけ晩は風邪をひかないように気をつけている。

ローマにて、一七八七年八月十八日

ふだんの私は北国風にせっせと仕事にはげむのだが、今週はじめの数日は、あまりにも暑くて、いくぶん、だらけてしまい、思ったほど仕事がはかどらなかった。二日ほど前から、心地よいアルプスおろしの北風が吹いてきて、風通しがよい。九月と十月はすばらしい月になるにちがいない。

昨日は日の出前にアクア・アチェトーザへ馬車を駆った。風景、とくに明澄で多様で、半ば薄もやに包まれた、みごとな色合いの遠景を眺めていると、頭がぼうっとしてくる。

モーリッツはいま、古代遺物の研究をしている。それらを青少年や思索家に役立つ身近なものにし、時代おくれの抹香《まっこう》臭さを一掃するだろう。彼の事物の観察法は、まことに適切で正しいので、じっくり時間をかけて徹底的にやってほしい。夕方、散歩

8　ヘルダーをさす。
9　知恵の女神ミネルヴァは、最高神ジュピターの頭から生まれた。
10　ヘルダーは八月二十五日、ゲーテ、そしてヘルダーの息子ゴットフリートは八月二十八日、公爵は九月三日、ヴィーラントは九月五日がそれぞれ誕生日である。

の際に、彼がその日に熟考した事柄や、精読した著者の説を私に説明してくれる。そうすると、私は、他の仕事にかまけてほったらかしになっていたことの埋め合わせができる――それは後から骨折ってやっと挽回できるようなことでもある。また、そのあいだに私は建物、街路、風景、記念物を観察して、晩に家へ帰ると、談笑しながら、とくに注意を引いたものを戯れに描いてみせる。昨夜、こんな風にして描いたスケッチを同封しよう。これはカピトリーノの丘を後ろから登っていくときに、たまたま思いついた構図である。[11]

親切なアンゲーリカと一緒に、日曜日にアルドブランディーニ公子所蔵の絵、とくにレオナルド・ダ・ヴィンチのすぐれた絵[12]を見に行った。彼女はじつにすばらしい才能の持ち主で、財産は日ごとに増え、当然しあわせであるべきなのに、実際はそうではない。彼女は求めに応じて描くことに倦んでいるのだが、年老いた夫[13]は、手軽な仕事でしばしば大金がはいるのを、このうえなく素敵なことだと思っている。彼女はいまや自身の喜びのために、もっとゆっくり入念に研究して仕事したがっており、それも可能だろう。夫妻には子供がなく、利息だけでも遣い切れず、日々、ほどほどに仕事すれば、十分な稼ぎがあるのだから。でもそうはしないし、将来もそうはならない

ゲーテ作、カピトリーノの丘の広場（1787 年 8 月 17 日）
「カピトリーノの丘を後ろから登っていくときに、たまたま思いついた構図」

だろう。彼女は腹蔵なく話し、私も自分の意見を述べ、アドバイスをする。訪問のたびに、彼女をはげます。十分に所有していても、それを使えない、享受できないとなれば、それは所有していないのと変わらないし、不幸というべきだろう。彼女には信じられないほどの、女性としてはじつに途方もない才能がある。彼女が「何をあとに残すか」ではなく、「何をしているか」をながめて評価しなければならない。欠けている点を数え立てるとなれば、いかほどの芸術家の作品が持ちこたえられるだろうか！

私はこんな風にローマとローマの生活、芸術と芸術家たちに、ますます馴染んできて、諸般の事情にも通じてきた。生活を共にし、あちこち歩き回るにつれて、これらが身近で自然なものになる。客として滞在するだけだと、誤った考えを抱いてしまう。当地でも、私の静かな生活ペースを乱し、賑々しい俗世へ連れ出そうとする人がいるが、私はできるだけ身をまもっている。約束しては先送りして、何とか相手をかわし、また約束する。つまり、イタリア人相手に、イタリア風にふるまっている。枢機卿で国務大臣のブオンコンパニに強く迫られたが、私は九月半ばに田舎へ出かけるまで、柳《やなぎ》に風と受け流すつもりでいる。紳士淑女を疫病神のように避けており、かれらが馬車で出かけるのを見ただけで、私の胸は痛む。

ローマにて、一七八七年八月二十三日

君たちから送られた第二十四番目の手紙[14]を一昨日、ちょうどバチカンへ出かけるときに受け取り、行く途中やシスティナ礼拝堂で、たびたび見学と観察を休止して、くりかえし何度も読んだ。君たちもここにいて、比類なき熟達の士が何をなし、また何をなしうるかをわかってくれたらと、どれほど願ったか、言葉では言い表せない。システィナ礼拝堂を見ずに、およそひとりの人間が何をなし、またなしうるか、きちんと把捉することはできないだろう。多くの有能な偉人のことを耳にし、書物で読むが、

11　裏面には「八月十七日」の日付が入っている。

12　アルドブランディーニ公子はボルゲーゼ家の出で、この絵は当時パラッツォ・ボルゲーゼに収められていた。ダ・ヴィンチの絵「パリサイの徒のなかのキリスト」は、一八〇〇年にイギリスに運ばれ、現在はロンドンのナショナル・ギャラリーにある。

13　一七八七年七月十六日付け、五二頁参照。

14　シュタイン夫人は手紙に番号をつけていた。

ここではそれが生き生きと頭上にひろがり、眼の前にある。私は君たちといろいろ話し合ってきたが、それらがすべて紙の上に残されていたらと思う。君たちは私のことを知りたがっている！　私は本当に生まれ変わり、新たなものとなり、満たされているので、どんなに多くを語ることができるだろう！　私の諸々の力が結集するのが感じられ、まだ何かやれそうだと思う。風景や建築についてはこのごろ真剣に熟考し、いくつか試してみた。さてどういう結果になるのだろう。どこまで進めるものなのだろう。

　いまやついに、周知のアルファにしてオメガであるもの、すなわち、人体に強く惹かれ、人体の研究をはじめた。私は「主よ、私はあなたを放しません。あなたが私を祝福してくれるまで。私は闘います。わが身が萎えるまで」[15]と言う。スケッチはまったくうまくいかないので、彫塑をやることに決めたら、こちらは少し上達しそうである。少なくとも、ある考えに達し、だいぶ楽になった。詳述すると冗漫だろうし、「論より実行」である。要するに、粘り強く自然を研究し、入念に比較解剖学をすすめてきて、いまや自然および古代美術品において、いろいろなことを総体的にみることができるようになったのである。そうしたものを美術家はひとつひとつ探し求めるが、総体的にみるのは難しく、ようやく手に入れても自分のために所有するだけで、他人には伝授できずにいる。

　観相学を論じるにふさわしい芸術作品があるのだが、あの予言者[16]に対する鬱憤《うっぷん》から、みな隅っこにほうりだしておいた。しかし、これらをまた引っぱりだしてみたら、なかなか具合がよい。最初の彫塑モデルはヘラクレスの頭部。これがうまくいったら、さらにつづけよう。

15　『創世記』第三十二章二十四～二十六、「ヤコブと天使の闘い」参照。ひとりの男が夜明けまでヤコブに組打ちを挑んだ。男は言った。「夜明け近くなったから、放してくれ」。ヤコブは「いや、私を祝福してくれなければ、放しません」と答えた。――ヤコブの物語は、ゲーテ自身の芸術家としての苦闘の比喩である。ここでゲーテは、芸術家にとって肝心なのは人物をとらえることだと考えており、その試み、その苦闘をヤコブと天使の闘いのようにドラマチックなものとみなしている。

16　近代観相学（顔貌と性格・気質との関係を考察する学問）の祖ヨハン・カスパー・ラヴァーター（一七四一～一八〇一）のこと。スイスの改革派の牧師で著述家。ゲーテは一七七四年、彼とバセドウと同席したときのことを「右に予言者、左に予言者、世俗の子は真ん中に」と記している。ゲーテは観相学のことでラヴァーターと激しく論争していた。

いまや、世間からも俗事からも遠ざかっているので、新聞を読むと、妙な気持ちになる。この世の姿はうつろう。[17]私は永続するものにのみ従事したいと思うし、＊＊[18]の教えにしたがって、私の精神に永続性を付与したい。

昨日は、ギリシアやエジプトなどを旅行してきた騎士ワースリー[19]のもとで多くのスケッチを見た。アテネのミネルヴァ神殿の帯状装飾《フリーズ》のなかにある浅浮き彫りのスケッチがもっとも興味深かった。フェイディアス[20]の作品で、この少数のシンプルな形姿ほど美しいものは想像できない。その他にもスケッチはたくさんあったが、心惹かれるものはあまりなく、風景は不出来だし、建築物のほうがましである。

今日のところはこれでごきげんよう。私の胸像[21]が制作されていて、そのために今週は三日ほど朝の時間をとられてしまった。

一七八七年八月二十八日

ここ数日いろいろよいことがあったが、今日、私の誕生日に尊厳な神の思想に満ちたヘルダーの小冊子[22]が届いた。多くの欺瞞と迷妄の母胎であるバベルのように混乱した、この大都会ローマにあって、かくも純粋で美しい思想を読むこと、そして、いまや、このような根本的な心の持ち方、このような考え方が広まってしかるべき潮時だと思うと、慰められ、元気づけられる。この小著を孤独のなかでなおも頻繁に読み、心に刻み、将来、話し合いの糸口にするためにも、覚え書をつくっておこう。

このところ、ますます芸術鑑賞の手をひろげ、修了すべき全課題をほぼ概観した。だが修了しても、まだ何ひとつ成しとげられていない。資質と運しだいだが、別の機

17　『コリント人への第一の手紙』第七章三十一参照。
18　スピノザのこと。主著『エティカ』（一六七五）。当時スピノザは無神論者としてタブー視されていたが、ゲーテはヘルダーとともにスピノザを研究している。
19　リチャード・ワースリー（一七五一～一八〇五）。一七八一～八七年の旅行中に収集した美術品に関する彼の著書が出版されている（全二巻、一八二四、ロンドン）。
20　アテネで生まれた古代ギリシアの彫刻家（前四九〇頃～前四三〇頃）。
21　アレクサンダー・トリッペル作。トリッペルはシャッフハウゼン生まれで、一七七六年からローマに滞在していた。この胸像の依頼については上巻、一七八七年三月一日付け、三七一頁、注21参照。
22　ヘルダー著『神』（一七八七）をさす。この書はゲーテの三十八歳の誕生日に届いた。第二版（一八〇〇）とあわせて『神　スピノザをめぐる対話』で知られる。

会にあっさりと、うまく成しとげられるかもしれない。

フランス美術院《アカデミー》[23]による作品展示会では、興味深い作品もあった。神々に自分の幸福な最期を請い願うピンダロスが、熱愛する少年の腕のなかで息絶える絵[24]は、おおいに価値がある。また、絶妙な着想を実現した建築家もいた。彼は、まんべんなくよく見えるところから現在のローマをスケッチし、次に別の紙面に、同じ地点から眺めた古代ローマを描いてみせた。古い記念碑の建っていた場所はわかるし、その多くはいまなお廃墟があるので、形もだいたいわかる。彼は新しいものをすべて一掃し、古代ローマを再現した。およそディオクレチアヌス時代[25]には、こんな風だったかもしれない。研究熱心で趣味もよく、彩色がこのうえなく美しい。

私は自分にできることをして、こうしたすべての考えや才能から引っぱってゆけるかぎりを私のうえに積みあげ、このようにして、もっとも堅実なものを持ち帰ろう。

トリッペルが私の胸像を制作しているという話は前にしたよね? 注文したのはヴァルデック侯だ。あらかた仕上がり、全体的によくできており、たいそう手堅い様式で制作されている。模型ができあがったら、それにかぶせて石膏型がつくられる。トリッペルは最後に実物にしたがって大理石[26]を彫琢《ちょうたく》したがっている。石膏型ができたらすぐに、大理石にとりかかるだろう。大理石には他の材料では出せない味わいがあるから。

アンゲーリカがいま描いている絵は、大成功をおさめるだろう。グラックス兄弟の母親[27]が、宝石をみせびらかす女友達に「私の子供たちこそ、至宝です」と示すところである。自然でたいへん適切な構図である。

23　一六六六年ルイ十四世とコルベールによって創設された、ローマのフランス美術院は当時、コルソ通りのマンチーニ館にあった。
24　この絵「テオクセノスの腕のなかで息絶えるピンダロス」はジャン＝バプティスト・フレデリック・デマレー（一七五六〜一八一三）の作品。彼はアカデミーの奨学金を得て一七八六年から九四年までローマで生活していた。
25　ローマ皇帝（在位二八四〜三〇五）。
26　この大理石像は一七八七年十一月一日に完成され、いまはアロルゼンのヴァルデック城にある。アンナ・アマーリア大公妃がローマ滞在中、一七八八年に大理石像のレプリカを注文し、そちらはいまはトリッペル作のヘルダー像と対をなしてヴァイマールにある。
27　グラックス兄弟は共和政末期ローマの政治家。母コルネリアは大スキピオの娘で、紀元前一五一年の夫の死後、兄弟の養育に専念し、ローマ女性の鑑《かがみ》とうたわれた。

収穫を脳裏に思い描きながら、種をまくのは、なんと素敵なことだろう。今日は私の誕生日だが、当地ではまったく口に出さなかった。朝、起きたとき、故郷からは何もお祝いのしるしが来ないのだろうかなどと思った。すると、なんと君たちからの小包が届いて、言葉にできないほど嬉しかった。すぐに座って手紙を読み、読み終わるとすぐに、心からのお礼を書き記している。

いまこそ君たちと共にありたいとしみじみ思う。そうすれば会話がはじまって、二、三の大まかに示した点も、くわしく論じることになるだろう。ともかく、いつかそうなるだろう。いま、指標となるべき柱が建ち、しかも私たちが互いにそこからの里程を測れそうなほど近くにいるとは、誠にありがたい。私は自然と芸術の広野を力強い足取りで歩きまわり、そこから喜んで[28]君のほうへ歩んでいこう。

今日、君の手紙を受けとってから、もう一度じっくり考えてみたが、私の芸術研究や作家活動のために、なおも当地ですごす時が必要であるという主張は変わらない。芸術においては、すべてが直観的知識となって、何事も伝統や名前にとどまらないところまで行かなくてはならない。それを半年の内にやり遂げねばならず、しかもローマでしかできない。(「小事は大事」ゆえ)私のささやかな責務を、せめて集中力と喜びをもって果たしたい。

そうしたら、すっぱりと祖国へ戻れる。たとえ公職をはなれて、孤絶した生活を送ることになろうとも、これまでの遅れを取り戻し、まとめ上げねばならないことがたくさんあるので、十年間は休めないだろう。

博物学では思いがけないものを持ち帰ろう。有機体の組織のありようにかなり詳しくなったと思う。君には、神のこのような《Manifestationen（現れ）》――《Fulgurationen（放射）》ではない[29]――を楽しく観照してほしい。そして、古代および近世において、これと同じことを発見し、考え、同じ側面、もしくは、少しばかり違う観点から考察した人がいたら、私に教えてほしい。

28　ヘルダーをさす。
29　ヘルダーが著書『神』のなかで、神の働きを解明するためにライプニッツが用いた《Fulgurationen》という表現を拒否したことをほのめかしている。

報告

八月

今月の初め私のなかで、今度の冬もローマにとどまろうという計画が熟してきた。いまのこうした境遇からはなれたら、私はまったく未熟なままだろうし、自著の完成に必要な場所と安らぎは、他のどこにも見出せないだろうという気がして、達観し、ついに腹をきめた。国もとへそれを知らせると、いよいよ新たな時期がはじまった。酷暑はますますつのり、すばやく活動したくても、ほどほどにせねばならず、自分の時間を静かに涼しく有効に過ごせそうな場所が、心地よく願わしいものとなった。それには、システィナ礼拝堂が恰好の場である。ちょうどそのころ、ミケランジェロが新たに芸術家たちの尊敬をあつめていた。「ほかのさまざまな偉大な特質とならんで、彩色の点でもミケランジェロをしのぐ者はいない」と言われ、「ミケランジェロとラファエロ、どちらの天才が上？」といったことを論争するのがはやっていた。ラファエロの「キリストの変容」[30]はときおりたいそう厳しく非難され、「聖体の論議」[31]

《Disputa》」がラファエロの最高作と言われた。のちに台頭する古《いにしえ》の流派の作品を偏愛するきざし[32]はすでにあったが、静謐な鑑賞者はそうした偏愛を、十分な才能をもたない未熟者たちの徴候とみなし、一度も同調しなかった。

偉才をひとり理解するだけでも難しいのに、二人同時にとなれば、なおさら困難である。派閥をつくれば、私たちの負担は軽くなるが、そのために、芸術家や著述家の評価はたえずゆらぎ、いつもどちらかいっぽうが、もっぱら時代を支配することになる。私はこうした論争を黙過し、価値と品位あるものをすべて直接、鑑賞するようにつとめていたので、こうした論争に惑わされることはなかった。この偉大なフィレンツェ人ミケランジェロに対する特別な愛好心は、美術家から美術ファンにたちまち伝播し、ちょうどその頃、ブリーとリップス[33]が、フリース伯の求めに応じて、システィ

30　ラファエロの絶筆（一五一六〜二〇）。上巻、一七八六年十一月十八日付け、二六七頁参照。

31　バチカンにある絵。ラファエロは一五〇八年に制作開始。

32　ナザレ派に向けられた言葉。ナザレ派は十九世紀初頭、アカデミズムに対する反発から興ったドイツの画派。初期ルネサンス絵画に範をとり、宗教画の復興を企図した。

ナ礼拝堂で水彩画の模写をすることになった。私たちは管理人に心づけをはずみ、祭壇のそばの裏口から中へ入れてもらって、自宅にいるように好き勝手にふるまった。多少の食物にもこと欠かず、昼の猛暑にぐったりして、教皇の御座でつい午睡にふけってしまったことをいまも思い出す。

祭壇画[34]の下部に描いてある人物の頭や形姿には梯子でとどく。まず初めにフレームに黒い薄紗をはって白いチョークで、つぎに大きな紙面に赤いチョークで透写し、綿密なトレースが仕上がってゆく。

先人の作品が好まれたので、レオナルド・ダ・ヴィンチも同じように名声を博した。彼の傑作とされている「パリサイの徒のなかのキリスト」をアンゲーリカと一緒に[35]、アルドブランディーニ・ギャラリーへ見に行った。アンゲーリカが日曜日の昼ごろ、夫君のズッキ氏や顧問官ライフェンシュタインとともに馬車で私の家へ乗りつけ、みなでうだるような暑さのなか、できるかぎり心を鎮《しず》めて、どこかの美術館・収集室へおもむき、数時間そこで過ごし、つぎは彼女の家で結構な昼食にあずかるというのが習慣になっていた。この三人はそれぞれに理論と実践、審美眼とテクニックに秀でていたから、すぐれた芸術作品を前にして話し合うのは、ことのほか有益だった。

ギリシアから戻った騎士ワースリーは、持ち帰ったスケッチを親切に私たちに見せてくれた。そのなかでアクロポリスの破風飾りにあるフェイディアスの作品を模写したスケッチは、決定的な消しがたい印象を残した。私は、ミケランジェロの描いた力強い形姿がきっかけとなって、今までよりもさらに注意深く人体の研究をするようになっていたので、それだけにいっそう強い印象をうけた。しかし活気ある美術界に意義ある新時代を画したのは、月末のフランス美術院《アカデミー》の展覧会だった。ダヴィッド[36]の描いた「ホラティウス家の誓い」で、フランス勢は有利に

33　ヨハン・ハインリヒ・リップス（一七五八～一八一七）。スイスの銅版画家。一七八二～八五年、一七八六～八九年、ローマに滞在。一七八九年ゲーテに招かれてヴァイマールの絵画研究所の教授になり、一七九一年、有名なゲーテの肖像画（チョークによる素描、銅版画）を制作。ブリーとフリース伯については一七八七年報告七月「自然観察で行き悩む」それぞれ七二頁、七四頁参照。

34　ミケランジェロの「最後の審判」。

35　一七八七年八月十八日付け、八六頁参照。

36　ジャック゠ルイ・ダヴィッド（一七四八～一八二五）。フランス新古典主義を代表する歴史画の大家。

なった。ティッシュバインはこれに刺激されて、「ヘレナの面前でパリスに挑むヘクトール」を等身大で描きはじめた。いまやドルエ[37]、ガニェロー[38]、デマレー、ゴフィエル[39]、サントゥール[40]のおかげで、フランス勢の名声は色あせず、ボゲ[41]はプッサン流の風景画家として好評を博している。

そのあいだ、モーリッツは古代神話の研究にはげみ、以前からの流儀で、旅行記[42]を書いて旅行資金を調達するためにローマに来ていた。ある書店の主人[43]が前貸ししてくれたが、モーリッツはローマに滞在してまもなく、安易で軽はずみな日記を書くと、ろくなことにならないと気づいた。毎日、いろいろ話をしたり、多くの重要な美術品を鑑賞したりしているうちに、彼のなかに、人間味をもたせた古代人の神話を描きだし、教訓的な石版画の挿絵を入れて、将来これを出版したいという考えが芽ばえた[44]。彼は熱心に仕事をし、私たち仲間もこれについて話し合い、説きつけた。

さて、彫刻家トリッペルを相手に、私の希望や目的に直接つながる、たいそう心地よく有益な会話がはじまった。トリッペルが、ヴァルデック侯の求めに応じて、アトリエで私の胸像を大理石でしあげているときである。おりしも人間の形姿を研究し、均整美や異なる特色を解明するのに、これほど条件がそろうことはあるまい。また、このとき、トリッペルはジュスティニアーニ宮殿のコレクションで、いままで注目されずにいたアポロンの頭部[45]のことを知っていたので、二重に興味深かった。彼はこれをもっとも高貴な芸術作品と考え、購入を望んでいたが、果たせなかった。この古代遺品は、それ以来有名になり、後にプルタレス氏の手にはいってヌーシャテルへ送ら

37　ジャン＝ジェルマン・ドルエ（一七六三〜八八）。ダヴィッドの愛弟子。
38　ベニーニェ・ガニェロー（一七五六〜九五）。七〇年以降ローマで活動した歴史画家。
39　ルイ・ゴフィエル（一七六一〜一八〇一）。歴史画家・風景画家。ローマのフランス美術院に在籍（一七八四〜八九）。妻のパウリーネも画家。
40　ジャン＝ピエール・サン＝トゥール（一七五二〜一八〇九）。ジュネーヴ出身の歴史画家。
41　ディディエ・ボゲ（一七五五〜一八三九）。風景画家。
42　上巻、一七八六年十二月一日付け、二八一頁参照。
43　ブラウンシュヴァイクの作家・出版業者ヨアヒム・ハインリヒ・カンペ（一七四六〜一八一八）。
44　一七九一年に『神話学あるいは古代人の神話創作』（ベルリン）が刊行された。
45　持ち主の名にちなんで「プルタレスのアポロン」と呼ばれ、一八六五年から大英博物館の所有に帰している。トリッペルはこれからゲーテの胸像のヒントを得ている。

れた。

しかし、ひとたび海に乗りだす者は、風と天候に左右され、あっちこっちと針路をとるように、私もまたそうだった。フェルシャッフェルトが遠近法の講座をひらくと、私たちは毎晩そこに集まり、たくさんの会衆が彼の説に耳をかたむけ、さっそく実際にためした。特にすばらしいのは、過度にならずに、しかも十分に学べたことである。

人々は私を、こうした黙想をこととする静かな生活から引っ張り出そうとした。片田舎と同じように、昔から世間話の好きなローマでは、あの因果《いんが》なコンサートがいろいろと取り沙汰され、私や拙著も注目された。私が『イフィゲーニエ』や他の作品を内輪で朗読していたことも、同様に評判になった。枢機卿ブオンコンパニは私に来てもらいたがったが、私のほうでは周知の隠遁生活を捨てず、顧問官ライフェンシュタインが「この自分がすすめても、お出でにならないのです。他のどなたが試みても、むだでしょう」ときっぱりと、かたくなに主張してくれたので、いっそうしのぎやすくなった。このことは、私にとっておおいに利点となり、いつもライフェンシュタインの信望を利用し、いったん決めた公然たる隠逸《いんいつ》をまもり通した。

九月

通信

一七八七年九月一日

このところずっと『エグモント』をあちらこちら推敲していたが、「本日、完成しました」と言える。カイザー[1]にこの劇の間奏曲その他、必要な音楽を作曲してもらいたいので、チューリヒ経由で送ろう。そのあとで君たちに楽しんでほしい。

美術研究は順調に進み、私の原理はいたるところで適合し、なにもかも解明されてゆく。美術家がひとつひとつ苦心してさがし集めるものが、いまや私の前にぜんぶ一緒に、覆いをとりはらわれて広がっている。知らないことがどれほどたくさんあるか

1　フィリップ・クリストフ・カイザー（一七五五〜一八二三）。フランクフルト生まれ。音楽教師・作曲家としてチューリヒに住んでいた。ゲーテは一七八七年八月十四日付けの手紙で『エグモント』のシンフォニー（序曲）、間奏曲、歌と五幕の二、三ヵ所の作曲を依頼している。

わかっているし、すべてを知り理解するための道も開かれている。

ヘルダーの神学は[2]、たいそうモーリッツに役立った。きっと彼の人生において画期的な価値をもつことだろう。モーリッツは心情的にそちらの方面へかたむいていたし、私との交流で素地ができていたので、よく乾いた薪のように、たちまち明るい焔となって燃えあがった。

ローマにて、九月三日

カールスバートを離れてから今日で一年になる。なんという一年だったろう！　公爵の誕生日であり、私の新たな人生が誕生したこの日は、いかに特別な節目《ふしめ》の日であることか。この一年をいかに活用したかは、いまは私にも他の人々にも算定できないが、君たちと一緒に、すべてを総計できる時が、そんなすばらしい時がくることを祈っている。

いまここでようやく私の研究がはじまる。もっと早くここを去っていたら、ローマを見なかったことになるだろう。ローマで何を見て、何を学べるか想像もつかない。他の場所にいると、その見当もつかない。

ふたたびエジプトのものに接した。ここ数日、ある中庭のがらくたや泥のあいだに、こわれたまま横たわっている巨大な方尖塔《オベリスク》[3]を幾度も見に行った。アウグストゥス帝によってローマに運ばれたセソストリス王朝のオベリスクで、練兵場《カムプス・マルティウス》の地面に落ちるその影は、巨大な日時計の針となっていた。数あるなかで、もっとも由緒ある立派なこのモニュメントだが、いまやこわれたまま横倒しになって、二、三の側面は（おそらく火災で）形がそこなわれている。破損していない側面は、まるで昨日つくられたかのように真新しく、（つくりが）このうえなく見事だ。私はいま、柱頭のスフィンクス、および他のスフィンクスや人物や鳥類の顔面の型をとって、石膏像をつくらせている。これらのはかりしれぬ価値ある品々は、こういう形で所有するしかない。とくに教皇がこのオベリスクを直立させようとしているという噂があって、そうしたら、もはや象形文字に手が届かなくなってしまうからである。エトルリアのもっ

2　ヘルダー著『神』をさす。
3　エジプトのプサムテク二世（在位前六一〇～前五九五）のオベリスクで、エジプト北部の古代都市ヘリオポリスから出たもの。台座に誤ってセソストリスと記されている。

ともすぐれた美術品も、そうしようと思っている。いっさいを真にわが物とするために、これらの作品の模型を粘土でつくっている。

九月五日

今朝は、私にとって祝いの朝。一筆せずにいられない。『エグモント』が真に完成したのだ。タイトルや登場人物も書いたし、空白だった二、三ヵ所も埋めた。いまからもう、君たちが受け取って読んでくれる時が楽しみだ。スケッチを二、三点、同封しよう。

九月六日

もっとたくさん書いて、前便につづいていろいろ語るつもりでいたのだが、中断して、明日フラスカーティ[4]へ行くことになった。この手紙は土曜日に発送されるので、お別れにせめて二言、三言書き送ろう。ドイツもいまはおそらく晴天だろう。次々と新たな考えが浮かぶ。千種万様の事物に取り囲まれているので、こちらのアイデアが目ざめたかと思うと、こんどは、あちらのアイデアが目ざめる。多くの道がいわば一点に集約されている。いま、私と私の能力がめざしている光が見えてきたと言える。自分の状態をなんとか理解するにも、齢《よわい》をかさねなければならない。四十にして惑わずというが、不惑を迎えても、まだまだ惑うものである。[5]

ヘルダー君の体調がすぐれないと聞き、心配している。一日も早い快復を祈るとともに、早く朗報が聞きたい。

私は心身ともに快調で、根治療法が功を奏したといえるほどだ。なにごともすらすらと運び、ときおり青春の息吹が私に吹きよせてくる。『エグモント』はこの手紙とともに発送するが、郵便馬車に託すので、手紙よりも遅れて届くだろう。君たちの感想を、首を長くして待っている。

すぐに印刷にとりかかると良いかもしれない。この作品が早々に出版されたら、う

---

4 アルバーノ山脈中の、ライフェンシュタインの別荘があった地。

5 「私たちシュヴァーベン人は四十歳になると分別がつくが、他の人々は永遠に分別がつかない」という冗句を下敷きにしている。

れしい。同巻の残りの部分[6]も遅れないようにするので、どうかよろしく取り計らっていただきたい。

ヘルダーの『神』は、私の最良の伴侶となっている。モーリッツは実際、この書でみずからを構築した。こうした書こそ、いままでモーリッツに欠けていたものである。ヘルダーの『神』がいわば要石《かなめいし》となり、いまにもばらばらに崩れ落ちそうだったモーリッツの思想を引きしめてくれた。それはりっぱに実をむすぶことだろう。[7]私も鼓舞されて、自然の事物へおし進み、特に植物学において「一にして全なるもの」[8]に達したことに驚いている。どこまで広がってゆくのか、私自身にもまだわからない。

私は芸術作品を説明し、一気に解明する原理を考えついた。芸術の復興以来、芸術家や識者はちりぢりに探求し、こまごまと研究してきたが、私の考えついた原理は、いかなるケースにも適用できて、より正しいものに思える。それもそのはず、コロンブスの卵のようなものなのだから。「私はどの部門にも適用できるマスターキーをもっています」などと言わずに、芸術家たちと部門ごとに目的に応じて詳細に論じると、かれらがどこまで達し、何をつかみ、どこで壁につきあたっているかがわかる。

私は扉を開け、敷居に立っている。遺憾ながら、そこから殿堂のなかを見まわすだけで、ふたたび立ち去ることになるだろう。
古代の芸術家が、ホメロスと同じように、自然に対して大いなる知識をもち、何を表すことができるのか、どのように表していかねばならないかをしっかりと理解していたのは、たしかだ。残念ながら、第一級の芸術作品はあまりにも数が少ない。しかし実際に第一級の芸術作品を目にすると、正しく見きわめてから、安らかにあの世へ旅立つ[9]こと以外、なにも願わない。これらの高尚な芸術作品は、同時に最高の自然の産物として、真の自然の掟《おきて》にしたがって、人間によって生みだされたものである。

6　一七八八年に刊行された第五巻には、『エグモント』の他に『クラウディーネ・フォン・ヴィラ・ベッラ』と『エルヴィンとエルミーレ』が収められている。

7　一〇二頁、注44および上巻、一七八七年二月十七日付け、三四四頁参照。

8　紀元前六世紀のギリシアの哲学者クセノファネスの「すべては一であり、一は神である」という神学説にはじまり、以後汎神論的世界観を示す特徴的な表現となった。ヘルダーの『神』の「第四の対話」に引用されている。

9　『ルカによる福音書』第二章二十九「主よ、いまこそ、あなたの言葉通り、安らかにあの世へ旅立たせてください」参照。

あらゆる恣意、あらゆる虚妄は崩れおちる。そこには必然性が、神が在るのだ。
二、三日のうちに熟練の建築家[10]の作品を見てこよう。彼はみずからパルミラへ赴き、そこの風物を深く理解し、雅趣に富むスケッチをしてきた。すぐ報告するから、この重要な遺跡について、君たちの考えをぜひ聞かせてほしい。

　私の幸せを共に喜んでほしい。これほど幸せだったことは、これまで一度もなかったと言える。このうえなく穏やかに純粋に、生来の情熱を満たし、持続する喜びを永続的に活かすことを期待できるのは、やはりすばらしいことであろう。愛する人々に、私が享受し感受しているものを、いくばくかでもお伝えできればと思う。

　政界にただよう暗雲[11]は四散してほしい。近代戦争は、それがつづくかぎり、多くの人々を不幸にし、戦争が終わっても、だれひとり幸せにならない。

ローマにて、九月十二日

　私はおそらく努力をモットーとする人間であり続けるだろう。ここ数日、享受する以上に仕事にはげんだ。週末も近づいたので、手紙を書こう。
残念ながら、ベルヴェデーレのアロエ[12]は、私が滞在していない年を選んで咲く。シチリアでは時期が早すぎたし、この地では、あまり大きくない花がひとつだけ、どうしようもないほど高いところに咲いている。もっとも、この南・北アメリカ大陸原産の植物はこの地方に適していない。

あのイギリス人[13]の記述はあまり面白くない。聖職者はイギリスでは自重せねばならず、いっぽう、公衆からも距離をとる。自由主義的なイギリス人は、道徳面でたいへん制約された書き方をせねばならない。

尾のある人間[14]がいても、別に驚いたりしないし、動物の分類という観点にたてば、

10　ルイ＝フランソワ・カッサ（一七五六〜一八二七）。後出。パルミラはシリア砂漠中にある廃墟で、二七一年に滅ぼされたパルミラ王国の首府。

11　一七八七年九月から十月にかけてプロイセンはネーデルランドに遠征しており、ヴァイマールのカール・アウグスト公もこれに関与していた。

12　アロエと記されているが、ゲーテはリュウゼツラン（アガベ）のことをさしている。花を咲かせるのは二十年から六十年に一度とも言われる。

13　この手紙はヘルダーに宛てたものであるが、このイギリス人と、あとに出てくるBは、誰のことをさしているのか不明。

ごく自然なことだろう。毎日、それよりもはるかに不可思議なものを目にしていても気にとめないのは、それらが人間に似ていないからである。

多くの人々と同様に、長年、真の敬神の念を抱かなかったBが、老齢になって信心深くなるのは、「一緒に信仰心を深めましょう」などと言いさえしなければ、まことに結構なことである。

二、三日、顧問官ライフェンシュタインとともに、フラスカーティへ行っていた。アンゲーリカが日曜日に私たちを迎えにきてくれた。あそこは楽園である。『エルヴィンとエルミーレ』[15]はすでに半分書き改めた。あの小品をもっと面白い生き生きした作品にしようと思い、極端に平板な対話はすべてカットした。見習い仕事、いやむしろ、やっつけ仕事のようだ。中心となる優美な歌唱は、もちろんそのまま残した。

美術方面は風を切るばかりの勢いで進められている。

トリッペルによる私の胸像はたいへん良いできばえで、みなが満足している。たしかに美しく高貴な様式で仕上げられていて、私がこのような風貌であったかのように世人に思われ続けることに、異存はない。胸像はただちに大理石でほり出され、実物にならって最後の仕上げがなされる。運送はやっかいだ。そうでなかったら、すぐにも鋳像を送るところだが。箱を二つ三つ最後に一緒に荷造りするつもりなので、船便で送ることになるだろう。

ヴァイオリニストのクランツに、子供たち[16]への贈り物を入れたボール箱を託したのだが、彼はまだそちらに到着していないのだろうか？

ヴァッレ劇場では、二つの演目が大失敗だった後、いまは実に優美なオペレッタを上演している。連中はおおいに楽しく演じ、すべてが調和している。ところで、まもなく田舎へ行くことになっている。二、三度雨が降って気温が下がり、あたりの景色

14　十七世紀から臀部に突起のある人間について報告がなされており、ヘルダーとゲーテにとって、人間と動物の中間をさぐるものとして重要であった。

15　一七七五年に散文で初稿が完成されている。新たな版で「歌唱つき芝居」は喜歌劇に変わっている。「優美な歌唱」とは「スミレ」と、エルヴィンの嘆きの歌「しおれる可愛いバラよ」をさす。

16　フリッツ・フォン・シュタインとヘルダーの子供たち。クランツについては一七八七年報告七月「自然観察で行き悩む」七二頁、注39参照。

がふたたび緑に色づいている。

エトナの大噴火[17]については、ドイツの新聞がすでに報じたことだろう。あるいは、これから報じるだろう。

九月十五日

トレンク[18]の生涯を読んだ。たいそう興味深く、いろいろ考えさせられた。

次の手紙では、明日会うことになっている注目すべき旅人[19]について語ろう。ともあれ私の当地滞在を喜んでほしい。私はいまやローマにすっかり馴染み、緊張しすぎるようなこともほとんどない。しだいに諸々の事物の高みへ引き上げられ、ますます知識を得て、ますます純粋に享受している。これからも幸運の女神がいっそう微笑んでくれることだろう。

同封の文書[20]を清書して、友人たちに伝えてもらえないだろうか。ローマはひじょうに多くのものを引きつけてやまない中心点なので、ローマ滞在はじつに興味深い。カッサの作品はことのほか美しい。彼の作品からかなりのものをひそかに脳内でわが物としたので、これを君たちへの土産にしよう。

私はあいかわらず勤勉で、私の原理の根拠がしっかりしているかどうか調べるために、石膏にならって小さな頭部をスケッチしてみた。私の原理は完全に適合し、おどろくほど楽々と制作できることがわかった。私のスケッチだとは信じてもらえなかったが、これぐらいのことはなんでもない。一生懸命にやればどの程度までいけるか、わかってきた。

月曜日にはふたたびフラスカーティへ行く。ちょうど一週間後に手紙を出せるように配慮しよう。そのあとアルバーノへ行って、勤勉に自然の写生をしよう。いまは何か制作し、自分の感覚をみがくことしか望まない。若いころからこの病にとりつかれ

17　一七八七年七月十八日の噴火。

18　男爵フリードリヒ・フォン・デル・トレンク（一七二六〜九四）。司令部付き将校で、フリードリヒ大王の寵愛をうけていたが、中傷されて数年間投獄されたのち、釈放。名誉回復するが、パリでギロチンにかけられる。彼の自伝『数奇な生涯』（三巻、一七八六、ベルリン＆ウィーン）はドイツで大反響を呼んだ。

19　前述の建築家カッサのこと。一一三頁、注10参照。

20　カッサのスケッチについて記したもの。次の「報告」の基礎をなしている。

ている。神よ、いつの日かこの病が雲散霧消《うんさんむしょう》しますように。

九月二十二日

昨日は聖フランチェスコの血[21]をかつぎまわる行列があった。修道会司祭たちの行列が通り過ぎるあいだ、頭部や顔貌をながめて思索にふけった。

二百もの最上の古代準宝石を模《かたど》ったコレクションを購入した。古代の細工のなかでも見事な品で、一部は優美な着想ゆえに選ばれている。特に模りがことのほか美しく鮮明なので、これ以上貴重なローマ土産はないかもしれない。

私が雉《きじ》の小舟[22]で帰国するとき、土産はいろいろある。なかでも、とりわけ愛と友情がもたらす幸福をより深く味わえる快活な心を持ち帰りたい。ただ、あくせく働くだけで、何の実りももたらさないような、私の能力の圏外にあることは二度と企ててはならない。

九月二十二日

この便に託して、もう一枚急いで書き送ろう。今日は、たいへん重要な一日だった。

多くの友人たちや公爵のご母堂からの手紙、私の誕生日に祝宴がはられたという知らせ、そしてついに私の著作集が届いた。[23]

この大切な四巻、わが半生の結晶が、ローマ滞在中に届くなんて、実に不思議な気がする。一字一句に生命、感情、喜び、苦しみ、思想が宿っている。それだけにいっそう生き生きと、何もかも私の心に訴えかけてくると言えよう。残りの四巻もこれに劣らぬものにしたいし、またそう配慮したい。どのページもみな君たちのおかげだし、君たちにも喜んでほしい。続巻についてもどうか宜しくお願いしたい。

君たちに《Provinzen（地方、田舎）》という言い回しをたしなめられたが、[24]これは

21　彼の傷跡から流れ出たとされる血。ゲーテが九月二十一日に行われたと記しているこの催しは、今日もなお毎年九月十七日に行われている。

22　ゲーテの夢にあらわれた雉の小舟。上巻、一七八六年十月十九日付け、夕の記述、二〇五頁参照。

23　クネーベルはゲーテ家の庭でゲーテの誕生パーティーを催し、シラーも参加した。シラーはケルナーに宛てた一七八七年八月二十九日付けの手紙で「みなはたらふく食べ、ゲーテの健康を祝してライン産ワインで乾杯した」と報告している。

きわめて比喩的な表現である。だがこれで、ローマにいると、知らぬまになにもかも大げさに考える習慣がつくということがわかるかもしれない。「大言壮語したがる」と咎め立てをされるのがローマ人なので、私は実際にローマの市民権を得たような気がする。

私はあいかわらずせっせと人物像にとりくんでいる。たとえ限りあるものであっても、ひとたび没頭すると、芸術の道はなんと遠大で、[25]世界はなんと果てしないことだろう。

二十五日の火曜日にはフラスカーティへ行き、そこでもせっせと仕事をするつもりだ。滑り出しは上々、このままうまくいきますように。

大都市や広い地域では、貧者も下賤の者も自意識が高いが、小さな町では貴人も金持ちもそうではなく、息抜きをしないのに気づいた。

フラスカーティにて、一七八七年九月二十八日

当地での私はたいそう幸せで、一日じゅう夜がふけるまでスケッチし、彩色し、墨で描き、貼りつけて、プロフェッショナルに美術工芸を行っている。宿主である顧問

官ライフェンシュタインを相手に、陽気に楽しくやっている。毎晩、月明かりのなか、あちらこちらの別荘を訪問し、暗がりのなかでもはっとするような画題を写生できる。二、三の印象的な画題をとらえたので、ぜひ仕上げてみたい。「完成しました」と言えるときがくればよいのだが、視野が広がると、完成ははるか彼方に遠のくものである。

昨日はアルバーノへ馬車で行き、また戻ってきた。道中、あたりのたくさんの風景をすばやく写生した。当地での暮らしは充実していて、自分のためになることができる。なにもかも我がものにしようという情熱は燃え上がり、魂がより多くの対象をつかもうとするのに応じて、趣味も純化されるのを感じる。多弁を弄《ろう》するのではなく、私が何か立派な作品をお送りできればよいのだが。二、三のちょっとした品を同郷人[26]

24 ゲーテはヘルダー宛の手紙でヴァイマール公の所領を《Provinzen（地方、田舎）》と表現したが、この言い回しに違和感をおぼえた友人たちにひやかされるはめになった。一七八七年八月十一日付けのカール・アウグスト公宛の手紙参照。

25 古今の言葉「芸術は長く、人生は短い」を下敷きにしている。『ファウスト』第一部五五八行参照。

に託してお届けしよう。

おそらくカイザーにはローマで会えるだろう。そうなると、これまでも芸術三昧《ざんまい》の生活を送ってきたが、美術と文学のほかに、さらに音楽が仲間に加わることになる。まるで諸芸術が、私が人間の友人たちのほうを眺めるのを阻むかのように、私をぐるりと囲むことになる。私がしばしばどれほどさびしく思い、どれほど君たちをしのんでいても、敢えてその問題にはふれないでおく。つまるところ、私は陶酔にひきさらわれて生きてゆくしかなく、それ以上考えられないし、考えることができないのだ。モーリッツとは実に有益な時間をすごしている。彼に私の植物体系を説明し、そのたびにどこまで進んだか、彼の前で書き記しはじめた。このやり方なら、私の思考の一端を書きとめることができた。この考え方のどんなに抽象的な点でも、正しい方法で説明され、受け手の側で心の準備ができていれば、いかに容易に理解されるかが、私の新弟子をみてわかった。モーリッツは嬉々として、いつもみずから推論をくだしながら先へ進んでいく。しかし、すべてのケースにあてはまるように著述するのはむずかしく、たとえすべて厳密に明確に書き上げたとしても、字面《じづら》だけでは理解してもらえないだろう。

こうして私は「わが父の家にいる」[27]がゆえに、幸福に暮らしている。私に恵みをもたらし、直接間接に私を手助けし、奨励し支えてくれるすべての人々に宜しくお伝えください。

26 フランクフルトの商人カール・ヴィルヘルム・トゥルンアイゼン。
27 『ルカによる福音書』第二章四十九参照。

報告

九月

今日、九月三日は私にとって二重にも三重にも重要な祝いの日であった。私の忠義に対して、いろいろ親切に応えてくれる主君の誕生日であり、私がカールスバートから逃げ出した一周年記念日でもある。しかし、まったく新奇な状態をかくも有意義に過ごしたことが、私にいかなる影響をあたえ、何をもたらし、何を付与したかを、まだふりかえるわけにはいかない。多くを沈思するだけのゆとりがないからでもあるが。

ローマは、芸術活動の中心とみなされるような、独自の大きな美点がある。教養ある旅行者はここに立ち寄り、短期・長期の滞在から、たくさんのものを得る。さらに旅をつづけ、活動し収集し豊富になって帰国したら、収穫物を陳列し、彼方こなたの恩師たちに感謝の捧げものをするのが栄誉となり、喜びとなる。

カッサという名のフランスの建築家が東方へ旅をし、戻ってきた。彼は重要な古代の記念物、ことにまだ出版されていないものを測量し、風光明媚な地を写生し、古《いにしえ》の朽ち果て崩壊した有様を絵で再現してみせた。ペンで輪郭をとり、水彩絵の具で彩色した、きわめて精密で雅趣に富むこれらのスケッチの一部を見せてもらった。[28]一、海のほうから見たコンスタンチノープルの後宮、市および回教寺院ソフィアの一部と共に。ヨーロッパの最も魅力的な尖端に、トルコ王の居城が、これ以上考えられないほど愉しげに建てられている。手入れの行き届いた高い樹木が、たいていはグループごとにまとまり、その下には大きな城壁や宮殿ではなく、小さな家々、格子造り、小径、四阿《あずまや》、張り広げられたじゅうたんなどが、つつましやかに親しげに入りまじっていて、まことに愉しい。彩色されたスケッチなので、たいへん親しみやすく、効果をあげている。こうした建物のある岸辺に美しく広がる海の波が打ちよせる。対岸はアジアで、ダーダネルス海峡がみえる。スケッチは長さ約七フィート、高さ三ないし四フィートある。

二、パルミラの廃墟の全景。同じ大きさで。

28　カッサは一七九九年に旅行記『シリア、フェニキアへの絵画旅行』を出版、そこには上記のスケッチ七点が掲載されている。

彼は前もって、瓦礫《がれき》のなかから探し出したパルミラの町の見取り図を見せてくれた。イタリア式一マイルの長さの柱廊が、直線ではなく、中ほどで緩やかなカーブを描きながら、市門から中門を通って太陽殿まで達する。柱廊は四列の円柱からできていて、柱の高さは直径の十倍。柱の上部に屋根があったとは思えない。カッサは、「じゅうたんで蔽われていたのでしょう」と言っている。大きな写生図では、前景に柱廊の一部がまっすぐ立ち、ちょうどそこを斜めに横切る隊商が巧みに配されている。背景には太陽殿が建ち、右手に大平原が広がり、そこをイェニチェリ（オスマン帝国皇帝の親衛兵）が数騎、疾駆している。水平線のような青い線が画面を走っているのは、まことに特異な現象である。カッサは、「彼方にある砂漠の地平線は、海が視界にはいったときとまったく同じように、青く見えます。絵のなかで、はじめ、この青い線は水平線ではないかと見誤りますが、自然の実景でも錯覚します。パルミラは海から遠く隔たっているとわかっているのにね」と説明した。

三、パルミラの墳墓。

四、バールベックの太陽殿の復旧図および現在の廃墟の風景。

五、ソロモン神殿の土台の上に築かれた、エルサレムの大きな回教寺院。

六、フェニキアにある小さな神殿の廃墟。

七、レバノンの山麓の優美な地域。これほどの優美さは想像できないほどだ。小さな松林、流れ、そのほとりにあるしだれ柳、柳の下の墳墓、彼方に山。

八、トルコ人の墳墓。どの墓石にも故人の頭飾りがついている。トルコ人は頭飾りによって区別されるので、埋葬された人の地位がすぐわかる。処女の墓の上には花がたいそう入念に植えられている。

九、巨大なスフィンクスの頭部をもつエジプトのピラミッド。カッサは、「この頭部は石灰石に刻みつけられたものです。突出部、凹凸がありましたから、巨像に漆喰を塗り、彩色していたのでしょう。頭飾りのひだで、わかります。顔の部分は高さ十フィートあって、下唇のうえを楽に散歩できましたよ」と言う。

十、若干の古文書、謂《いわ》れや推測にしたがって復旧されたピラミッド。四方から突き出した会堂があり、会堂の横にはオベリスクがある。会堂へ通じる廊下があって、いまなお上部エジプトにあるようなスフィンクスがおかれている。このスケッチは、私がこれまでの人生でみたもっとも途方もない建築理念であり、人類がこれ以上先へ進めるとは思えない。

夕方、これらの美しい作品をのんびりと時間をかけて鑑賞したあと、パラティーノの丘にある庭園へ行った。宮殿の廃墟のあいだにある空き地が開墾されて快適な場所になっている。ふつうなら、戸外の陽気な集いのためにテーブル、椅子、ベンチが並ぶような、広々とした休憩所には、みごとな樹木の下に、装飾のある柱頭や、滑らかな、または縦みぞを彫られた柱の断片、破損した浅浮き彫りやそうした類《たぐい》のものが周囲に広く散在していて、そこで私たちは心ゆくまで楽しい時を過ごした。日没の際の多様な眺望を、さきほど薫陶をうけたばかりの清々《すがすが》しい目で見わたすとき、この風景は、今日みせられた他のあらゆる風景にひけをとらないと認めずにはいられなかった。カッサの例の雅趣ある筆致でスケッチされ彩色されたら、どこでも誰もがうっとりすることだろう。こうして私たちの目は、しだいに芸術活動によって醇化《じゅんか》されてゆくので、自然を前にすると、ますます感受性が豊かになり、自然がさしだす美をますます素直に受け入れるようになる。

さて、笑い話のようだが、芸術家のもとで壮大で無限のものを見たことがきっかけで、翌日、低劣で狭くるしいところへおもむくことになった。すばらしいエジプトの記念物が、雄大なオベリスクを思い起こさせたからである。このオベリスクはアウグストゥス帝によって練兵場《カムプス・マルティウス》に建てられ、日時計の指針の役をしていた。だが、いまではもう破片となって、板壁に囲まれて、きたならしい片隅で、再建の意欲ある大胆な建築家を待っていた(ただし現在そのオベリスクはモンテ・チトーリオ広場に再建され、ローマ時代のようにふたたび日時計の指針として役立っている)。オベリスクは真正なエジプトの花崗岩でつくられ、よく知られた様式ではあるが、優美で素朴な模様がいたるところに刻まれていた。かつて虚空にそびえていた尖端のとなりに立ったとき、なんとも不思議な気持ちになった。尖端には、スフィンクスが次々と優美にかたどられて並んでいたが、この模様を、昔の人は見たことがなく、太陽光線だけが照らしていたのだ。この場合には、芸術の礼拝的要素が人間の目におよぼす効果を当てにしていない。私たちは、かつて天空にむかってそびえたっていたものを、楽々と間近で鑑賞するために、これらの神聖な像を模造させる準備にとりかかった。こういう厭わしい場所に荘重な作品があることから、ローマを混成曲[29]、それもロー

29　クオドリベット。異種の歌詞とメロディーを同時に歌うこっけいな歌曲。

マならではの唯一無二の混成曲とみなさざるをえなかった。実際にそう考えると、この途方もない場所は、最大の強みをもつからである。この地には偶然によって生まれたものは何ひとつなく、偶然は破壊するだけである。しかし、現存するものはみなすばらしく、破壊されたものはみな神々しい。不恰好な廃墟からは、古《いにしえ》の端正な姿がうかがえ、それは教会や宮殿の新たな雄大なフォルムにも再現されていた。

まもなく完成する模造は、デーンのすばらしい模造宝石コレクション[30]のなかに、エジプトのものもいくつかあったことを思い出させた。デーンの模造宝石コレクションは、セット販売もばら売りもしている。物事は次々と派生してゆくものだが、私は上述のコレクションからもっとも優れたものを選び出し、それらをオーナーに注文した。こうした模造は貴重な宝物で、あまり資力のない好事家なら、将来のいろいろな大きな利益を見込んで、しまっておくこともできる。

ゲッシェン版の私の著作集のうち、最初の四巻が到着した。豪華本は、すぐさまアンゲーリカの手に渡った。彼女は、自分の母国語をあらためて賞賛するきっかけになると考えていた。

しかし私は、過去の仕事をふりかえって、さまざまな省察がおのずと胸にわいてきたが、それに身をゆだねるわけにはいかなかった。これまで進んできた道が、どこまで私を導くのか見当がつかないし、あの過去の努力はどの程度成功し、こうして憧憬の念を抱きながら人生を歩むことは、どの程度、骨折り甲斐のあることなのかもわからなかった。

実際に、ふりかえって考えるだけの時間も余裕もなかった。形作られ再編成される有機的自然に関する理念が、いわば私に植えつけられ、私にとどまることを許してくれないのである。熟考していると、結果が次から次へと発展してゆくので、私自身の成長のためにも、日々刻々、なんらかの形で分かち与えることを必要とした。私はモーリッツ相手にそれを試み、力のおよぶかぎり、植物のメタモルフォーゼの講義をした。モーリッツは、空《から》っぽの器がたえず中身を求めるように、わがものとできそうなテーマを渇望する稀有の人物である。彼が健気《けなげ》に食いついてくれたので、少なくとも私はくじけずに講義をつづけることができた。

30　クリスティアン・デーンは古代カメオの模造品のコレクターで、一七七〇年にローマで亡くなった。その後、義理の息子フランチェスコ・マリア・ドルチェが彼の事業を引き継いだ。

このころ、役にたつかどうかは別にして、重要な刺激になる注目すべき書が届いた。ヘルダーの著書で、簡潔なタイトルのもとに、神と神的な事柄についてさまざまな見解を対話形式で披瀝《ひれき》しようとしている。この書は、この畏友のかたわらで、これらの問題についてしばしばじかに顔を合わせて話し合った、あの時代へと私を連れもどしてくれた。けれども、このうえなく敬虔な省察をめぐる著作は、特別な聖者の祭が告示する崇拝の念と、驚くべきコントラストをなしていた。

九月二十一日には聖フランチェスコの記念祭が行われ、僧侶や信者たちが長い行列をつくり、彼の血を持って市中をねり歩く。大勢の僧侶たちが通過するのを注意して眺めた。かれらの服装が簡素なので、観察眼は頭部に集中する。男性の個性を想像するためには、頭髪とひげが必要なのに気づいた。最初は注意深く、つぎには驚嘆して、自分の前を通り過ぎる行列を吟味した。頭髪とひげに縁どられた顔は、周囲のひげのない民衆とはまったく違って見えることがわかって、ほんとうに嬉しかった。こうした顔貌《かおかたち》を絵に描けば、見る者にたいして、いいあらわしがたい魅力を発揮するにちがいないと感じた。

宮廷顧問官ライフェンシュタインは、外国人を案内し、楽しませる役目を十分に研究しつくしていた。彼がこの仕事をしていて、すぐに気づいたのは、たんに見物や気晴らしでローマへくる人たちは、異郷ではいつものひまつぶしにいそしむわけにいかないので、時としてひどい退屈に苦しむはめになる、ということだった。彼は、人情の機微に通じた実際的な人物だったから、見物だけでは飽きてしまうことや、なんらかの自発的活動で、友だちを楽しませ、なごませることがいかに必要か、よくわかっていた。そこで彼は、蠟画[31]と模造宝石づくりというふたつの項目をえらび出し、友だちの活動をいつもそこへ向けることにしていた。蠟石けんを染料の接合物として用いる前者の技法は、つい最近になってまた行われ出した。また美術の世界では、なんらかの方法で美術家の関心をひくことが大事だが、あたりまえのことでも新手の手法なら、そのたびに新鮮な注意をよびおこし、従来のやり方ではやる気がおきないようなことでも、あらためて試す、生き生きとしたきっかけとなる。ロシアのエカチェリーナ二世のためにラファエロの歩廊《ロージェ》を模して、いっさいの建築

31　古代の蠟画法に由来する蠟画の流行については上巻、一七八六年十二月一日付け、二八二頁参照。

をその装飾とともにサンクト・ペテルブルクに再現しようとする大胆な企ては、この新たな技法によって助成された。いや、それどころか、この技法がなかったら、実現されなかったかもしれない。同じ格間《ごうま》、壁部、台石、壁柱、柱頭、軒蛇腹が堅牢なクリの厚板や丸太からつくられ、亜麻布でおおわれていた。下塗りされた亜麻布は、蠟画法をほどこすためのしっかりした素地の役をなした。ライフェンシュタインの指導下で、特にウンテルベルガー[32]が何年にもわたってこの仕事にとりくみ、たいへん良心的に仕上げた。私が到着したときにはすでに発送されていて、私はこの偉業のなごりを見聞きしたにすぎない。

さて、こうして完成されると、蠟画法は声望をえて、いくらか絵心のある外国人は実地におよぶことになった。調整された絵の具一式は安価で買える。石けんは自分で煮て、とにかく、わずかでもひまな空き時間があれば、いつも何かしらすることがあった。凡庸な芸術家も、教師や助手として働いていた。外国人がローマでつくった蠟画を、自分が制作した作品として大喜びで荷造りし、祖国へもちかえるのを何度も見た。

もうひとつの模造宝石づくりは、むしろ男性向きの作業だった。ライフェンシュタインの住居にある、大きな古い地下の台所は、絶好の機会を提供してくれ、こうした作業に十二分な余地があった。火中でも溶けない強固な物質を、きわめて細かい粉末にし、ふるいにかけて、それを煉《ね》った捏《こ》ね粉を型に押しこんで型にとって、念入りに乾かし、それから鉄の環にはめて、灼熱した火のなかに入れる。さらに、溶けたガラスをそのうえに押しつけると、小さな美術品ができあがる。制作にたずさわった誰もが喜んだ。

宮廷顧問官ライフェンシュタインは快く熱心に、私にこの作業のてほどきをしてくれたが、ほどなく、この種の継続作業が私の性《しょう》にあわないこと、私の本来の欲求は自然や芸術作品を模写して、できるかぎり手業《てわざ》を磨きながら見る目をやしなうことだと気づいた。そこで酷暑がどうやらすぎると、彼は私をほかの芸術家仲間と一緒にフラスカーティへ連れていった。そこで設備のととのった彼の別荘に泊まって、さしあたり必要なものを調達した。それからは一日じゅう戸外ですごし、晩には好んで大き

32　クリストフ・ウンテルベルガー（一七三二〜九八）。アントン・ラファエル・メングスの弟子。

なカエデの木のテーブルに集まった。フランクフルト生まれの画家ゲオルク・シュッツ[33]は、卓越した才能こそないが、器用で、たえず芸術活動に専念するというよりも、むしろ上品な道楽にふけっていて、そのためにローマ人からは「イル・バローネ（男爵）」と呼ばれていた。彼は、私が散策するときには同行し、いろいろと役に立ってくれた。当地では、歳月が最高の意味で建築に力をふるい、すぐれた人々の芸術への思いは、残存する雄大な基礎工事にはっきりとあらわれていることを考えれば、また、この無数の多様な水平・垂直の線がとぎれたり、装飾されたりしているのを、あらゆる光のもとで、音なき音楽のように目でとらえるなら、いかに精神も目もうっとりし、またいかに、私たちの内なる狭小なもの一切合財が、痛みをおぼえて退散するかがわかるだろう。とくに月光に照らされた光景の豊かさは、想像を絶する。見るひとによっては饒舌で、うるさく感じられるようなものは、すっかり鳴りをひそめ、ただただ光と影の大きな塊が、かぎりなく優雅な、均整と調和のとれた巨大な物体が鎮座している。しかしまた、晩には有益な談議に花が咲き、しばしば冗談もとんだ。

そういうわけで、若い芸術家たちが、実直なライフェンシュタインの、世間では弱点とされるような一徹[34]さをみてとって、しばしば陰で冗談の種にしていたことを秘しておくわけにはいかない。ある晩、芸術談議の尽きることなき源泉であるベルヴェデーレのアポロンが、また話題になった。「このすぐれた頭部にある耳は、格別な出来ばえとはいえませんね」というコメントがでると、ごくしぜんに、「耳は品位ある美しい感覚器官です」「実物の美しい耳を見つけて、それを芸術的につり合いよく写しとるのはむずかしいですね」という話になった。画家シュッツは耳の形がきれいなことで有名だったので、私は彼に、「そのすこぶる恰好のいい耳、いうまでもなく、それは右の耳だが、その耳を入念にスケッチし終えるまで、私のためにランプのそばに座っていてもらえないか」と頼んだ。すると彼は、かたくなってモデルの姿勢をとってくれたが、顧問官ライフェンシュタインの真向かいの席だったので、ライフェンシュタインから目をそらせなくなってしまった。ライフェンシュタインのほうは、たびたび吹聴してきた自説、すなわち、「いきなり最上のものに向かうのではなく、

33　一七八四年から九〇年までローマに住み、ゲーテと同じ宿に泊まっていた。四七頁、注3参照。

34　ライフェンシュタインは、なんでも自分の思い通りにしたがったので、《Dio Padre Onnipotente（父なる全能の神）》というあだ名をつけられていた。

まずカラッチ一派の、しかもファルネーゼ画廊のものからはじめて、次にラファエロへうつり、最後にベルヴェデーレのアポロンをすっかり頭に入れてしまうまで写生なさい。なぜなら、これ以上のものはとうてい希求しえないからです」という説を披露しはじめた。

気のいいシュッツは内心、笑いの発作におそわれ、外的にほとんど隠しおおせないほどだった。私が彼に不動の姿勢を長くとらせようとすればするほど、彼は笑いをこらえきれなくなった。教師や慈善家というのは、その個性をなかなか正当に受けとめてもらえず、そのためにからかいの種になりやすく、割に合わないものなのかもしれない。

アルドブランディーニ侯の別荘の窓からのながめは、期待にたがわず、すばらしかった。ちょうど田舎に滞在していた侯に親切に招待されて、私たちは、彼の僧俗の家人たちと一緒に贅をつくした饗応をうけた。この館は、丘と平野の絶景をひとめで見渡せるように設計されたものらしく、別荘についてはいろいろと議論されるが、ここから一度眺めまわせば、これ以上、快適なところにある館はなかなかないと納得するだろう。

ここでぜひとも、ある考察をさしはさみ、その真剣な意味を紹介したいと思う。それはこれまで述べてきたことに光をあて、これから述べることをも照らし、また、多くの善良な修養中の人びとは内省の機会を得るであろう。

生き生きした進取の気性に富む人は、享楽に飽きたらず、知識をもとめる。知識にうながされて自発的になるが、成功しても、結局のところ、みずから生みだすことができるもの以外は、正しく評価できないのを感じる。しかしこの点を、人間はなかなかはっきりと認識できないため、いわば見当はずれの努力をし、目的が誠実かつ純粋であればあるほど、ますます不安をつのらせる。そうこうするうちに、このごろ疑念や憶測が生じはじめ、こうした快適な状態のさなかでも、私はなにやら落ち着かない。というのも、当地滞在の本来の願いと意図はなかなか満たされそうにないと、ほどなく感じるようになったからである。

さて、楽しく二、三日すごし、ローマへ戻ってきた。明るい満員の大広間で、このうえなく優美な新作オペラを観賞して、野外の自由を失った寂しさを埋め合わせようとした。平土間の最前列に、ドイツの芸術家たちは、いつものようにぎゅうぎゅう詰めで座った。今回の出し物ばかりでなく、今までの出し物も楽しかったので、私たちはお礼の気持ちから、今回も拍手喝采して叫んだ。そればかりか、わざと声色《こわいろ》をつかって、はじめはささやき声で「シッ！」、つぎにはやや強く「シーーッ！」、しまいには「静かに！」と命じて、人気のあるアリアや、他のお気に入りの声部《パート》のリトルネロ[35]がはじまるたびに、やかましくおしゃべりする聴衆の口をつぐませた。そのため、舞台上の歌手たちは、出し物の見どころ、聞きどころを私たちのほうへ向けるという、優美なお返しをした。

35　イタリア語の《ritorno（復帰）》から派生した語で、楽曲中で反復循環する部分をさす。ここでは十七、十八世紀のオペラのアリアや歌曲において、導入部分や中間部で反復される短い器楽的な部分のこと。

十月

通信

フラスカーティにて、一七八七年十月二日

君たちの手元に手紙がタイミングよく届くように、早めに書いている。そもそも語るべきことはどっさりあるが、さして大事件というわけではない。スケッチはずっと続けており、そのさい心ひそかに友人たちをしのぶ。このごろ、おおいに郷愁にふけるのは、当地で元気にくらしていても、最愛のものが欠けていると感じるせいかもしれない。

私はすこぶる風変わりな境遇にある。気をひきしめ、毎日を有益にすごし、なすべきことをなし、この冬ずっと仕事を続けようと思っている。

このまる一年、異国の人々のあいだでくらすのは、私にとっていかに有益で、しかもいかに苦しかったか、君たちには思いもよらぬことだろう。ことにティッシュバインが――ここだけの話だが――私の希望通りにならなかったからである。まことに善い人間なのだが、彼が自筆の手紙で綴っているような、純粋で飾り気のない率直な人間というわけではない。彼の性格を描き出すには、口頭でするほかなく、そうすれば彼を不当に非難せずにすむ。だがそんなふうに描写しても、何の意味があるのだろう。その人の生き様が、その人の持ち味なのだから。いまはカイザーをわがものとしたい。彼は私の大きな喜びとなるだろう。何ひとつ邪魔がはいりませんようにと天に祈る。

私のいちばんの関心事はあいかわらずスケッチで、楽々と描きあげ、ふたたび退歩することもなく、長く停滞することもないレベルに上達したい。残念ながら人生のもっともすばらしい時期を逸してしまったが。それでも自己弁護しておく。「描くために描く」などというのは、「話すために話す」ようなものであろう。表現すべきものが何ひとつなく、私を刺激するものが何ひとつなく、価値ある対象を苦労してさが

1　「彼（ティッシュバイン）は自分を上品だと思っているが、こせこせしているだけである。彼は、自分は才略にたけていると思っているが、せいぜい人々を当惑させるだけである。進取の気性に富んでいるが、実行力もなければ勤勉さもない」（ゲーテのヘルダー宛の手紙一七八九年三月二日付け）参照。ゲーテはティッシュバインと直接つき合ってみると、ティッシュバインが自筆の手紙で綴る彼自身の性格とは違う側面があることを示唆している。

しもとめねばならず、いや、いくらさがしても、なかなか見つからないのであれば、ありのままに写したいという欲求はどこから生じるというのか。しかしながら当地にいると、芸術家にならざるをえない。万感、胸にせまり、思いはますます満ちて、何かをなさざるをえないのだ。私の資質とこの方面の知識からみて、当地に二、三年滞在すれば、たいへん進歩すると確信している。

皆さんは、私自身のことを書いてほしいというが、私がどのようにしているかはご覧の通りである。また皆さんとご一緒したときに、直接いろいろお聞かせしたい。私自身と他人のこと、世界と歴史について多くを考えめぐらす機会を得たので、そこから目新しくはなくても、価値あるものを私なりにお伝えしたい。最終的には、なにかも『ヴィルヘルム・マイスター』に著して収めようと思っている。

モーリッツはこれまでずっと、もっとも好ましい話し相手だった。とはいえ彼のそばにいると、「彼は私と交際すると、より利口にはなるかもしれないが、より正しく、より善良に、より幸福になれるというわけではないのではないか」という気がする。いまなお、それが気がかりで、腹蔵なく語るのは常にひかえているけれど。概していろいろな人間とともに暮らすことは、私には具合がよい。それぞれの人の気質ややり口がわかる。自分の役割を演じる人もいれば、そうでない人もいる。上達する人もいれば、なかなか上達しない人もいる。ひとつのことに集中する人もいれば、そうでない人もいる。なんにでも満足する人もいれば、なにごとにも満足しない人もいる。才能はあるのに研鑽《けんさん》をつまない人もいれば、才能はないが熱心にはげむ人もいる、等々。そうしたすべてを見ながら、私もそのさなかにいる。なかなか面白いし、私は人々に関与せず、責任もないので、不機嫌になることもない。しかし、皆さま、だれかが自分の流儀で行動し、しまいに、とことんやることを要求し、その要求をまっさきに私に向けてくるときだけは、私はその人と決別するしかない。さもないと、私の頭がおかしくなってしまう。

アルバーノにて、一七八七年十月五日

明日の便に間に合うように、この手紙をローマへ送れるだろうか。言うべきことの千分の一も書けるだろうか。ともあれやってみよう。

君たちの手紙は、私が昨日フラスカーティを出発しようとしているときに、ヘルダーの『雑考集《ツェアストロイテ・ブレッター》』――「選集」といったほうがよい――と『人類史哲学のための考案』[2]および拙著であるモロッコ革の四巻[3]と一緒に受けとった。何といっても、それらは別荘暮らしの宝物である。

昨夜「ペルセポリス」[4]を読んだ。このうえなく嬉しかったが、あの芸術様式は当地へは伝わってこなかったので、何も言い添えることができない。引用されている書物[5]を図書館かどこかでさがし出して、それから、あらためて礼を言おう。どうかこれからも研究を続けてほしい。やむにやまれぬものとして、これからも研究を続けて、君たちの光ですべてを照らしてほしい。

『人類史哲学のための考案』[6]と詩はまだ見ていない。拙著はこれから世に出まわるだろうが、私は今後も誠実に仕事を続けよう。残りの諸巻にそえる四枚の銅版画[7]は、当地で制作されることになっている。

あの連中[8]と私たちは、当事者双方、温和な休戦状態にあるにすぎない。物事はなるようにしかならないことは、よくわかっている。へだたりはますます大きくなり、結局は、かなりうまくいったときでも、ひそやかな、ゆるやかな別れがくる。連中のひとりは、単細胞の思い上がった痴れ者である。「ママはガチョウを飼っている」[9]のほうが「天上の神に栄光あれ」[10]よりも、お気楽に素朴に歌える。彼もまあ「干し草と藁、藁と干し草をまちがえるようなことはしない」云々のたぐいである。さわらぬ神にたたりなし。「はなから有り難みがない」ほうが、「最終的に有り難みがない」よりも、[11]

2　『雑考集』第三部（一七八七、ゴータ）。上巻、一七八六年十二月二十九日付け、三〇一頁、注59参照。『人類史哲学のための考案』第三部（一七八七、リガ&ライプチヒ）。
3　アンゲーリカ・カウフマンに贈っている。一七八七年報告九月、一三〇頁参照。
4　「ペルセポリス、ある推察」は『雑考集』第三部にある論文で、ペルセポリスの旧跡にある彫刻を取り扱っている。
5　ヘルダーはエンゲルベルト・ケンプファー、ジャン・シャルダン、コルネリス・ル・ブリュン、カルステン・ニーブールの旅行記を引用している。
6　『雑考集』第三部に収められたヘルダーの青年時代の詩。
7　アンゲーリカ・カウフマンとヨハン・ハインリヒ・リップスによって制作された。
8　マティアス・クラウディウス（一七四〇〜一八一五）、フリッツ・ハインリヒ・ヤコービ（一七四三〜一八一九）、およびヨハン・カスパー・ラヴァーターをさす。かれらはヘルダーの『人類史哲学のための考案』や『神』に対して批判的見解を表明していた。
9　クラウディウスの「博識で多感な人びとのための月光のもとで歌う子守り歌」の最初の句。
10　讃美歌。
11　出典が明らかでないが、愚物を意味するロバをさすと推察される。

ましである。もうひとりは、[12]よその国からおのがところへ来た[13]と考えているが、その国の人間たちはかれら自身を求めていたのである。もっとも彼はそれを白状する気はない。彼は居心地が悪いと感じても、その理由がわからないのかもしれない。また、私のひどい思い違いでなければ、アルキビアデス[14]が太っ腹なのは、チューリヒの予言者の奇術のせいである。この預言者はたいへん利口ですばしこく、大小の球を信じられないほど手際よく入れ替えて、混ぜ合わせる。その結果、彼の神学的で夢想的な気分しだいで、真実と虚構が出現したり、消えたりする。はじめから虚言や摩訶《まか》不思議な力、予感やノスタルジアなどを友とする輩《やから》は、悪魔にさらわれるがいい、悪魔に養い親になってもらえばいい。[15]

私は新しい便箋を手にし、手で書くというよりも、心で書いているので、君たちも目で読むというよりは、才知で読んでほしい。

親愛なる友よ、[16]他人のことは気にせずに、熟考し、発見し、結び合わせ、詩作し、著述し続けてほしい。人生も執筆も、まずは自分自身のためのものだから。そうすれば、近しい人々のためにも存在することになる。

プラトンは幾何学の心得なきもの[17]の入門を許そうとしなかった。もしも私が一派を

なすことができたら、なんらかの自然研究を真剣に本格的にやろうとしない者は、入

12　ヤコービをさす。
13　『ヨハネによる福音書』第一章十〜十一「彼（ヨハネ）は世に在り、世は彼によって成ったが、世は彼を知らなかった。おのがところへ来たのに、おのが人々は彼を受け入れなかった」参照。
14　ヨハン・ゲオルク・ハーマンは、彼を崇拝し後援する若いフランツ・カスパー・ブーフホルツのことをアルキビアデスと呼んでいた。ソクラテスの弟子アルキビアデス（前四五〇〜前四〇四）は魅力的な弁舌の持ち主で、のちに政治家・将軍になった人物。しかしながら、このブーフホルツがハーマンを擁護したのは、「チューリヒの予言者」ラヴァーターの差し金であるというゲーテの主張は、堅持されるものではない。ラヴァーターについては九一頁、注16参照。
15　『ヨハネによる福音書』第八章四十四「あなたがたは悪魔を父とし、父の欲求を満たそうとしている。悪魔ははじめから人殺しだった。悪魔は真理のなかにいない。彼の内に真理がないからである。彼が嘘をいうとき、彼は本音を吐いている。彼は嘘つきであり、嘘の父なのだから」参照。
16　ヘルダーをさす。
17　ピタゴラスの言葉にもとづいている。

門を許さないだろう。最近、チューリヒの予言者のいとわしい使徒的カプチン会修道士的な長広舌のなかに、つぎのようなナンセンスな文言をみつけた。「生命を有するすべてのものは、自分以外のものを通じて生きている」[18]。だいたいこんな文句だった。こんなことを書きなぐるのは、異教の地の布教者ぐらいで、守護神が袖を引っぱって修正をうながすこともない。こうした連中ときたら、初歩の単純きわまりない自然の真理もつかんでいないのに、玉座のまわりの椅子にむやみに座りたがる。そこは他の人々が座るべき席、あるいはなにびとも座れない席なのに。いまや私は、前よりも軽く受け流せるようになったので、君もそんな風にしてなにもかも放っておけばいい。

私の生活について書くのは気がすすまず、浮かれすぎているように見える。とりわけ風景のスケッチに熱中している。ここの天と地は特に写生したくなる。それどころか二、三の田園詩そのもののような風景も目にした。そのほか何でもやってみるつもりだ。私たちのような者は常にまわりに目新しいものがあると、安心感を抱く。

元気で楽しくお過ごしください。悲しい気持ちになっても、君たちは一緒にいて互いに助け合っていることをとくと感じてほしい。いっぽう私はみずからの意志で追放の身となり、思うところあってさすらい、意図的に知恵をまわさず、いたるところでよそ者であり、いたるところがわが家であり、自分の生活を送っているというよりは成り行きまかせで、どんな場合も、いかなる結末になるかわからない。

ごきげんよう、公爵のご母堂[19]によろしく。顧問官ライフェンシュタインと一緒にフラスカーティで、ご母堂の滞在全体の計画を立てた。すべてうまくいけば、快挙であろう。いま、別荘のことで交渉中だ。それはいわば差し押さえられている物件で、貸家になっている。他の別荘はすでにふさがっている。あるいは、上流家庭の好意から譲ってもらえそうなものもあるが、そのかわり義務や掛かり合いが生じることになる。もっと確かなことが決まったら、手紙を書こう。ローマでも公爵のご母堂のために、庭園つきの美しい広々とした住まいを用意した。こうして彼女がいたるところで居心地良くいられるように願っている。さもないと何ひとつ楽しめず、時は過ぎ去り、出費はかさみ、まるで掌中から逃げ去った小鳥を見送るようなはめになるからである。彼女が足を石にうちつけないように[20]、なにもかも整えられるなら、そうしたい。

18　ラヴァーター著『ナタナエル』（一七八六、チューリヒ）より。
19　アンナ・アマーリア。

まだ余白があるとはいえ、いまはここで筆をおく。ごきげんよう。慌ただしい書きぶりだが、お許しを。

カステル・ガンドルフォにて、十月八日

じつは十二日

というのも、今週は筆をとることなく、過ぎてしまったからである。そういうわけで、この手紙が早く君たちのもとへ届くように、急いでローマへ送ろう。

ここでは、まるで温泉地にいるように暮らしている。朝だけはひとり、みなから離れてスケッチをしている。その後は一日じゅう、みなと一緒だが、しばしの間なので不都合はなく、時間をあまりむだにせずに、一度にたくさんの人に会っている。アンゲーリカもこの地にいて、近くに住んでいる。それから数人の快活な少女たち、夫人たち、メングスの義兄弟にあたるフォン・マーロン氏。この人は家族づれで、おなじ家に住んでいる者もいれば、近所に住んでいる者もいる。その集まりは陽気で、笑いが絶えない。晩に道化役プルチネッラが主役になる喜劇を見に行くと、その翌日は昨晩の名文句で持ちきりだ。「すべてはわが家にあるがごとく」[21]——ただし、明るく晴れわたった空のもとでの話である。今日は風が吹きはじめたので、家にこもっていた。私の心を外部へと連れ出すのなら、ここ数日をおいてほかにないと思われるが、またもや自分の内へと逆戻りし、美術に傾倒している。毎日、とつぜん「ああ、そうだったのか」と合点がいくことがあり、少なくとも見ることを学べそうな気がする。『エルヴィンとエルミーレ』はほぼ完成していて、あとは筆がすすむ朝の訪れをまつだけである。構想はすべてできあがっている。

ヘルダーが私に、世界一周の旅に出ようとしているフォルスター[22]に、質問や推測をはなむけに贈るように勧めてきた。心からそうしたいと思っているが、そんな時間と心の落ち着きをどこで得られるだろう。まあ、考えてみよう。

ドイツではおそらく寒いどんよりした日々が続いているだろうが、こちらはまだ一

20　『マタイによる福音書』第四章六。

21　喜劇『アルルカン、月の光のなかの皇帝』に出てくる台詞。アルルカンが月光のなかで皇帝に扮して、ある娘にプロポーズする話。

22　ゲオルク・フォルスター（一七五四〜九四）。一七八七年ロシアの女帝エカチェリーナの委託により世界旅行をすることになっていたが、この計画は実現しなかった。

ヵ月は散歩できそうだ。ヘルダーの『人類史哲学のための考案』がどんなに嬉しかったことか、筆舌につくせない。私は待望すべき救世主をもたないので、この書は、私にとって最愛の福音書である。みなさんによろしく。心のなかでいつも君たちと共にある。私のことを忘れないで。

この前の郵便日に君たちへの手紙を送れなかった。当地は人の出入りがありすぎるが、それでもスケッチは続けようと思う。ここは温泉場のようで、私が住んでいる家にも、たえず訪問客があり、その渦中に身をおかざるをえない。そうした機会に、これまでの一年間よりももっと多くのイタリア人に会ったし、この経験にも満足している。

あるミラノ女性[23]が一週間滞在し、興味深かった。彼女は自然さ、良識、礼儀作法においてローマ女性よりはるかに際立っている。アンゲーリカはいつもながら聡明で、善良で、愛想がよくて、親切だ。だれもがアンゲーリカと友だちにならずにいられない。彼女から多くを学ぶことができる。とくに仕事のうえで。というのも、彼女があらゆることを片づけていくさまは信じられないほどだから。

ここ数日は涼しく、ふたたびローマにいるのが実に嬉しい。

昨晩ベッドに横たわり、この地にいることの喜びをかみしめた。まことに広大でしっかりした大地に身を横たえているような気がした。

ヘルダーの『神』については、彼と直接話をしたいものだ。注意すべき肝心な点は、この書が他の書とおなじように私たちの前に供された料理だと思われていることだ。この書は、そもそも読み手のひとりひとりがそこに何かを盛るべき深皿なのに。だから、この深皿に盛るべきものをもたない人は、空《から》っぽだと思ってしまう。寓意的表現をもう少し続けさせてほしい。ヘルダーが私の寓意をいちばん巧みに説明してくれるだろう。梃子《てこ》とローラーがあれば、かなりの積み荷を運搬できるが、オベリスクの破片を動かすには、巻き上げ機、滑車などが要る。負荷が大きくなればなるほど、目的が精密になればなるほど（たとえば時計のように）、より複雑な、より精巧なメカニズムになるが、内部には大いなる調和があるだろう。あらゆる仮説、いや、あらゆる原理はそういうものである。――動かすべきものがあまりない人は、[24]梃子を手にとり、私の滑車をしりぞける。しかし、それでは石工は埒《らち》が明かない。L（ラヴァーター）

23　女優マッダレーナ・リッギ（一七六五～一八二五）のこと。

がおとぎ話を本当にしようと全力をつくしても、J（ヤコービ）は空疎な小児的頭脳の感受性を神格化しようとあくせくしても、C（クラウディウス）はメッセンジャーから福音伝道者になりたがっても、かれらは明らかに、自然の深遠さをより詳細に解明するものをすべて忌み嫌っている。ひとりは臆面もなく、「生命を有するすべてのものは、自分以外のものを通じて生きている」などと言い、もうひとりは、概念を混乱させ、知識と信仰、伝統と経験という言葉を混同させて恥ずかしいとも思わない。また三番目の男は、自分の席よりも二つ三つ上席に座らずにいられない。かれらは全力をあげて、仔羊の御座[25]のまわりに座ろうと努めているというわけか。自然の堅固な大地においてはだれもがあるがままの者であり、全員、同じ権利を有するというのに、そこへは足を踏み入れないように用心しているのか。

　これに対して『人類史哲学のための考案』の第三部のごとき書物をもってきて、まずその書物がいかなるものであるか目を通し、そうして著者は神という概念をもたずに、これを書き得たかどうかを問うてみよう。断じて否である。なぜなら、この書がもつ純正な、偉大な、内面的なものは、神という概念のなかに、また神という概念から、そして神という概念を通じて現れたものだからである。

だからどこかに欠けているものがあるとしたら、欠落は商品ではなく、買い手の側にあり、機械ではなく、使用者側にある。形而上学的な会話において、私は不完全な者とみなされても、いつも静かに微笑しながら傍観してきた。私は芸術家[26]なので、そんなことはどうでもよく、原理から制作し、原理を通じて制作するので、むしろ原理

24　この後に出てくるラヴァーター、ヤコービ、クラウディウスをさす。精神的能力が低く、ヘルダーの重厚な内容の重要な著書を理解できていない人たちという意。ゲーテはヘルダーの著書をまず「深皿」にたとえ、次に「大きな重い物」にたとえている。ゲーテのように滑車を用いれば、大きな重い物でも高く持ち上げることができるのに、この三人は滑車をはねつけて、梃子のような小道具に手をのばし、持ち上げられずにいる石工のようなものであると嘲笑している。

25　『ヨハネの黙示録』第五章六以下参照。

26　先ほどゲーテはラヴァーター、ヤコービ、クラウディウスを石工にたとえたが、ここでは自分を芸術家と位置付け、石工と対置させている。「ヘルダーの重厚な書の意義を理解するには、むしろ止むことなき努力を要する。梃子を用いる者は勝手に用いればよい。私は重大かつ重要なものを理解しようと常に努めてきたし、その止むことなき努力を喜びとする芸術家である」の意。

が隠されたままであることが重要だといえよう。各人がそれぞれ各人の梃子を用いればいい。私はすでに長い間、止むことなく回転し、重みのあるものを持ち上げる私の滑車を用いてきた。いまや、もっと楽しく快適に用いている。

カステル・ガンドルフォにて、一七八七年十月十二日

ヘルダーへ

とり急ぎ一言だけ。まず『人類史哲学のための考案』に対して、熱烈な感謝を捧げたい！　これはもっとも愛すべき福音書として、私のもとへ届いた。私の人生のもっとも興味深い研究が、すべてここに集約されている。長年、骨折ってやってきたことが、いま、かくも完全な形で掲げられている。この書によって、君は私に、すべての善きものに対するなんと多くの喜びを贈り、新たにしてくれたことだろう。まだやっと半分読んだところだ。君が一五九頁で引用したカンパー[27]の章句だが、できるだけ早く、全体を書き写させてもらえないだろうか。そうすれば、カンパーがギリシアの美術家の理想とした、いかなる規則を発見したのかが、私にもわかる。私はカンパーが

銅版画から側面図を論証したそのプロセスしか、おぼえていないのだ。それに君の考えも書き加え、そのほか私にとって有益と思われることを抜粋してほしい。そうすれば、このような思弁はどこまで進んだのか、その究極のものを知ることができる。私はいつも新生児のようなものだから。ラヴァーターの『観相学』[28]は、それについて何か賢明なことを述べているのだろうか？　フォルスターの件で君がすすめてくれたことには、どういう風にすればよいか、まだわからないとはいえ、喜んで従いたいと思う。というのは、個々の質問はできないし、私の仮説をじゅうぶんに分析して伝えなければならないから。君も知っているように、こういうことを文書にするのは骨が折れるよね。いつまでに書き上げればよいのか、最終的な期日と、どこへ送ればよいのかを書いてほしい。私は環境にはめぐまれているのだが、まだよい仕事をする段階には達していない。もしやるとすれば、だれかに口述筆記をたのまねばなるまい。そも

27　ペーター・カンパー（一七二二～八九）。オランダの有名な解剖学者。
28　ラヴァーターの『観相学』（一七七七）の第三巻には「古代人の理想、美しき自然、模倣」という章がある。

そもそれは天の啓示のようなものだから。まずあらゆる方面から身辺を整理し、書物を閉じなさいということらしい。

いちばん難渋しているのは、なにもかも頭のなかから取り出さねばならないことである。切り抜き帳は一冊もなく、図画もなく、手元には何ひとつないうえに、当地では新刊書はまったく手に入らない。

あと二週間は当地に滞在し、温泉場の生活をつづける。朝は写生し、そのあと次々と人がくる。一度に会えるのはありがたい。ひとりひとり会うことになったら、ひどく厄介だろう。アンゲーリカも当地にいて、万事、中継ぎしてくれるので助かる。教皇のもとに、アムステルダムがプロイセン人によって占拠された[29]という知らせが届いたそうだ。近いうちに新聞に確かなことが載るだろう。今世紀の偉大さがあらわれている、最初の遠征だろう。私はこれを「堅実」と呼ぼう。剣をまじえることなく、二、三個の爆弾で、しかもこの件にそれ以上、首をつっこむものもいない！　ごきげんよう。私は平和の子で、私自身と和議を結んだので、全世界と永久に平和を保持したい。

ローマにて、一七八七年十月二十七日

この魅惑の世界にふたたび到着し、すぐにまた魅せられ、満足し、静かに仕事を続け、自分の外にあるすべてを忘れる。すると友人たちの面影がおだやかにやさしく訪れる。はじめの数日は、手紙を書いて過ごし、田舎で描いたスケッチを吟味した。来週は少し仕事に取りかかろう。アンゲーリカは多少の条件をつけてではあるが、私の風景画に関していかに希望を与えてくれたことか。耳に心地よすぎて、口に出すのは憚《はばか》られるほどだ。とうてい到達できないものに少しでも近づくために、せめて仕事を続けよう。

『エグモント』がそちらに届いて、どのように受けとめられたのか、その知らせがくるのを心待ちにしている。カイザーがここに来ることは、もう書いたよね？　ここ数日中に、彼がスカピンたちの歌を完成させて総譜[30]をもってあらわれるのを心待ちにし

29　プロイセンのネーデルランド進駐については一七八七年九月六日付けの最後の部分、一一三頁、注11参照。一七八七年十月十日、フランスからの救援はもはや期待できないと知り、アムステルダムは降伏した。ただし激しい戦闘がなかったわけではなく、この点でゲーテの記述と異なる。

ている。どんな祝祭になるか、想像におまかせしよう！ さっそく新しいオペラ[31]に着手しよう。『クラウディーネ』は『エルヴィン』と一緒に、カイザーに助言してもらって改良しよう。

ヘルダーの『人類史哲学のための考案』を通読し、なみなみならず嬉しかった。すばらしい結論は真実であり、力づけてくれる。ヘルダーはこの書物のように、時を経てはじめて、もしかしたら異名をとって人類に慰めをもたらすだろう。こうした考え方が優勢になればなるほど、思索的な人間はそれだけいっそう幸せになるだろう。この一年間、私が見知らぬ人たちのもとにあって注意を向け、気づいたのは、真の賢者はみな、多かれ少なかれ、繊細であれ大まかであれ、「瞬間がすべてである」ことに思い至り、そう主張することであり、また、理性的な人の特徴は、人生は本人しだいである以上、人生にできるかぎりたくさんの理性的で幸福な瞬間をもてるようにふるまうことである。

この書物や他の書物を読んで考えたことを語ろうとするなら、自分でも一冊、書かねばなるまい。いままたヘルダーの書の頁をめくりながら、あちこちの箇所を読みかえしているが、思想も文章もみごとなので、どの頁にも喜びをおぼえる。

ギリシア時代のところは、特にすばらしい。ローマ時代のところは、こう言ってよければ、いくぶん具体性に欠けていて残念に思う。私に言われるまでもなく、ご自分で気づいておられるだろう。それも当然である。現在の私の心のなかには、かつてローマ帝国であったものの実質が、それ自体として生きている。国家は私にとって、祖国のような排他的なものである。そして君たちのほうでは、むろん多くのものが収縮し無に帰するかもしれない個々の国家の価値を、巨大な世界全体との関係において決定しなければならない。

こうしたローマの円形劇場《コロッセオ》は、私には依然として壮大なものである。いかなる時代に建設されたのか、そして、この巨大な円形を埋め尽くした民衆は、もはや古代ローマの民衆ではなかったということを考えはするが。

30　カイザーはゲーテのジングシュピール『冗談、悪だくみと仕返し』を作曲している。スカピンとスカピーネが老ドクトルをだまして手玉にとる話。

31　ゲーテは、パリの首飾り事件を《Die Mystifizierten（誑《たぶら》かされた人々）》というタイトルのジングシュピールにしようと考えていた。この主題と個々のアリアは芝居『大コフタ』（一七九一）に移行した。

ローマの絵画と彫刻に関する書物[32]が、私たちのところにも届いた。ドイツ人の著作、それもっと悪いことに、ドイツの騎士の書いたものだ。精力的ではあるが、自負心に満ちた若い人らしく、走り回り、記録し、人から聞いて耳をかたむけ、本を読む努力はしている。一見まとまった作品のようだが、そこには多くの真実や善とならんで、まちがいや戯言《たわごと》、想像の産物や無批判な口まね、冗漫な箇所や言い逃れがみられる。ローマから遠く離れた地にいる人が通読しても、このかさばる著作が、寄せ集めの資料と珍奇な妄想との奇怪な混合であることにすぐ気づくだろう。

　そちらに『エグモント』が到着して喜ばしく、ほっとしている。この作品についての短評がほしいが、いまそれはおそらくこちらに向かっているのだろう。モロッコ革の装幀版が届き、そちらはアンゲーリカに贈った。カイザーのオペラについて助言をうけたので、それを上回るものをめざしたい。君たちの提案[33]はたいへんすばらしく、カイザーが来たら、もっといろいろお報せしよう。

　例の評論[34]は、言葉が過剰だったり、足りなかったりして、まさにあの老人らしい書きぶりである。できあがった作品は、たとえ完璧でなくても、何千年にもわたって批評される、すなわち、作品があれば何やら言われるとわかってからというもの、私にとっていま大切なのは、制作することだけだと思うようになった。

私がローマの気候をつつがなく切り抜けたことを、みながふしぎに思っているが、私がいかに対処したかは知らない。この十月はすばらしい日々もあったとはいえ、最高というわけではなかった。

いまや私にとって新たな時期がはじまった。数多《あまた》のものを見て認識したおかげで、なにかひとつの仕事に限定せねばならないほど、私の心はますます羽翼《うよく》を伸ばす。人間の個性はじつにふしぎなものだ。いっぽうでは、この一年間、わが身だけがたよりだったし、他方では、まったく見知らぬ人々と交際しなければならなかったせいで、いまになってはじめて、私は自分の個性をはっきりと知ったのである。

32　フリードリヒ・ヴィルヘルム・バジリウス・フォン・ランドール（一七五七〜一八二二）は一七八四年にイタリアを旅行し、一七八七年に『芸術における美の愛好者のためのローマの絵画と彫刻作品について』という三巻本を刊行している。
33　ヴァイマールから送られてきたこの「提案」については不明。
34　ヴィーラントは雑誌〈メルクール〉（一七八七、九月号）にゲーテの全集のはじめの四巻について熱狂的に歓迎する文章を書いている。

報告

十月

月初めは、快晴の温和な天候のもとで、私たちはカステル・ガンドルフォで絵に描いたような避暑地生活を楽しんだ。それによって、この比類なき地方の中心地に精通し、帰化したように思った。富裕なイギリスの美術商ジェンキンス氏は、かつてイエズス会総督の住まいだった、たいそうりっぱな建物に住んでいる。そこには幾人もの友人たちのために、心地よく住める部屋部屋、楽しい団らん用の広間がいくつもあり、楽しく散歩するための渡り廊下もそなわっていた。

温泉場の滞在を思い浮かべれば、このような秋の滞在がどういうものか、いちばんよくわかるかもしれない。お互いに何の関係もない人々が期せずして、あっというまに近しい間柄になる。朝食や昼食、散歩、ピクニック、まじめな談話や、軽い冗談のやりとりで、たちまち面識ができて親密になる。とくに当地では、病気・療養の気晴らしをしているわけではなく、まったく仕事をせずにぶらぶらしているのだから、はっきりした親和力があらわれてこないとしたら、そのほうが不思議だろう。宮廷顧問官ライフェンシュタインは、「散歩したり、そのほか山中へ美術上の散策をしたりするのに十分な時間をつくりたかったら、朝早く出かけるとよい」と考えていたが、それは正しい。あとになると、当地に滞在しているお仲間がわんさと押しかけてきて、私たちを共通の会話にひきこもうとするからだ。そこで私たちはいちばん早く出かけ、ベテラン・ガイドの手引きで、この地方を有意義に見物することを怠らず、そこから極上の楽しみと教示を得たのである。

しばらくすると、コルソ通りの私たちのところからほど遠くないところに住んでいるたいへん美しいローマ女性が、その母親と一緒にやってくるのに出会った。私が貴人らしいという評判[35]がたって以来、二人とも、私の挨拶に以前よりも愛想よくこたえてくれるようになった。しかし、私はこういうことに関わって、自分の主たる目的から逸れないようにという誓いをかたく守っていたので、夕方、二人が戸口の前に座っ

35　ゲーテは家でコンサートを催したせいで、いろいろ取沙汰されて噂になった。一七八七年報告七月「自然観察で行き悩む」七二〜七四頁参照。

マッダレーナ・リッギ　アンゲーリカ・カウフマン作　油彩　カンバス　1795年

ているときにすぐそばを通り過ぎても、私のほうから彼女たちに話しかけることはなかった。ところが例のコンサートがはじめての歓談に十分なテーマとなり、私たちはとつぜん昔なじみのような気持ちになった。この種のローマ女性は、明るく自然にやりとりしながら、純然たる現実の世界に生き生きと注意を向け、優美に自分自身に関連させて、響きのよいローマ言葉で、早口だが、はっきりと述べたてる。こういう種類のローマ女性ほど快く感じられるものはないだろう。しかも、中流階級の人をも高貴にし、ごく自然なこと、いや、卑俗なことにも、ある種の気高さを付与する、上品な方言で語るのだ。このような特性や特質をよく知ってはいたが、これほど耳に心地よく連綿と語られるのを聞いたことはなかった。

同じころ、彼女たちは連れ立って一緒にいたミラノ娘[36]を紹介してくれた。ジェンキンス氏のところの店員——有能で誠実なので、店主がおおいに目をかけていた青年——の妹にあたる。彼女たちは非常に親密な友人どうしのようだった。

36 マッダレーナ・リッギのこと。彼女については十月通信、十月八日じつは十二日付け、一五四頁、注23参照。アンゲーリカ・カウフマンによる肖像画が残されている。右頁参照。

二人の美女——実際、美女と呼んでさしつかえない——は、著しいとまではいかないが、はっきりした対照をなしていた。ローマ娘はとび色の髪、ミラノ娘はくり色の髪、前者の顔色は浅黒く、後者は透き通るような柔肌だった。前者の目はほぼ青色、後者の目は茶色。ローマ娘はいくぶん生真面目で、ひかえめだが、ミラノ娘は開けっぴろげで、話しかけるというより、いわば問いかけてくるようだった。一種の富くじが行われたとき、私はこの二人の女性のあいだに座り、ローマ娘と勘定を一緒にしていた。するとゲームが進むうちに、私はミラノ娘とも賭けや他のことで、運だめしをする恰好になった。つまり、こちらの女性とも組む形になり、まったく悪気なく、いわば二股をかけたわけだが、これが不興をかったことにすぐには気づかなかった。ところが勝負がすむと、例の母親が、私がひとりでいるのを見つけると、丁重だが、貫禄ある中年女性らしい生真面目さで、

「敬愛する異国の方、ひとたび娘にあのような関心をお寄せになられたのに、他の女性にも同様に親切にするのは、礼儀作法にかなったことではございません。保養地のしきたりとして、いったんある程度まで結ばれた人どうしは、おつき合いを続け、よこしまな心を抱くことなく優美な交友関係をつらぬくべきです」と断言した。私はで

きるかぎり上手に、次のような言い回しで弁解した。

「そのような義務を正当と認めることは、外国人にはおそらくむりでしょう。私たちの国では、社交界のご婦人にはだれかれなく一様に、まめまめしく丁重に接するのがしきたりですし、この場合は、お二人が大の仲良しなのですから、なおさらです」

だが何たることか！　そんな風に言い逃れを試みながら、私は、なんとも妙な具合に、自分の気持ちがミラノ娘に電光石火、深く決定的に傾いたのを感じた。現状に自足して、おだやかに、何も恐れず、何も望まず、無為に過ごしていたら、ふと気づくと、このうえなく好ましいものの間近に来ていることはよくあるが、そうした瞬間には、その快い内的衝動に、私たちを脅かす危険がひそんでいることに気づかないものである。

翌朝、私たちは三人でいたが、私のなかでミラノ娘がますます優位を占めるようになった。ミラノ娘の言動には、がんばり屋さんらしさがみとめられ、その点で友人よりもおおいに優っていた。ミラノ娘は次のようにこぼした。

「書くことを教えてもらえなかったのです。教育がなおざりだったというわけではなく、ラブレターを書くのにペンを走らせると考えて、心配しすぎたのですね。もし、祈禱書を読むのに必要でなかったら、読むことも教えてもらえなかったでしょう。外国語のレッスンを受けさせようなんて、だれも考えやしません。でも私は、なんとしても英語をならってみたい。ジェンキンスさんが、兄やアンゲーリカさんやズッキさんと、またヴォルパトさんやカムッチーニ[37]さんたちが互いに英語で話しているのを、しばしば嫉妬に似た感情を抱きながら耳にしてきました。私の目の前のテーブルには、やたらと長い新聞があって、世界じゅうの出来事が報じられているのに、私には何が書いてあるのか、さっぱりわかりません」と言った。

私は、「英語はわけなく覚えられますから、それだけにいっそう残念ですね。短いあいだに、英語がわかるようになりますよ。さっそく試してみましょう」と答えて、そのへんに置いてあった途方もなく大きな英字新聞のひとつを取り上げた。

私はすばやく目を通して、「女性が水に落ちたが、幸運にも救助されて、家族のもとに戻された」という事件を見つけた。この事件には、込みいった、興味を引くような事情があった。この女性が死ぬつもりで入水したのかどうかも、勇敢なる救出者が、求愛したふたりの男性のうち、恋が実ったほうなのか、それともふられたほうなのかも、はっきりしなかった。私はミラノ娘にその箇所を示し、注意深く目を配るように頼んだ。それからまず全部の名詞を訳してあげて、彼女がそれをよく覚えているかどうか試験をした。彼女はじつに早くそれらの名詞と基本語の位置を概観し、複雑な文のなかでそれらの語が占めていた場所をのみこんだ。さらに私は働きかける語、動きをあらわす語、規定する語へうつり、これらの語がいかに全体を活気づけているかを、面白おかしく注意をうながしながら、問答ふうに教えていくと、ついに彼女は、うながされもせずに、まるでイタリア語で書かれているかのように、全文を読んできかせるまでになり、愛くるしく、感動の面持ちでりっぱにやってみせた。彼女はこの新たな分野に入門できたことに対して、じつに愛らしい感謝の言葉を口にしたが、あのような心からの精神的喜びを、私はめったに見たことがなかった。ミラノ娘は、試しにやってみたら、渇望していた望みが近々かなえられそうなので、自分をおさえきれないほどであった。

一座の数が増えて、アンゲーリカもやってきた。大きな食卓で、私はアンゲーリカの右手に座を決められていた。私の愛弟子はテーブルの向こう側に立っていたが、他

37　おそらくピエトロ・カムッチーニ（一七六一～一八三三）のこと。画家・美術商。

の人たちが席をゆずりあっているうちに、さっさとテーブルをまわって私の隣に腰をおろした。隣席のまじめなアンゲーリカは、これに気づいて、いくぶん怪訝《けげん》そうではあったが、「ここで何かあったのね。この方はこれまで、取りつく島もないくらい、女性たちによそよそしかったのに、ついに手なずけられ、つかまってしまったのね」とみとめるのに、才媛のひらめきを待つまでもなかった。

私は外見《そとみ》にはかなりちゃんとしていたが、両隣の女性との会話にいくぶん当惑し、内面の動揺をかくせなかった。つまり、年かさの、繊細で、今日にかぎって沈黙しがちな友人アンゲーリカに対しては、活気づけるように話しかけ、いまなお外国語に夢心地らしく、ふいにあらわれた希望の光に眩惑され、すぐには周囲の状況に順応できずにいる、もうひとりの女性に対しては、あたたかく落ち着いた、むしろ他人行儀な態度でなだめようとつとめた。

しかしこの興奮状態は、まもなく急転直下せざるをえなかった。夕方、若い婦人たちをさがすと、見晴らしのすばらしいあずまやに、年配の婦人たちがいた。ぐるりと見渡すと、風景画的なものとはいささか趣《おもむき》の違うものが、目の前にあった。沈みゆく夕日のせいでもなければ、夕べの気配のせいでもない、なんともいえない色調が、あたり一面に広がっていた。高地の赤々と燃えるような光の具合、低地の涼やかな青みを帯びた陰影は、これまでに見た油絵や水彩画よりも、すばらしいものに思われた。いくら眺めても見飽きなかったが、気の合う少数の仲間で落日の景を愛でるために、この場を立ち去りたいと思った。

ところが例の母親や近隣の女性たちに、そばに腰をおろすようにすすめられた。とくに窓際のいちばん見晴らしのよい席をあけられると、残念ながら、それを断れなかった。彼女たちの話に気をくばると、いくら繰り返しても尽きることのない話題、つまり嫁入りじたくの話であることがわかった。あらゆる種類の必需品が吟味され、さまざまな贈り物の数や状態、家族の不動産の贈与、男女の友人たちからの贈り物、そのなかにはまだ秘密とされているものもある。なにもかも、こまごまと語られて大事な時間をつぶしたが、ご婦人たちに「散歩はあとにしましょう」と言われて拘束されてしまったので、辛抱強く傾聴せざるをえなかった。

会話はついに花婿の功績におよんだ。彼女たちは十分に好意ある描き方をしたが、彼の欠点についても語り、「花嫁が優美で、しっかり者で、愛らしい方ですから、将来、夫婦になれば、そうした点はやわらげられて、よくなりますわ」という喜ばしい期待を寄せた。

夕陽はまさに遠く離れた海に沈もうとしており、影は長く、差し込む光は弱まったとはいえ、まだ強く、たとえようもない美観を呈していた。私はついに我慢しきれなくなって、ごくひかえめに「その花嫁は、いったいどなたなのでしょう？」と尋ねた。すると怪訝《けげん》そうに「みんなに知れわたっていることなのに、ご存じないのですか？」と問い返された。彼女たちは今はじめて、私が地元の人間ではなく、よそ者であることに気づいたのである。

それがついさっき好きになった例の愛弟子のことだと聞いたとき、私がいかに驚愕したか、もとよりここで述べる必要はないだろう。日は沈んだ。私は、なんとか口実をもうけて、何も知らずに惨《むご》くも私にそれを教えてくれた連中から抜け出すことができた。

しばらくふわふわと淡い恋に現《うつつ》をぬかしていたが、ついに夢から覚めて、このうえなく痛ましい心情に変わってしまうというのは、実にありきたりな、よくあることだ。しかしこれは、互いの生き生きした好意が芽生えた瞬間に砕け散ったケースであり、こうした感情は将来、展開すると、幸福のまぼろしをかぎりなくまことしやかにちらつかせるものなのに、そんなあらゆる幸福の予感もろとも砕け散った稀なケースなので、興味深いかもしれない。私はおそく帰宅し、翌朝は早くから、紙ばさみを小脇にかかえ、「食事をご一緒できなくて残念ですが」と詫びて、遠くへ出かけた。

私は胸に痛みをおぼえたが、年の功で経験を積んでいたから、すぐさま気を取り直した。「ヴェルターに似た運命に見舞われ、私にとってかくも重要な、これまで保たれてきた精神状態がだいなしになるとしたら、それこそ奇妙なことではないか」と叫んだ。

このところ、おろそかになっていた一幅の絵のような自然にすばやく心を向け、できるかぎり忠実に模写しようとしたが、模写よりうまくいったのは、自然観察のほうである。私の拙《つたな》い技法では、ぱっとしないスケッチが精いっぱいなのだが、この地方の岩石や樹木、土地の起伏、静かな湖水、せせらぎなどの豊かな量感が、私の目に以前よりもはっきりと感じ取れるようになった。私の心の内奥と感官をこれほどまでに鋭敏にしてくれた、この胸の痛みを敵視するわけにはいかなかった。

ここから先は、かいつまんで話す。私の宿も近隣の家も、大勢の訪問客であふれていた。もったいぶることなく回避できたし、そうした傾向に合わせて感じよく丁重な態度をとると、社交界のいたるところで好意的に受けとめられた。私の態度は気に入られ、不愉快なことも、いさかいもなかった。ただ一度、宿主のジェンキンス氏とのことをのぞいては。詳しくいうと、私は山と森へ遠足に出かけ、たいそう美味なキノコを持ち帰り、コックに渡したことがあった。コックは、めったに手に入らないけれども、この地方ではたいへん有名な食材に大喜びで、できるかぎり美味しく料理して食卓に供した。素晴らしく美味で、みなの口に合った。ところが、私が荒野からとってきたことが私に敬意を表して打ち明けられると、宿主であるイギリス人のジェンキンス氏は、公然とではないけれども激怒した。

「客人が饗宴に出す食物で貢献するなんて。家の主《あるじ》である私が、知りもしなければ、命じもせず、指図もしていない料理ですよ。この私が説明できないような料理を食卓に供して列席者をおどろかすなんて、無作法でしょう」というのである。こうしたことはすべて食後、顧問官ライフェンシュタインが如才なく打ち明けてくれたのだが、これに対して、キノコ類とは何の関係もない心痛に、心ひそかに耐えねばならなかった私は、「そうしたことは、コックが主人に告げると思っていたものですから」とひかえめに答え、「またこうした食材を道すがら手に入れることがあれば、敬愛する宿主本人にさしだし、チェックしてもらって、同意を得ることにします」と約束した。なぜなら、公正に考えれば、主人の憤慨は、この疑わしい食材が、しかるべき吟味をされずに、食卓に供せられたことから起こったと認めざるをえないからである。むろんコックは私に「こうしたものは、頻繁に出るわけではありませんが、このシーズンに食卓に供されると、いつも特別な珍品として大歓迎されます」と断言していたし、この機会に主人にもしっかり記憶してもらった。

このグルメ事件は、「私自身がまったく特殊な毒に感染し、うかつにも、社交界の人たち全員を毒殺しようとしたという嫌疑をうける」などという冗談を心ひそかに考えるきっかけをつくった。

さて、私が心に決めた計画を実行するのは容易だった。さっそく英語のレッスンを回避することに努めた。毎朝外出し、ひそかに愛した例の女弟子には、複数の人間が一緒にいるときでなければ、決して近づかないようにしたのである。

しかし私はきわめてたくさんのことに興味をおぼえる質《たち》なので、こうした心理状態もほどなく正常に戻った。それもきわめて優美なやり方で。彼女を婚約中の女性、まもなく人妻となる女性としてながめると、私の目に映る彼女は、ありきたりな少女の状態を脱した、より高き存在となったからである。いまや同じく好意でも、自己本位ではない高尚な好意を向けると、もはや、どのみち軽率な若者ではない私は、まもなく彼女とこのうえなく楽しく、のびのびと向かい合えるようになった。彼女に親切にするときは——くったくのない心遣いをそう呼べるなら——厚かましさはまったくなく、むしろ一種畏《かしこ》まった応対になった。「許婚《いいなずけ》がいることをご存じなのね」と気づいたミラノ娘は、私の態度にすっかり満足したようだった。ほかの人々も、私がだれとでも談笑するので、何も気づかず、あるいはこのことを悪くとらず、おだやかな心地よい日々が過ぎていった。

さまざまな娯楽についても、語るべきことはどっさりある。この地にも芝居小屋があり、しばしばカーニバルで喝采を博したあの道化役がいた。彼はふだん靴屋を生業とし、舞台でも堅気の小市民として登場した。彼がパントマイム風の簡潔な演技で、ばかげたまねをしてみせると、このうえなく愉快で、生きるとはかくも心地よく、たわいないことなのだという思いに浸ることができた。

そのあいだにも故郷からの手紙で、次のことに気づかされた。すなわち、私が長い時間をかけて計画し、延期し、ついにすばやく実行したイタリアへの旅で、あとに残された人々は不安とあせりをおぼえ、いや、そればかりか愉快なことを知らせる私の手紙から、よいことばかりを思い描き、私のあとを追って、おなじように幸せを享受したいという願いをつのらせているという。むろんアマーリア大公妃のまわりの才気あふれる芸術愛好家たちは従来通り、イタリアをいつも真の教養人の新たなエルサレムとみなし、ミニヨンのみが表現しえたような、この国への生き生きした憧れをたえず心に宿していた。ついに堰《せき》を切ったように、アマーリア大公妃がその側近とともに、他方ではヘルダーとダールベルク[38]（弟のほう）が、アルプスを越えようと真剣に準備をはじめたことが明らかになった。これに対して私の助言は、「冬を越してから、年の半ばの季節にローマに到着し、それからだんだんに、この世界的古都の周辺やイタリア南部が提供しうる、あらゆるよいものを楽しむというのはいかがでしょう」というものだった。

この助言は公正かつ適切なものであり、私自身にも利点があった。これまで異質な

38　ヨハン・フリードリヒ・フーゴー・フォン・ダールベルク（一七五二〜一八一二）。エアフルトの総督の弟。

環境で、見知らぬ人々とともに、生涯の特筆すべき日々を過ごし、真にふたたび生き生きと、人間らしい生き方を楽しんできた。そうした生き方は偶然の関係、しかし、自然な関係において生まれるものなのだと、久しぶりに初めて気づかされたのである。故国の一定範囲の仲間、よく知っている近しい人々のあいだで暮らしていると、結局、奇妙きわまりない立場におかれる。たがいに大目にみながら持ちつ持たれつ、思いやりをもって不自由をしのぶと、苦しみと喜び、不快感と快感が習慣的に相殺されて、一種の平均値ともいうべき諦念《ていねん》が生じる。いうなれば均《なら》されて、個々のできごとの特性は完全に帳消しにされ、そのあげく億劫《おっくう》が高じて、苦しみにも喜びにも、心おきなく浸ることができなくなってしまうのである。

こうしたことをうっすらと感じて、友人たちの到着をイタリアで待ち受けるのはよそうとはっきりと決心した。というのは、昨年以来、北国のあの陰鬱な観念や思考方法からのがれようと努め、蒼穹のもとで、のびのびとあたりを見まわし、呼吸することに慣れてからというもの、私の物の見かたが、ただちにかれらの見かたにはなり得ないことが、ますますはっきりとわかったからである。イタリア滞在も中盤になると、ドイツからくる旅行者は、いつもたいそう煩わしかった。かれらは脳裏からいったん消してほしいものをさがし求め、長いあいだ望んでいたものが目の前にあっても、それを認めることができなかった。私自身、はっきりと正しいとみとめた道なのに、いざ掘り下げて実行するとなると、その道を踏みはずさないようにするのは、いまなおかなり骨の折れることだった。

見知らぬドイツ人なら、避けることができても、かくも近しい関係の敬愛する人物だと、避けるわけにいかない。かれら独自の思い違いや生半可な理解から、私自身の考え方にまで立ち入ってきて、私を煩わせ妨げることだろう。北国からの旅行者は、自分の生き方の補充をし、自分に欠けているものを見出したくてローマに来たと思っているが、しだいに、自分の意識をすっかり変えて、一からはじめねばならないことに初めて気づいて、ひどく居心地が悪くなってしまうだろう。

さてこのような事情は明白に思われたが、日夜、慎重に未決定のままにしておき、細心の注意をはらって時間をたえまなく活用し続けた。自分の頭でじっくり考える、他人の意見に耳を傾ける、美術上の努力を吟味する、みずから実践して試みる——たえず代わる代わる行うというよりもむしろ、それらは相互に浸透しあっていた。

その際に、特にチューリヒのハインリヒ・マイヤーの共感を得たことは励みになった。彼との歓談は稀ではあったが、私の役に立った。それは彼が勤勉で、おのれに厳しい芸術家として、若い芸術家連中よりも時間を有効に活用するすべを心得ていたからである。若い芸術家連中ときたら、確かなものをつかみ、腕をあげて本気で邁進することと、あわただしく愉快な人生を送ることとは、気軽に両立できると思っている。

十一月

通信

ローマにて、一七八七年十一月三日

カイザーが到着し、そのために丸一週間、手紙を書けなかった。カイザーはまずピアノの調律をしている。そのうちオペラ[1]が上演されるだろう。彼がいると、また特別な画期的なことがあるだろう。しかし私は、人は自分の道をただ静かに歩み続けるべきであり、最良の日もあれば、最悪の日もあるとわかっている。『エグモント』が好評で嬉しい。再読しても魅力を失いませんように。なぜなら、自分が何を『エグモント』に工夫して書き込んだのか、またそれは一度では読み取れないとわかっているからである。君たちが称賛している点こそ、私が書こうとしたもの

1　ジングシュピール『冗談、悪だくみと仕返し』をさす。一七八七年十月二十七日付け、一六一～一六二頁、注30参照。

だった。「ちゃんと書かれています」というなら、私の究極の目的は達成されたことになる。それは言いようもなく困難な課題で、生活と心情とのはかりがたい自由がなければ、とうてい成しえなかっただろう。十二年も前に書かれた作品にとりくみ、改作せずに完成するということが何を意味するかを考えてほしい。時代の特殊事情[2]のせいで、仕事しにくくなったとも、仕事しやすくなったとも言えよう。いまなお『タッソー』『ファウスト』という二つの巨石が私の前に横たわっている。慈悲深い神々はシシュフォスの罰を私から免除してくれたらしいので、この二つの石塊も山頂へ運び上げられると思う。いったん山頂へ達したら、また新たにはじめることになるだろう。君たちは功績がなくても私を愛し、また愛し続けてくれるので、君たちの喝采に値するように全力を尽くそう。

君がクレールヒェンについて言っていること[3]は、私には十分には理解できないので、次のお便りを待っている。君には、自由な愛に生きる市民階級の娘っ子のイメージと、女神にも比すべき自由の象徴としてのイメージとのあいだにある微妙な差異が欠落しているように思われたのだろう。しかし、彼女のエグモントに対する関係は唯一無二のものだ。「愛する人は完全無欠よ」と思い、また「この男性が私のものだなんて」

という不可思議さを恍惚として味わっている点で、彼女の愛は官能以上のものである。女傑として登場させたが、クレールヒェンは永遠の切々たる恋慕の情で恋人を追い求め、最後には彼の魂の前に、輝かしい夢を通して神々しい姿をあらわす。すると、どこに二つの女性像の中間的ニュアンスを置くべきなのだろう。正直にいうと、場面を貼り合わせてつないでいく戯曲上の必要性から、前述した女性像のニュアンスは、断片的でバラバラであり、むしろ、あまりにもほのかな暗示で結びついているにすぎない。再読していただければ理解の助けになるかもしれず、君の次の手紙で詳しいことを伝えてもらえないだろうか。

アンゲーリカは『エグモント』の題扉の銅版画[4]を素描し、リップスが銅版に刻んでくれた。少なくともドイツでは、これほどのものは描かれたことも、刻まれたことも

2　一七八七年七月九日付けの最後の部分、五一頁、注8参照。

3　シュタイン夫人もしくはヘルダーの手紙をさす。クレールヒェンは『エグモント』の女主人公で、エグモントの恋人。一七八七年報告十二月、二四一～二四四頁参照。

4　エグモントの前にクレールヒェンが跪いている図。一七八八年に刊行されたゲーテ全集の第五巻に挿入された。

ないだろう。

ローマにて、十一月三日

残念ながら、いまや造形美術はあとまわしになっている。そうでないと、戯曲の件が片付かないからである。こちらも、ひとかどのものを作り上げるには、自分の考えを集中させ、じっくりと推敲しなければならない。『クラウディーネ』を制作中だが、いわばまったく新たな仕上がりで、私という人間の古い無価値なものがふるい落とされてゆく。

ローマにて、十一月十日

カイザーがいまここにいる。音楽が加わったので、いわば美術・文学・音楽の三重奏の暮らしである。すばらしく善良な男で、およそこの地上でできる限りの自然な生活を実際にいとなむ私たちには、好ましい。ティッシュバインがナポリから帰ってきたら、カイザーとティッシュバインの二人の宿も変わるし、その他すべてが変わってくる。だが気のいい私たちのことだから、一週間もすれば何事も常態に復するだろう。

公爵のご母堂に、「二百ツェッキーノの支出をお許しいただけないでしょうか。あなた様のために漸次、さまざまな小さな美術品を購入したいのです」と申し出た。手紙に書いたこの提案を支持してほしい。金はすぐに必要というわけではなく、また一度でなくてもよい。これは重要な点であり、詳しい説明はなくても、その全容を感じ取っていただけるだろう。当地の明白な事情を知れば、私の提言と申し出は必須かつ有益なものであることが、いっそうよくわかるだろう。ちょっとしたもので、彼女はたいそう喜ばれるだろうし、当地で私が順次、作製させている品々をご覧になれば、なにびとであれ当地にくる方の心にめばえる所有欲もしずまるだろう。さもないと、彼女はこの所有欲を、悲痛な思いでおさえ込むか、不利な条件で取引をして満たすほかない。この件についてはさらに詳しく書き送ろう。

ローマにて、十一月十日

『エグモント』が喝采を博し、心から喜んでいる。これほど心情的に自由に、良心的

5　実際に彼がローマに戻ったのは一七八九年三月の初めである。

に完成させた作品はない。だが、もしもすでに以前にこれと別種のものを制作していたら、読者はなかなか満足しないだろう。読者はつねに前と同じものを要求するから。

ローマにて、十一月二十四日

あなたはこの前の手紙で[6]、この地方の風景の色彩のことを尋ねた。これについては、「晴れた日、とくに秋は多彩で、模写するときはいつも精彩に富み、輝いて見えます」と言える。近いうちに、今ナポリにいるドイツ人[7]が描いた写生を二、三枚送りたいと思う。水彩絵の具は、自然の輝きには到底およばないが、それでもあなた方は「このような色合いはありえない」と思うだろう。何よりもすばらしいのは、大気に微妙な色調があって、少し離れると、鮮明な色彩がやわらぐことや、（いわゆる）寒色系と暖色系の対比がたいそうはっきりしていることである。澄んだ青色の影は、とりわけ輝く緑色がかった、黄色がかった、赤みがかった、褐色を帯びたものと魅惑的な対照をなし、遠景の青みがかった靄《もや》とまじりあう。そのみごとさ、調和、全体のグラデーションは、北方の人間にはまったく見当がつかない。ドイツではすべてが強烈か、どんよりしているかのいずれかだし、カラフルかモノトーンかのいずれかである。少なくとも、いま毎日、刻々と私の前でくりひろげられる風景をあらかじめ味わわせてくれるような、個々の効果を見たおぼえはない。私の目が肥えた今なら、北方の国でも、もっと美を見出せるかもしれないが。

ともかくあらゆる造形美術への正しい道が目の前にあり、それを認識したが、その道が広く遠いことを、今やますますはっきり見きわめたと言えるかもしれない。今からはじめて、やっつけ仕事以上のものをするには、私はあまりにも年をとりすぎている。他の人たちがどのようにやっているかも見てきた。適切な道をあゆむ者もいるが、長足の進歩をとげた者はひとりもいない。だからこれは幸福や知恵と同じように、その原像は脳裏に浮かんでも、せいぜいその衣の裾《すそ》に手を触れるだけなのである。

カイザーが到着し、彼と一緒に少し家のなかを整理していたので、私のほうはいくぶん遅れが生じ、仕事が停滞した。いまや元の調子にもどり、私のオペラも完成間近だ。カイザーはたいへん実直で、物わかりがよく、きちょうめんで落ち着きがある。

6　シュタイン夫人をさす。
7　画家クリストフ・ハインリヒ・クニープ。

芸術においては手堅く信頼でき、近くにいるだけで、こちらが健やかな気持ちになるような、そんな人物のひとりである。そのうえ彼は心から親切で、生活や社交にたいして正しい見かたができ、そのために、その他の点では厳格な彼の性格も、より柔軟になり、彼の交際は独特の優雅さを帯びてくる。

報告

十一月

ところで、徐々に人々から離れていこうと心ひそかに考えていた矢先、有能な旧友クリストフ・カイザーが到着し、新たな結びつきができた。彼はフランクフルト生まれで、クリンガー[8]や私たちと同時代に育った。生まれながら特殊な音楽の才能にめぐまれ、数年前にもう『冗談、悪だくみと仕返し』の作曲を企てるいっぽうで、『エグモント』にふさわしい音楽をつくりはじめていた。私はローマから「作品は発送しました。写しは私の手元にあります」と、彼に知らせておいた。この件は、くだくだしく手紙のやりとりをするよりも、彼自身が即刻こちらへくるほうが得策と思われた。

8　フリードリヒ・マクシミリアン・クリンガー（一七五二〜一八三一）。フランクフルト生まれの作家。ゲーテや彼の母と親しかった。戯曲『シュトゥルム・ウント・ドラング』（一七七六）が有名。

そこで彼はさっそく馬車で疾駆し、イタリアをつっきって、ほどなく私たちのもとへ到着し、コルソ通りでロンダニーニの向かい側に本営をかまえていた芸術家仲間に、親切に迎え入れられた。

だがここでまもなく、もっとも必要とされる精神の集中・統一にかわって、あれこれ新たな楽しみのために注意力が散漫になってしまった。

まずピアノを調達した。数日にわたって、妥協をゆるさない芸術家は、試しに弾いて調律し、気がすむまで調整したが、それでもまだ「ああしたい」「こうあってほしい」などと言っていた。しかしながら、手間暇かけて骨折った甲斐があって、彼はほどなく、たいそう器用に、当時の風潮にあわせて、当代のどんな難曲でも楽々と弾きこなす才能を発揮した。音楽史に通じた方は、どういうことか、すぐにお分かりだろうが、コメントしておく。当時、シューバルトは超絶技巧の持ち主とみなされていた。そのうえ熟練のピアニストのあかしとして、シンプルな主題をこのうえなく技巧的に展開して変奏し、最後にふたたび自然な形で演奏し、聴衆にほっと一息つかせることが尊重されていたのである。

『エグモント』の序曲をカイザーが持ってきてくれたので、当然ながら愛着をおぼえ、この方面からも、楽劇に対する私の企ては、これまで以上に熱を帯びた。『エルヴィンとエルミーレ』および『クラウディーネ・フォン・ヴィラ・ベッラ』は、ドイツへ送られることになっていた。だが『エグモント』を改作したら、自作に対する要求が高くなり、こちらの二作品を最初の形のまま放置しておけなかった。かなり抒情的な作品だが、そうした抒情性は、私にとって好ましく大切なものであり、愚かしくも幸せにすごした多くの時間や、忠告されても聞く耳をもたない血気さかんな青春時代につきものの苦悩と悲しみのあかしだった。これに対して、散文の対話は、フランスのオペレッタ臭が強すぎた。最初にドイツの劇場に快活な歌芝居をもたらしたフランスのオペレッタは[10]、たしかになつかしい思い出だが、いまはもはや私を満足させなかった。いわばイタリアに帰化した私は、せめて旋律ゆたかな歌を、レチタティーボやデクラメーション[11]と結び合わせてみたいと思っていたのである。

9　クリスティアン・フリードリヒ・ダニエル・シューバルト（一七三九〜九一）。音楽家・作家。一七八九年シュトゥットガルトの宮廷音楽指揮者になる。鍵盤楽器の名手として称賛されていた。

10　ゲーテは青春時代にこのジャンルに親しんでいた。『詩と真実』第三章参照。

この意味で、双方のオペラはいまや改作されたものとみなされるだろう。どちらの作曲[12]もあちらこちらで喜ばれ、ドラマチックな流れにのって全盛時代まで浮遊している。

ふつうイタリア歌劇の台本を悪く言う人がいても、それは決まり文句で、何も考えずに、他人の口真似をしているようなものである。イタリア歌劇の台本は、むろん軽やかでにぎやかだが、作曲家にも歌手にも「歓喜に身をゆだねてください」というだけで、それ以上の要求はしない。これについては回りくどい説明は抜きにして、『秘密の結婚』[13]の台本に注意をうながしたい。作者不明だが、たとえ誰であろうと、この分野におけるもっとも巧みな書き手のひとりである。こうした考えで制作し、かかる自由をもって一定の目的へ向かって仕事をすすめることが、私のねらいだった。どの程度まで目的に近づいたか、自分で言うことはできないけれど。

ところが残念ながら、友人カイザーと一緒にかなり前から取り組んできた企画の雲行きがしだいにあやしくなり、上演がむずかしくなってきた。

ペルゴレージの『奥様女中』[14]のような簡単な幕間劇《インテルメッツォ》が喝采を博していたドイツ・オペラ界の、あのたいそう無邪気な時代を思いうかべてほしい。当時、ベルガー[15]という名のオペラの道化役専門の男性歌手があますところなく力量を発揮し、相手役の女性もきれいで堂々としていて芸達者だった。かれらはドイツの都市や町村で、あまり

11　レチタティーボはアリアに対する声楽様式で「叙唱」と訳される。アリアが旋律的表現を主体とするのに対し、「語り」に重点を置く。デクラメーションは歌詞の意味や自然な言い回し、抑揚・韻律を重要視する歌唱法をさす。

12　『エルヴィンとエルミーレ』は一七七五年にヨハン・アンドレによって作曲され、一七七六年にはアンナ・アマーリア大公妃によって作曲され、ヴァイマールの劇場で何度も上演されている。『クラウディーネ・フォン・ヴィラ・ベッラ』は一七八九年にヨハン・フリードリヒ・ライヒャルトによって、一八一五年にフランツ・シューベルトによって作曲されている。

13　一七九二年に初演されたチマローサのオペラで、ダ・ポンテの証言によれば、作者はジョヴァンニ・ベルターティである。

14　ジョヴァンニ・バッチスタ・ペルゴレージ（一七一〇〜三六）作、一七三三年初演。下女が独身の頑固な金持ち老人の奥様になる話。登場人物は歌手二人と黙役の三名のみ。オペラ・ブッファの先駆をなす傑作。

15　ゲーテの日記によると、一七七七年二月、歌手アントン・ベルガーがヴァイマールの宮廷で客演をしている。

扮装をせずに、少人数の楽隊と一緒に、室内でいろいろ愉快でセンセーショナルな興行をしていた。いつも恋におちた気どり屋の年寄りが一杯食わされて気恥ずかしくて……という落ちがつく。

　私は歌い手二名のほかに、中間の声の持ち主で、容易にキャスティングできそうな第三の歌い手を考えていた。こうして数年前に歌芝居『冗談、悪だくみと仕返し』ができあがり、チューリヒのカイザーのもとに送った。だが彼はまじめな良心的な人物だったので、この作品をまじめすぎるほどまじめに取り上げ、詳細すぎるほど詳細にあつかった。私自身がすでに幕間劇《インテルメッツォ》の程合いをこえていたし、一見ささいなものに見える主題がたいそう多くの歌曲へと展開していたので、とりあえず音楽でやりくりしても、三名の登場人物では表現が追いつかないほどであった。カイザーはアリアを昔風に詳細にあつかい、部分的にはじゅうぶんに成功していたし、全体的に優美だったと言えよう。

　しかしながら、これをどこでどのように発表すればよいのか。昔ながらの「程よく」という原則にしたがったために、不幸なことに声部が貧弱で、これが悩みだった。三重唱以上には歌えないわけで、ついには医師の万能薬テリアク[16]を処方して、合唱団を味方につけたいぐらいだった。私たちは制約を破らず、簡素にまとめようとあれこれ骨折ったが、モーツァルトの出現によって、そうした苦労はすべて水の泡になった。モーツァルト作『後宮からの誘拐』はすべてを打ちのめし、私たちが細心の注意を払って制作した曲は一度も劇場でとりざたされなかった。

カイザーがいるので、これまで劇場での催しに限られていた音楽への愛は、さらに高まり拡大した。カイザーは教会の祭礼にも入念な注意をはらっていたので、私たちも、そのような日に演奏される荘厳な音楽に耳をかたむけるようになった。あいかわらず歌唱が重きをなしているとはいえ、そうした音楽はフルオーケストラで演奏され、宗教色は薄まっていた。聖チェチーリアの日[17]にはじめて、技術的にむずかしい華麗なアリアが力強い合唱で歌われるのを聞いたことを思い出した。私はことのほか感銘を

16 『冗談、悪だくみと仕返し』の第二幕で医師は、仮病をつかうスカピーネにテリアクという薬を調合する。テリアクは古代の万能薬で、ヘビの皮など六十種以上の物から調合されている。

17 十一月二十二日。上巻、一七八六年十一月二十二日付け、二七五頁参照。

うけたが、そうしたものはオペラに登場すると、やはり聴衆に多大な感動をもたらす。

このほかにもカイザーには美点があった。すなわち古《いにしえ》の音楽をこよなく大切に思い、音楽史の真摯《しんし》な探究をこととしていたので、図書館を見てまわり、その誠実な勤勉さは、とくにミネルヴァの図書館[18]で快く受け入れられ奨励された。その際に彼は、書誌研究の成果として、私たちに十六世紀の古い銅版画に注意をはらうようにうながし、たとえば、「壮麗なるローマの鏡」、ロマッツォの「建築論」、ならびに少し後の「ローマの驚異」[19]、こうした種類のものを思い出させることも忘れなかった。私たちもこれらの書物や版画集を順次、見てまわったが、りっぱに印刷されているのをまのあたりにすると、それらはとりわけ貴重なものとなった。古代が真摯に畏怖の念をもって考察され、遺物がしっかりとした文字によって表現された、あの過ぎし時代を彷彿とさせた。こうして、コロンナ庭園の昔日の場所に建っていた巨像は、私たちにとって近しいものとなった。また、セヴェルス帝の建てた半ば廃墟となった七重の列柱建築から、いまやこの消滅した建物のおおよその姿を思い描くことができた。正面《ファサード》のないサン・ピエトロ教会、丸屋根のないその大きな中央部、そこの中庭[20]で馬上試合の催しを行うことのできた昔のバチカン、そうしたすべてが私たちを古《いにしえ》の時代へ連れ戻し、同時にそれにつづく二百年の時がどのような変化をひきおこしたか、また、著しい障害にもかかわらず、破壊されたものを修復し、遅れをとりもどそうと努めたことに、はっきりと気づかせた。

すでにしばしば言及する機会のあったチューリヒ出身の画家ハインリヒ・マイヤーは、引きこもって暮らし、勤勉だったが、それでも何か重要なものを見聞きし、学ぶ折には、顔を出していた。というのも、彼は社交界では謙遜かつ有益な人物とされていたので、他の人たちが彼を訪問して連れ出したからである。彼はヴィンケルマンや

18　サンタ・マリア・ソプラ・ミネルヴァ付属のドミニコ会修道院の図書館。一六九九年創設。一八七三年以来国有。

19　「壮麗なるローマの鏡」はアントーニオ・ラフレーリ（一五一二〜七七）の作で一五七五年にローマで発行された。ジョヴァンニ・パオロ・ロマッツォ（一五三八〜一六〇〇）の「絵画、彫刻、建築論」は一五八四年にミラノで刊行されている。「ローマの驚異」はジョヴァンニ・ピエトロ・ベッローリ（一六一三〜九六）によって編集された。

20　ブラマンテは広大な中庭を建設した（一五〇三〜一三）が、シクストゥス五世によってバチカン図書館を建築するために区分された。

メングスによってひらかれた確実な道をしずかに歩み続けていた。ザイデルマン[21]の手法で古代の胸像をセピアですこぶる巧みに描くことができたので、彼ほど前代および後代の美術の微妙なニュアンスを吟味し、識別する機会にめぐまれている者はいなかった。

　ところで、外国人も芸術家も、識者もアマチュアも、みな一様に、バチカンとカピトリーノ美術館を松明《たいまつ》の明かりで鑑賞したいと願っていた。私たちがこの催しを企てたとき、彼も仲間に加わった。私の手元にある文書のなかに、彼の論文のひとつがある。その論文によると、このような楽しい、すぐれた美術遺品めぐりは、おおむね魂の前をただよう魅惑的でしだいに消えゆく夢のようなものだが、それはまた、知識と洞察に有益な作用をおよぼし、とこしえの意義をもつものである。

「ローマの大美術館、たとえばバチカンのピオ・クレメンティーノ美術館、カピトリーノ美術館を、ロウソクの明かりで見て回るという習慣は、前世紀の八〇年代にはまだかなり斬新なことであったようだが、それがそもそもいつ始まったのかは不明である。

松明で照らすことの長所は、どの作品も別々に、残りの全作品から切りはなして観察できること、そして、鑑賞者の注意がひたすらその作品に向かう点にある。それから、強く効果的な松明の光で、作品の微妙なニュアンスがはるかに明瞭になり、邪魔になる反射（とくに輝くばかりに磨きあげられた彫像の場合には、煩わしい）がいっさいなく、陰影はより翳《かげ》りを帯び、明るい部分はより明るく浮かび上がることである。しかし最大の利点は、まちがいなく、不利な場所におかれた作品がこれによってふさわしい権利を得ることである。たとえば、壁龕《へきがん》のなかに立っていたラオコーン群像[22]は、松明の光のもとでのみ正しく見ることができた。なぜなら、この群像には直接的な光が射さず、ベルヴェデーレの柱廊に囲まれた小さな丸い中庭からの照り返しがあるだけだったから。アポロン像やいわゆるアンティノウス（メルクリウス）像[23]についても

21　ヤーコプ・ザイデルマン（一七五〇～一八二九）。メングスの弟子のひとり。セピア画家として有名。

22　ラオコーンはトロヤの神官で、ギリシア人の計略による木馬の秘密をトロヤ人に警告したため神の怒りにふれて、二人の息子とともに大蛇に巻き付かれて死んだという伝説の人物で、彼の瀕死《ひんし》の苦悩を表現した有名な彫刻作品。

同様だった。ナイルの河神およびメレアグロスを見てその価値を評価するには、いっそう松明の光が必要だった。古代遺物のなかで、いわゆるフォキオン[24]ほど松明で照らして映えるものはない。この像は不利な場所に置かれているため、ふつうの光では気づかないのだが、松明で照らすと、簡素な衣から肉体のパーツが霊妙にほのかに透けて見えるからである。バッカス座像のすぐれたトルソー[25]もやはり美しく見えるし、美しい頭部をもつバッカス立像の上体、トリトンの半身像、とりわけ芸術の奇蹟ともいうべき、どんなに称賛しても足りないあの有名なトルソー[26]も、同様である。

カピトリーノ美術館にある記念物は、概してピオ・クレメンティーノ美術館のものほど重要ではないが、それでもたいへん価値のあるものが若干あって、それらのしかるべき価値を知るには、やはり松明の光がよい。いわゆるピュロス[27]はすぐれた出来栄えで、階段の上に立っていて、まったく日の光を受けない。円柱の前の画廊には、衣服をまとったヴィーナス[28]とおぼしき美しい半身像が立ち、三方から弱い光を受けている。裸体のヴィーナス[29]はローマにおけるこの種のもっとも美しい立像だが、それは角《かど》の部屋に陳列されていて、日の光のもとではその長所があらわれない。いわゆる美しく着飾ったジュノーは、窓と窓とのあいだの壁ぎわに立ち、わずかな斜光を受けるだけである。種々雑多な収集室にある有名なアリアドネの頭部[30]も、松明の光がなくては、その全体の見事さはわからない。このようにこの美術館では他にもいくつもの作品が不利な位置に置かれているので、それらを正しく見て、しかるべき評価をしようとすれば、松明の光はどうしても必要である。

23　アンティノウスはハドリアヌス帝が寵愛した美青年で、一三〇年ナイル河で溺死した。紀元前四世紀後半のプラクシテレス一派から出たオリジナルの複製。

24　フォキオンは古代ギリシアの将軍だが、これはヘルメスの立像で、紀元前五世紀のギリシアのオリジナルを模したもの。

25　今日ではバッカスではなく、アポロンとされている。ヘレニズム時代の作品の複製。

26　「ベルヴェデーレのトルソー」と呼ばれ、アテネ人の彫刻家アポロニオスの作で、紀元前一世紀のもの。ベルヴェデーレはよい眺めないし展示室を意味する。

27　軍神マルスの巨像で、紀元前一〇〇年ごろ作られた。

28　紀元前四世紀初期のギリシア彫刻作品の複製。

29　「カピトリーノのヴィーナス」と呼ばれる。ヘレニズム時代の作品をローマ時代に模したもの。

30　少年時代のディオニュソスの胸像。

ところで、流行を追ってなされる多くのことは濫用されるが、松明の光もその例にもれない。松明の光は、何のために役立つのか理解されている場合のみ、効果的である。パーツが盛り上がり、くぼみ、互いにつながっていくさまがより精確にわかるので、さきほど二、三の例をあげたような、乏しい日光を受けるだけの記念物を見るのには必要である。特に美術がもっとも栄えた時代の作品（すなわち、松明をかかげる者と鑑賞者が、何が問題なのか知っているとき）には、好都合であろう。松明で作品の量感はより明示され、作品の微妙なニュアンスが際立つ。これに対して、古い芸術様式の作品では、力強い様式もしくは高尚な様式[31]であっても、ふだん明るい光のなかに立っているときには、たいして効果をあげられない。なぜなら、当時の美術家はまだ光と影に精通していなかったのだから、どうして作品のために光と影を考慮するはずがあろう。後代の作品についても、美術家が手を抜きはじめ、造形作品における光と影にそれ以上の注意を向けず、均整《プロポーション》の理論を忘れるほど趣味がひどく低下すると、同じことが言える。この種の記念物に、松明の光が何の役に立つというのだろう」

このような荘重な話の折に、私たちの集いで何かと有益な手助けをしてくれたヒルト氏[32]の思い出を述べるのは、ふさわしいことと思われる。一七五九年にフュルステンベルク領に生まれた彼は、古代の著述家を研究し終えた後、抗しがたい衝動をおぼえてローマへ赴いた。彼は私よりも数年早くローマへ到着し、きわめてまじめなやり方で、古代ならびに近代のあらゆる建築および彫刻を熟知し、知識欲旺盛な外国人にうってつけのガイドだった。彼は私に対しても親切で、あれこれ献身的に世話してくれた。

ヒルト氏の主要な研究は建築だったが、古典の地という風土や、他の多くの名所にも注意を怠らなかった。彼の芸術についての理論的見解は、論争好きで派閥をつくりたがるローマで、しばしば活発な議論をひきおこした。特に当地では、いつでもどこ

31 ヴィンケルマンは著書『古代美術史』において古いもの、高尚なもの、美しいもの、模倣、そして衰退期の様式を分けている。
32 アロイス・ルートヴィヒ・ヒルト（一七五九～一八三七）。考古学者。一七八二年から九六年にかけてローマに滞在し、学識豊かな観光ガイドとして人気があった。後にベルリン大学の教授になる。

でも芸術が話題にのぼり、見解の相違から、甲論乙駁がじつに多岐にわたるため、知性はかくも重要な対象の近くで、生き生きと刺激され、啓発される。わがヒルトの原理は、ギリシアとローマの建築を、太古のもっとも必然的な木造組み立てから導き出し、それにもとづいて近代建築を称賛し非難し、その際に歴史と実例を巧みに用いるすべを心得ていた。これに反対して他の人々は、「建築家は自分の出くわすじつにさまざまな場合において、あれやこれやの方法で策を講じなくてはならず、厳格な規則から離れることを余儀なくされるが、建築術においてもすべての芸術と同じく、詩情ゆたかな着想が生じ、建築家はそれをけっして断念してはならない」と主張した。

彼は、美に関しても、しばしば他の美術家たちと見解が一致しなかった。彼は美の根拠を特性的なものにおいていた。「あらゆる美術品の根底には、むろん特性がなくてはならぬ」という確信をいだいていた人びとは、そのかぎりでは彼に賛成した。ところが彼らは、「その実際のとりあつかいは美的感覚と趣味とにゆだねられるべきもので、各々の特性はそれにふさわしく、また優美に表現されねばならない」と主張する点で、彼と違っていた。

芸術は、語ることではなく、なにかを成すことを本質とする。それなのに、人々はあいもかわらずなにかを成そうとするよりも、語ろうとする。だから、ごく最近までそうだったように、このような芸術談義が当時もはてしなく行われていたということは、容易に理解される。

芸術家たちの相異なる意見は、互いに、じつにさまざまな不愉快な思いをさせ、疎遠になるきっかけともなったが、稀とはいえ、そうした折に愉快な出来事が生じることもあった。つぎのことはその好例かもしれない。

一群の美術家たちがバチカンで午後をすごし、夕刻に自分たちの宿所に帰るのに、市中をぬけてゆく長い道をさけて、列柱のそばの門[33]をぬけ、ブドウ畑にそってテヴェレ河まで歩いて行った。かれらは道々、論争をしていたが、そのまま岸辺までやってきて、河をわたるあいだも活発に論議を続けた。さてリペッタの渡し場で舟をおりたが、両陣営ともに、ありあまる論証を口にせぬまま別れるのは忍びなく、そのまま一

33　ベルニーニ列柱のそばにあるポルタ・アンジェリーカ。現在ではもはやない。

緒に、ふたたび河を往復し、ゆれ動く渡し舟のうえでさらに討論を続けることで一致した。それも一度の往復では十分でなかった。調子づいたかれらは、渡し守に何度も往復するように頼んだ。渡し守は、一往復ごとに一人あたり一バヨッコ銅貨[34]をもらえるので、喜んで応じた。かくも遅い時刻にはもはや期待できない、かなりの実入りである。そういうわけで、渡し守は文句ひとつ言わず一同の要求を満たした。だが彼の息子がふしぎに思って、

「この人たちはいったい何がしたいの？」と問いかけると、彼は落ち着き払って答えた。

「さあね、何かに取り憑《つ》かれちゃったんだろうねえ」

　このころ故郷から受け取った小包のなかに、次の手紙[35]があった。

「拝啓、ご高著をちゃんと読めない方がいても、別に驚きません。多くの人々は感じるよりも談じることを好みます。そんな人々をあわれみ、自分がその同類でなくてよかったと思います。あなたのおかげで私は人生の最善の行いをすることができましたし、その行いはその他の諸々の行いの源ともなっています。ご高著は私にとって得難

いものです。幸運にもあなたと同じ国に住んでいたら、あなたを訪問し、抱擁し、秘密を打ち明けることでしょう。しかし不運にも私は、私がこのような行動に出るにいたった動機を信じてくれる者はひとりもいない国に住んでいます。あなたは居所から三百マイルも離れたところで、ひとりの青年の心を立派な徳へ導いてくださった――喜んでくださいね。家族の者はみな安堵しておりますし、私の心は善き行いを喜んでよいのでしょう。私が才能や才気、あるいは人間の運命を左右できるような地位の持ち主でしたら、名乗りをあげます。でも、私は取るに足らぬ者ですし、身のほどをわきまえております。あなたが溌剌《はつらつ》として、執筆の醍醐味《だいごみ》に浸り、ロッテのような女性――ヴェルターに一度として出会うことのなかったロッテです――のご夫君であれますように。そうしたら、あなたは誰よりも幸せな方となられることでしょう。というのも、あなたは徳を愛する方とお見受けしたからです」

34　昔、ローマで用いられたもっとも小額の貨幣。一スクードの百分の一。
35　この手紙はフランス語で書かれている。

十二月

通信

ローマにて、十二月一日

君にこれだけは断言できる[1]――もっとも重要な点については、確実という以上のところに達している。認識は無限へと広がるかもしれないが、私はともかく有限にして無限なるものを確実に、いや明快に伝達できるものとして把握している。なお、じつに風変わりなことをもくろんでいて、認識能力を抑制し、活動力のほうだけいくぶんでも進捗するようにしている。なぜなら、そこにすばらしいものがあり、いったん把握しさえすれば、掌《たなごころ》をさすがごとく理解できるから。

ローマにて、一七八七年十二月七日

今週は詩作がはかどらないので、写生をして過ごした。様子を見ながら、いかなる時期も活かせるように努めねばならない。私たちの画塾《クンストアカデミー》はあいかわらず続いていて、老いたるアンガチュールを目覚めさせようと努めている。[2] 晩には遠近法を研究し、その際にいつも人体の二、三のパーツをより上手に、より確実に写生する技を学ぼうとしている。根本的なことはみな、困難をきわめ、実施するには、おおいに頑張らねばならない。

アンゲーリカはたいへん親切で、なにかにつけて彼女の世話になっている。日曜日は共に過ごし、週に一度、夕方に彼女と会う。彼女は、どうすればそんなことが可能なのか見当もつかないほど、たくさんの良い仕事をしているのに、いつも自分では何もしていないと思っているのだ。

ローマにて、十二月八日

私の小さなリート[3]を気に入ってくれて、どんなに嬉しいことか。また、あなた[4]の情

1　ヘルダーをさす。
2　ヘルダーの『民謡集』（一七七八）に「アンガチュールとヘルフォールの呪文」があり、その冒頭の部分「目覚めよ、アンガチュール！」をさしている。

感にぴったりくる音を生み出すのは、どんなに喜ばしいことか。『エグモント』についてもこんな風に言ってほしかったのだが、あなたはこちらの作品にはほとんど触れてくれなかった。『エグモント』には、気持ちがよいというよりも、むしろ悲しませるものがあるのかもしれない。大きな作品の場合には、純正なトーンを保ちながら構成するのが難しいということは、十分に知られているが、結局のところ、芸術の難しさは、芸術家自身にしかわからないものである。

芸術には、通例、信じられているよりも、はるかに多くの積極的なもの、すなわち他者を教え導き、後世へ伝えてゆけるものが含まれている。このメカニズムはたいそう多くの利点をもち、（つねに知性と波長が合い）知的効果を発することができる。この小さなコツをつかめば、奇蹟のように見える多くの事柄も、それほど難しくはない。そしてローマほど、高尚なものから卑俗なものまで、多くを学べるところはないと思う。

ローマにて、十二月十五日

夜も更けたが、無性になにやら書きたくて、あなた[5]に手紙を書いている。今週は、ただ愉快に過ごした。先週は、あれこれやってみたが、どの仕事もうまくいかなかった。月曜日は天気がよく、天候に関する私の知識によれば、晴天がつづきそうなので、カイザーと第二のフリッツ[6]と一緒に出かけ、火曜日から今日の夕方まで、すでになじみの場所や、まだ知らないさまざまな方面を歩きまわった。

火曜日の夕方、フラスカーティに到着し、水曜日には、ドラゴーネ丘にあるこのうえなく美しい別荘や、特にすばらしいアンティノウスの頭部[7]を見に行った。木曜日は、フラスカーティからロッカ・ディ・パーパを経てモンテ・カヴォへ登った。その風景は筆舌に尽くしがたいものなので、いつかスケッチをお送りしよう。それからアル

3　ジングシュピール『クラウディーネ』の第二幕に登場するリート。「恋はどこでも花ざかり／あなたに捧げる　真心を／恋はすばやく訪れる／探し求めて　真心を」。シューベルトが一八一五年に作曲している。

4　シュタイン夫人をさす。

5　シュタイン夫人をさす。

6　フリッツ・ブリーのこと。第一のフリッツとはシュタイン夫人の息子のこと。

7　この巨大な頭部をヴィンケルマンは「世界でもっとも美しいものの一つ」と激賞した。

バーノのほうへ下った。金曜日、カイザーは体調がすぐれず、私たちと別れた。第二のフリッツとともにアリッチャおよびジェンツァーノへ行き、ネーミ湖に沿ってふたたびアルバーノへ戻ってきた。今日はカステル・ガンドルフォとマリーノへ行き、そこからローマへ帰った。信じられないほど良い天気にめぐまれ、一年中でもこれほどの好天はほとんどないだろう。常緑樹のほかに、葉のついたオークも数本あり、若いクリの木も黄色ではあるが、葉がついている。風景の色調はこのうえなく美しく、夜の暗がりに、すばらしく壮大なフォルムが浮かび上がる！　私の大いなる喜びを、彼方の地にいるあなたにお伝えしよう。たいそう楽しく快かった。

ローマにて、十二月二十一日

写生や美術研究は、文学的な能力を妨げるどころか、後押ししてくれる。多言を弄《ろう》さずに、多くを描かねばならないからだ。私がいま、造形芸術をどのように把握しているかだけでもお伝えできたらと思う。それはまだ不十分なものとはいえ、真実であり、今後ますます多くの意味をもつので嬉しい。また巨匠の知力と徹底性ときたら、信じられないほどである。私は、イタリアに到着して生まれ変わったと感じているが、いまこそ新たに教育されはじめたのだろう。

これまでに送ったものは、うわついた習作にすぎない。喜んでもらえそうな目新しい、最良のものを、トゥルンアイゼン[8]に託して巻物でお送りする。

ローマにて、十二月二十五日

今年は雷鳴と稲光のもとにキリストが降臨した。ちょうど真夜中ごろ、ひどい雷雨になったのである。

私はもはや偉大な芸術作品のまばゆさに眩惑されたりせずに、いまやじっくりと鑑賞し、真に識別し認識しながら歩を進めている。この点で、いかにマイヤーという物静かで孤独で勤勉なスイス人のおかげをこうむっているか、言い尽くせない。彼はまず細部《デテール》について、個々のフォルムの特性について、私の目を開き、真の制作へと導き入れた。マイヤーは寡欲《かよく》で慎み深い。彼は、わかりもしない芸術作品をたくさん所有しているコレクターや、およびがたいものを模倣しようと躍起になって、神経をとが

8　彼については一七八七年九月二十八日付け、一二一頁、注26参照。

らす他の芸術家たちよりも、ほんとうの意味で芸術作品を享受している。彼はすばらしく明晰な理解力と、天使のごとく善良な心の持ち主だ。彼と話すたびに、すべて書きとめておきたくなる。マイヤーの言葉は明確で正しく、ただひとすじの真実を描く。彼は、なにびとも与えることのできなかったことを教示してくれ、彼と離れたら、私はかけがえのないものを失うことになるだろう。彼の傍らでしばらく学んだら、スケッチがいまの私からは想像もできないようなレベルに到達できそうだ。彼の指導を果実の中心部分とすれば、私がドイツで学び企て考えたことはすべて、樹皮のようなものである。この静かで生き生きした無上の幸福感を言いあらわすべき言葉がないが、私はそんな幸福感に浸りながら芸術作品を鑑賞しはじめた。私の精神は芸術作品を理解するのに、さらなるじゅうぶんな広がりをもち、それらを真に評価できるように、ますます成長してゆく。

当地には一緒にたびたび画廊へ行く外国人もいる。かれらは私の部屋に入り込んだハチ、透明なガラスを外だと思って、ガラス窓めがけて飛ぶのだが、跳ね返されて、壁のところでブンブンいっているハチのように思える。

私は、敵対者が沈黙して引きさがってしまう状態を望まないし、以前のように病的で偏狭な人間とみなされるのは、いまの自分に似つかわしくないと思う。そういうわけで、どうか私のために最善のことを考え、為し、助力し、私の人生を支えてほしい。さもないと、私は誰の役にも立てないまま、死ぬことになる。そう、私はこの一年、内面的なぜいたくに慣れてしまったと言わねばならない。世間全体から孤絶して、しばらくひとりで過ごした。いまや親密な仲間が周囲にできあがったが、みな親切で、正しい道を歩んでいる。かれらが私のそばで持ちこたえ、私のことが好きで、思考も行動も正しい道を歩めば歩むほど、私の前で喜びを見出すことで、それがわかる。なぜなら、ブラブラして道を踏み外しているくせに、使節や旅行者とみなされたがる人を、私は相手が誰であろうと容赦しないからである。からかって物笑いの種にするので、かれらは生活をあらためるか、私から去っていくことになる。むろんここで問題となるのは、善良でまっすぐな人間だけで、愚か者やつむじ曲がりはすぐさま選別される。すでに二人、いや、三人[9]が心の持ち方と生活をあらため、そのことで私に感謝

9　カール・フィリップ・モーリッツとフリッツ・ブリー。もうひとりはヨハン・ゲオルク・シュッツと推測される。アンゲーリカ・カウフマンの可能性もある。

している。生涯、感謝するであろう。私という人間存在におよぼす効果という点だが、私は自分の健やかな天性が広がっていくのを感じている。窮屈なことは私の性に合わないし、障壁をつくられると、物事は見えてこないものである。

報告

十二月

十二月はよく晴れた、かなり穏やかな天候ではじまった。そこで気の合う陽気な仲間たちは、一緒に心地よい日々を過ごそうではないかと思いついた。つまり、「僕たちはたった今、ローマに着いた急ぎ旅の外国人で、特にすぐれたものをすばやく視察しなきゃいけないと仮定してみようじゃないか。こういう気持ちで巡回を開始しよう。すでに知っているものも、頭と心で新たに見直せるようにね」というのである。

思いつきはさっそく実行にうつされた。しばらく続いたし、かなり実現したのだけれども、残念ながら、この機会に気づき考えた有益なことは、ほんのわずかしか記録に残されていない。この時期の手紙、メモ、スケッチ、見取り図がほとんど見当たらないのだが、それでもいくつか手短に報告しておこう。

ローマの南方、テヴェレ河からほど遠からぬところに、「三つの泉」と呼ばれるかなり大きな教会がある。その泉は、聖パウロが斬首された際に、彼の血がほそい水となって湧き出したものであると言い伝えられており、今日にいたるまでなおも湧き出ている。

もともとこの教会は低地にあり、教会内部に掘り抜き井戸があるために、むっとするような湿気が増してゆく。内部は装飾がほとんどなく、がらんとしていて、ただ稀に礼拝が行われるので、かび臭いとはいえ、清潔に手入れされている。しかし教会のもっとも立派な装飾になっているのは、キリストおよび使徒たちの絵[11]だ。ラファエロの素描による、等身大の、彩色された作品で、本堂の窓々のあいだの壁に順にならべられている。偉才ラファエロは、他のしかるべき場所では使徒たちの服装に統一感をもたせて群像として描いているが、ここでは使徒たちをそれぞれ別個に登場させ、特別に際立たせて描き出している。使徒のひとりひとりが、主イエスのお供としてではなく、イエスが昇天したのち、自分の足で立ち、これからは独自の持ち味にしたがって生涯、活動をつづけ、耐えていかねばならないかのように。

遠隔の地でも、これらの絵の長所を学べるように、マルカントーニオがラファエロのオリジナルを忠実に模写したものが残っている。それはしばしば私たちの記憶を新たにし、気づいた点を書きとめる機会やきっかけとなった。次に一七八九年に雑誌

〈メルクール〉に収録された論文の抜粋をそえておく。

「主イエスを、もっとも高貴な直弟子である十二使徒――主の言葉と在りかたに傾倒し、大部分が簡素な人生を歩み、殉教によって有終の美を飾った――とともに、しかるべく表現するという課題を、彼はかくも簡素に、多様に、誠実に、そして芸術に対する豊かな理解力で解決した。これらの絵を、彼の幸福な生活のもっとも美しい記念物のひとつと考えることができるだろう。

彼は、使徒たちの性格、階級、仕事、行状と死について文書や口碑で残されているものを、情愛をこめて活かすことによって、一連の人物像を作り出した。それらの人物は、似通ってはいないが、互いに内的な関連性がある。ひとりひとり検討し、読者の注意をこの興味深い画集に向けさせたい。

ペテロ。真正面を向き、がっしりした、ずんぐりした容姿である。手足は他の二、

10　サン・パオロ・アッレ・トレ・フォンターネのこと。ここには三つの教会が並んで立っている。

11　十六世紀のフレスコ画で前述の三つの教会のひとつサンティ・ヴィンチェンツォ・エ・アナスタシオにある。

三の人物と同様に、少し大きめに描かれ、そのために身長はいくぶん低く見える。首は短く、短い髪は、十三人すべてのなかで、いちばん縮れている。着衣の大きな襞《ひだ》は、体の中央部にあつまり、視線は他の人物と同様に前向き。この人物はしっかりと自制し、重荷を背負うことのできる支柱のごとく、立ち尽くす。

パウロもやはり立ち姿。立ち去ろうとしながら、もう一度ふりかえる人のように、横を向いている。マントをたくしあげ、経典をかかえる腕にかけている。両足は思いのままに動ける状態で、歩行をさまたげるものは何ひとつない。頭髪と髭《ひげ》には、炎のごとき躍動感があり、顔は熱狂的な精神で輝いている。

ヨハネ。高貴な若者。毛先だけカールした、感じのよい長髪。満ち足りた、落ち着いた様子で、宗教のあかしとして経典と杯をもち、掲げている。ワシが翼を広げながら、彼の衣を同時に宙高くさしあげている。こうすると、美しく形作られた襞が完璧な状態におかれる。

マタイ。裕福で屈託《くったく》なく、自分の生活に安んじる男性。悠揚《ゆうよう》迫らぬ安逸さは、真剣な、はにかむようなまなざしと、均衡を保つ。ゆったりと波打つ衣の襞と、財布とが、心地よい調和をみせて、なんとも言いあらわしがたく表現される。

トマスは、じつに簡素なのに、もっとも美しく表情ゆたかな人物のひとりである。マント――左右対称なのに、襞のわずかなヴァリエーションのせいで、まったく右側と左側が違った風に見える――に身を包んでいる。これ以上に静かで、落ち着いた、控えめな人物は描けないだろう。顔の向き、真剣さ、悲しげともいえるまなざし、上品な口もとはみごとに調和し、頭髪だけは動きをみせ、おだやかな外面の下で揺れる感情をあらわしている。

大ヤコブ。さすらいの巡礼者の衣に身をつつんだ、優しげな姿。

ピリポ。この人物を前述のふたりの間におき、この三人の襞の具合をくらべてみると、ピリポの襞が他の二人とくらべて、ゆったりと、大きく、幅が広いことに気づくだろう。たっぷりした上品な衣装で、彼は自信ありげに立ち、十字架をしっかりと持ち、それを鋭い目つきで見つめている。全体は内面の偉大さ、落ち着き、堅固さを暗示しているように見える。

アンデレは、その十字架を担うというよりも、むしろ抱擁し愛撫している。マントの襞は簡素だが、よく考えて描かれている。

タダイ。旅路にある僧がよくやるように、歩くとき邪魔にならないように、長いマントを高くたくしあげている青年。この何気《なにげ》ない所作から生じる、たいそう美しい襞。殉教のしるしである十文字槍《パルティザーネ》を、旅の杖として手に持っている。

　マッテヤ。元気な老人。簡素な衣服だが、考え抜かれた襞のために、変化に富む衣装になっている。槍に身をもたせかけ、マントは後方へ垂れている。

　シモン。横からよりも、むしろ後ろから眺めたい人物。まとっているマント、およびその他の衣服は、この画集全体のなかで、もっとも美しいものにはいる。姿勢、顔つき、頭髪に、なんとも言いあらわしがたい感嘆すべき調和がある。

　バルトロマイは、荒っぽく無造作にマントに身を包んで立つ。マントの羽織り方には、おおいに技巧が凝らしてある。彼の姿勢、頭髪、ナイフの握り方をみると、この男は皮はぎの施術に耐える[12]というより、すすんで誰かの皮をはごうとしているのではないかと考えたくなる。

　最後にキリストだが、ここに霊験あらたかな神人を求めたら、誰ひとり満足しないだろう。キリストはさりげなく、静かに歩み出て、民衆に祝福をあたえる。下からたくし上げられた衣装は、美しい襞にかくされた膝を引き立てながら、体に逆らうように静止する。この衣装については、一瞬たりともそこにとどまらず、すぐ落ちてくる

マルカントーニオ・ライモンディによるラファエロ作品の模写、キリスト

という主張が当然なされるだろう。おそらくラファエロは、この人物は右手で衣を引きあげ保っているところだが、祝福のために腕をあげる瞬間には衣を離すのだから、衣は垂れてくると仮定したのだろう。これは、なおも残っている襞の状態から、その直前に行われた動作[13]を暗示する、美術の表現法[14]の一例といってよいだろう」

この小さなつつましやかな教会から、ほど遠からぬところに、あの気高い使徒に捧げられた、もっと大きな記念物がある。それは「壁の前の聖パウロ」と呼ばれる教会で、すばらしい古い遺物を大規模に、みごとに組み合わせた記念物である。この教会に足を踏み入れると、崇高な印象をうける。すこぶる雄大な円柱の列は、高い壁画のある壁に支えられ、壁の上部は組み合わされた屋根の木組みで終わっている。贅沢になれた今日の私たちから見ると、穀倉のような光景だが、梁木が祭典のある日に毛氈《もうせん》でおおわれたなら、全体は信じられないほどの効果をあげるにちがいない。巨大なみごとに装飾された柱頭《キャピタル》の珍しい遺物がいくつか立派に保存されている。それらは、以前この近くにあった、いまやほとんど消失したカラカラ帝の宮殿の廃墟から掘り出されて、難をのがれたものである。

つぎに、いまなおこの皇帝の名を冠するスタジアムで――馬車を駆り立てて競い合った競技場は、その大部分が崩壊しているが――、往時の広大な空間に思いをはせる。もし画家が、競走のため位置についた者たちの左翼に立つなら、彼は右手たかく、（いまや崩壊しているが）観客席の上方に、チェチーリア・メテッラの墓を、その周囲の新たな光景とともに眺めることができよう。そこから（往時の）観客席の線がはるかかなたへと延びていき、遠景に立派な別荘や園庭が見える。頭《こうべ》をめぐらせば、すぐ目の前にスピーナ[15]の廃墟が続く。建築上の想像力ゆたかな人なら、在りし日の驕《おご》

12　バルトロマイは皮はぎの刑で殉教したといわれる。

13　この絵では祝福のためにすでに腕を高くあげているので、「その直前に行われた動作」とは、右手で衣を引きあげる動きをさす。

14　レッシングの『ラオコーン――絵画と詩との限界』（一七六六）参照。レッシングは、空間芸術と時間芸術における表現の手法の違いを論じている。造形美術は空間芸術であり、ある瞬間をとらえて、そのフォルムの美しさを表現するものである。ゆえに、苦痛を描くのにも、苦痛の絶頂にある醜い表情よりは、その一歩手前の瞬間を選び、鑑賞者に想像の余地を残すのがよいとした。これに対して、文学は時間芸術であり、一定の経過をたどる行為を叙述するものなので、苦痛の絶叫をも避ける必要はないと論じた。

りをある程度、思い浮かべることができるだろう。いずれにせよ、才気ある博識な芸術家が、目の前にある廃墟を題材に描こうとすれば、幅が高さの二倍ある、横長の快い絵になるにちがいない。

ケスティウスのピラミッドは、今回は外から見るだけにした。ピラネージ[16]がかなり効果的な作品を残したアントニヌス浴場、別名、カラカラ浴場の廃墟は、目が絵に慣れてしまっているせいか、現物を前にしても、あまり満足しなかった。しかしこれをきっかけに、ヘルマン・ファン・シュヴァーネフェルト[17]に対する思い出がよみがえった。彼は、自然と芸術に対する純粋な思いを表現する繊細なエッチング針で、こうした昔日のものをよみがえらせることができた。いや、それどころか、生き生きした現在を優美に担うものにつくりかえることさえできた。

サン・ピエトロ・イン・モントリオ教会前の広場で、アクア・パオラ[18]のあふれ出る水に挨拶をおくったが、その水は、凱旋門のくぐり戸と門のあいだを五本の流れとなって通り抜け、かなり大きな貯水池をなみなみと満たしている。パオロ五世によって修復された水道を通って、この豊かな水はブラッチャーノ湖の陰から、変化にとんだ丘陵のせいで奇妙なジグザグを描きながら、この場所まで二十五マイルの道を流れてきて、さまざまな水車や工場の需要を満たし、同時にトラステヴェレ[19]にも行きわたっている。

ここで建築好きの人たちは、「これらの水流が勝ち誇って流れ込むさまを外からも眺められるようにしたのは、すばらしいアイデアですね」と称賛した。円柱やアーチ、軒蛇腹や屋根飾りなどから、その昔、戦勝者たちがいつもくぐり抜けていた、あの華麗な凱旋門を思い浮かべる。いまここで、平和をはぐくむ水が、同じように力強く、遠路はるばるやってきて、やはり感謝され称賛されている。碑文もまた、ボルゲーゼ家出身の教皇による先見《せんけん》の明《めい》ある徳行が、いわばここに、永遠に絶えることなく立派

15　スタジアムの中央を斜めによぎる壁。
16　ジョヴァンニ・バッチスタ・ピラネージ（一七二〇〜七八）。イタリアの画家・腐食銅版画家・建築家。作品集「ローマの景観」「ローマの古代遺跡」で知られる。
17　画家・腐食銅版画家（一六〇〇頃〜五五）。クロード・ロランに師事。
18　パオラの泉。一六一二年に、ボルゲーゼ家の教皇パオロ五世によって造られた。名前は彼の名にちなんだもの。
19　ローマのテヴェレ河西岸に位置する。

に脈打っていることを告げている。

少し前に北方から当地に来た人は、「この水がより自然に流れ込むように、天然の岩石を積み上げたほうがよいのではないか」と感じた。これにたいして、「この水流は自然にできたものではなく、人工的にこしらえたものなのだから、流れ込むときも、同様に飾り立てるのが正当ではないか」という返答がなされた。

しかしこれと同様に、ラファエロのすばらしい「キリストの変容」[20]の絵についても、やはり意見が一致しなかった。絵はこの直後に、すぐ近くの修道院で驚嘆の種となった。いろいろ議論がなされたが、口数の少ない人たちは、昔ながらの「二つの行為が同時展開されている」という論難がむしかえされるのに、気を悪くした。しかし、これは世間で、無価値な貨幣が、含有率の高い実質ある貨幣とならんで、ある程度、通用するようなものだろう。ことに手早く取引をすませ、あまり考えずに、ためらわずに若干の過不足を清算しようと思うときは、そうである。それにしても、このような構想の大いなる調和に一度でも難癖をつけるほうが不思議である。キリストの不在に、途方にくれた両親は、悪魔に憑《つ》かれた息子をキリストの弟子たちに見せる。すでに悪霊祓いの試みはしたのだろう。それどころか、この病に効く古来の呪文を見つけられないかと書物をひもといてみた。だが無駄であった。この瞬間に、力をもつ唯一の者が現れる。しかも変容した姿で、偉大な先任者たちから認められて。唯一の救済の源泉として、このようなビジョンがすばやく指し示される。さて、「二つの行為が同時展開されている」と非難する人たちは、どうして上部と下部に分けようとするのだろう。そもそも理念の世界である上部と、現実の世界である下部は、ひとつである。すなわち、下には苦悩する貧しい者がいて、上には霊験あらたかな、慈悲深い者がいて、両者は互いに引き合い、影響をおよぼし合っている。理念は現実に関わっているというのに、上部と下部に別々の意味合いをもたせるために、理念を現実から切り離してよいものだろうか？

同じ考えをもつ人たちは、今回もこの確信を強め、「ラファエロは、正しく考えるという点で傑出していた。まさにこの正しく考えるという点において、豊かな天分をみとめられる人物が、全盛期に考えを誤る、描き方を誤るなどということがあるだろうか。いやいや、そんなはずはない！　彼はつねに自然の摂理のごとく正しく、私た

20　上巻、一七八六年十一月十八日付け、二六七頁および一七八七年報告八月、九八頁参照。

ちがなかなか理解できない点を、徹底的に理解している」と互いに言い合った。

仲の良いまとまったグループで、ローマをさっと一巡りしようという取り決めをしたものの、計画通りに、完全に特別行事としてやり抜くことはできなかった。たまたまさしつかえがあったのか、抜ける人がいたり、また別の人たちが途中であれこれの名所を見物しようと合流したりした。それでも中心メンバー[21]は保たれ、受け入れたり、別行動をとったり、あとに残ったり、先を急いだりすることができた。むろん、ときには奇妙な表明を耳にしなければならなかった。かなり前から特に英仏の旅行者によって始まったもので、経験による判断とやらを、すなわち、自分の瞬時の不用意な判断を口にするのだ。すべての芸術家は、その特別な才能、先輩や師匠、場所や時代、パトロンや注文主によって、多種多様な制約をうけるということを、まったく考慮していない。もちろん、純粋な価値評価を下すのに必要ではないかと思われるようなことも一切、顧慮されていない。したがって、称賛と非難、同意と否認のひどいごた混ぜが生じ、問題となっている芸術作品の固有の価値はすべて、まったく無効にされてしまうのである。

われらがフォルクマンの著書は、他の点ではたいそう注意深く、ガイドブックとして十分に役にたつが、そのような異国の評者にまったく頼りきっているらしく、そのために彼自身の評価がまことに奇妙なものになってしまっている。たとえば、彼がサンタ・マリア・デッラ・パーチェ教会[22]で発言していることほど、不適切な言葉があるだろうか。

「第一の礼拝堂の上にラファエロは、数人の巫女[23]を描いた。受難の巫女と言うべきか、素描は正確なのに、構成が弱い。窮屈な場所のせいかもしれない。第二の礼拝堂は、ミケランジェロの素描にならって、唐草模様《アラベスク》で飾られ、高く評価できるが、シンプルとはいえない。丸屋根の下をみると、三枚の絵がある。第一の絵はカルロ・マラッティによる聖母降臨の図で、寒々とした色合いだが、配置はよい。第二の絵はピエト

21　モーリッツ、マイヤー、リップス、ブリー、シュッツ、カイザー、そしてゲーテの七名である。
22　教皇シクストゥス四世（在位一四七一〜八四）によって建てられた。
23　この礼拝堂を建てたキージ公の委託で描かれた四人の巫女のフレスコ画。一五一四年に完成されたと推測される。

ロ・ダ・コルトーナの手法で騎士ヴァンニが描いた聖母降臨の図、第三の絵はマリア・モランディによる聖母マリアの死である。配置にやや迷いがみられ、粗雑になってしまった。内陣の上の円天井には、アルバーニが弱々しい色調で聖母被昇天を模写している。丸屋根の下の円柱に彼の筆による絵があって、こちらのほうが成功している。この教会に付属する修道院の中庭は、ブラマンテが設計したものである」

　このような本を指南書に選んだ鑑賞者は、こうした不十分なフラフラした判断にひどくとまどうことだろう。というのは、たとえば巫女についての発言のように、はなはだしく間違っている点がいくつも見受けられるからである。ラファエロは、建築物から差し出された空間に当惑したことなど一度もなく、むしろ偉大かつ優雅な天才にふさわしく、ヴィラ・ファルネジーナ[24]において明示したように、どんな空間であれ、このうえなく優美に満たし飾ることができた。「ボルセーナのミサ」「捕らわれたペテロの解放」「パルナッソス」といったすばらしい絵画でさえ、奇妙な空間的制約がなかったら、はかりしれないほどの才気あふれる構想にはいたらなかったことだろう。コンポジションでいちばん肝心なのは均整《シンメトリー》だが、この巫女の絵に秘められた均整は、実に天才的である。自然の有機体と同じように、芸術においても、生は厳格な制約のなかにあますところなく現れでるものなのだから。

ともあれ、芸術作品をどのように受容するかということは、各人に完全にまかせてほしい。私は、こうして一巡りしながら、最高の意味で古典の地をまのあたりにしたと言えるものを感じ、理解し、観察した。ここには過去に偉大なものがあり、現在もあり、未来もあるだろうということを、感覚的にも精神的にも確信したと言えよう。どんなに偉大で素晴らしいものも、うつろう。それは時の本質であり、また道義的要素、物理的要素が互いに無条件に作用しあうので、しかたのないことでもある。私たちはおおまかに眺めて、破壊されたもののかたわらを悄然《しょうぜん》と通り過ぎたわけではなく、むしろ、これほど多くのものが保存され、以前よりももっと豪華に過度に修復されていることに、愁眉《しゅうび》をひらいた。

サン・ピエトロ教会は、たしかに古代の神殿のごとく雄大に構想されており、おそ

24 アモールとプシュケーを描いたヴィラ・ファルネジーナにある絵。上巻、一七八六年十一月十八日付け、二六六頁参照。

らく、もっと雄大かつ大胆なものになっている。二千年の歳月で壊滅してもおかしくないものばかりでなく、築造技術の向上によって再建できたものが、同時に目の前にあった。

美術の趣味はうつろいやすく、簡素な偉大さを求めて努力したり、多様化して小ぶりなものへ回帰したりするが、すべてが躍動する生を示していた。美術の歴史と人類の歴史がシンクロナイズして、眼前にくり広げられていた。

「偉大なものはうつろいやすい」という感慨が胸にせまってきても、気を落としてはいけない。むしろ、過去の偉大さに気づけば、それが励みとなり、なにか意義あるものを成しとげようとする。たとえそれがまた廃墟になっても、先人のたゆまぬ活動が私たちを鼓舞したように、将来、後進を崇高な活動へと奮起させることになる。

こうしたきわめてためになる啓発的な見解は、さまたげられて中断したわけではないが、私にたえずつきまとう悲痛な思いと絡み合っていた。つまり、あの愛らしいミラノ娘の婚約者が、いかなる口実かは知らないが、約束を取り消して少女との縁談を断ったという話を耳にしたのだ。いっぽうでは愛情におぼれずに、可愛い娘からすぐさま身を引いてよかったと思いながら――どんなに厳密に吟味しても、諸々の口実のなかで、避暑地でのあの出来事が婚約解消の口実になっているとは考えられないのだが――これまでかくも晴れやかに親しげに私の心に寄り添ってきた、あの優美な姿が、いまや悲しみにくれてやつれていると思うと、たいそう胸が痛んだ。なぜなら、あの可愛い娘がこの出来事に驚きショックを受けて、生命も危ぶまれるほどのひどい熱病にかかったと聞いたからである。そこで私は毎日、はじめのうちは日に二度、容態をたずねさせて心を痛めた。私の想像力は、なにやらあり得ないものまで生み出そうとしていた。つまり、翳《かげ》りなき快活な日の光にのみふさわしい、あの晴れやかな面ざし、あの屈託なく静かに歩を進める生の象徴が、いまや涙にかきくれて、病のためにやつれ、潑剌《はつらつ》たる青春は内と外との悩みのために、早くも色あせ、しおれていくように考えてしまったのである。

このような気分のときには、一連の重要な建造物・芸術作品によって大いなるバランスを保つことがきわめて望ましい。それらの存在が目を満足させ、そのけっして失われることのない威厳が想像力を満足させてくれるので、それらの大部分を切々たる悲哀の念をもって眺めるのは何よりも自然なことであった。

古代の記念物は幾多《いくた》の世紀をへて、たいていもとの姿をとどめない、不格好なものになってしまった。近代のそびえ立つ豪勢な建物も、のちの時代には、同じように数多《あまた》の崩壊した家屋になってしまうのだと思うと、残念でならず、まだみずみずしさをたたえているものでさえ、目に見えぬ虫に侵食されているように思われた。この世のものは、本来の物的力を失ったとき、現代において道徳や宗教の支えだけで、いかにしてみずからを保持できようか。植生が永遠にみずみずしさを失うことなく、崩壊した石垣や散らばった石塊にも生命を分かち与えることができるように、晴れやかな心は、廃墟をもよみがえらせることができる。それに対して、心が悲しみに沈むときは、活気あるものからも美しい彩りが奪い去られ、ともすると、むき出しの骸骨の姿となって私たちに迫ってくる。

冬がくる前に、陽気な仲間たちと一緒に行こうと考えていた山岳旅行も、ミラノ娘が快方に向かったことをたしかめ、入念な世話を受けているので心配ご無用、快癒しましたという知らせを、あの美しい秋の日に活発で愛らしい彼女と知り合ったあの地で受けとるまで、なかなか決心できずにいた。

ヴァイマールからくる『エグモント』に関する手紙は、はじめの数通からして、あれこれの点について異議を唱えていた。これに伴って私のなかで、次の旧来の考えが再燃した――詩というものをまったく解しない、小市民的な安逸をむさぼる芸術愛好家気取りの人間は通例、詩人が問題を解決したり、美化したり、秘匿したりしようとした場合、不快に思う。易《やす》きに流れる読者は、なにもかも自然のままに進めばよいという。尋常ならざる事柄も、自然の摂理にかなったことなのに、みずからの見解に固執する人にはそうは思えないのである。そうした内容の手紙がとどき、私はそれをたずさえてヴィラ・ボルゲーゼへ赴き、「二、三の場面が長すぎるように思われます」という文章を読んだ。じっくり考えたが、たいへん重要なモチーフが展開されている場面なので、いまさら短縮することはできなかった。しかし女性の友人たちがもっとも槍玉《やりだま》にあげたのは、エグモントが自分の亡き後、愛人であるクレールヒェンを、アルバ公の庶子フェルディナントに託そうとする、約《つづま》やかな遺言だった。

これは当時、私がこれに答えた手紙からの抜粋だが、もっともよく私の意向と事情を説明してくれるだろう。

「お望み通りに、エグモントが遺《のこ》した言葉に若干の修正をくわえることができたら、どんなに望ましいことでしょう。ともあれ、ある晴れた日にお手紙をたずさえてさっそくヴィラ・ボルゲーゼへ急ぎました。二時間にわたって、作品の運び、登場人物、諸事情を熟慮しましたが、簡略すべき箇所を何ひとつ見出せませんでした。私が熟考したすべてを、みずからの賛成《プロ》と反対《コントラ》を書き連ねたいとも思いますが、そうすると、書物一冊分の紙数になり、拙作を効率よく活用した学術論文めいたものになってしまうでしょう。日曜日にアンゲーリカのところへ行き、この問題を持ち出しました。彼女はこの作品をすみずみまで読み、その写しを持っています。あなたもその場にいてくれたなら！　アンゲーリカはなんと女らしい繊細さですべてを分析したことでしょう。さて、その結論は、『英雄エグモントの口から語ってほしいとおっしゃるもの、それは、彼の夢に自由の女神として現れるクレールヒェンの姿に暗示的にふくまれています』というものでした。アンゲーリカは、『女神の姿で現れるのは、眠っている主人公エグモントの心のなかだけですから、この英雄がどんなに彼女を愛し大切に思っていても、言葉では、この夢ほど強くあらわすことができません。それは愛しい女性を自分のところまで引き上げるのではなく、自分よりもさらに高い存在にする夢

アンゲーリカ・カウフマン　アントン・グラフ作　尖筆画
1785 年頃

なのですよ。エグモントが生涯、目覚めたまま夢想し、生と愛をなみなみならず尊重した、というよりもむしろ、享受することによってのみ尊重したことや、最期になおも、いわば夢見ながら目覚めており、彼の心に恋人が深く宿り、気高く貴い地位を占めている様子はたいへん好ましく思われます』と言った。――その他にもいろいろな考察を述べ、『第五幕の牢獄における、フェルディナントとの別離のシーンで、エグモントはクレールヒェンを女神としてではなく、普通の若い女性としてフェルディナントに託します。しかしながらこれは付随的なものにすぎないと考えられます。いずれにしろ、この瞬間、若き友フェルディナントは永久の別れに感極まり、何も耳にはいらず、何もわからなくなっているので、エグモントはそんな彼の悲痛をやわらげようとしているのです』とも言っていた」

語源学者としてのモーリッツ

ずっと昔、ある賢人は「必要かつ有用なことをなす十分な力をもたない人は、不要かつ無用なことに関わりたがる！」という名言をはいた。これから述べることを、このように判断される方も少なくないかもしれない。

仲間のモーリッツは、いま最高の芸術ともっとも美しい自然に囲まれながら、人間の内面性、その素質と発展についてたえず思案し、考えをめぐらすことをやめなかった。それゆえ、とくに言語の普遍性についても研究していた。

当時はヘルダーの懸賞論文『言語の起源について』[25]の結果や、当時の一般的な考え方にしたがって、次のような考えが優勢だった。すなわち、人類は東方の高原にうまれた一組のカップルから全世界にひろがったのではなく、地球のいわば著しく生産的な時代に、自然界が種々の動物の段階的生産を試みたのち、ここかしこに、いくたの恵まれた状況のもとで、多少の差はあれともかく完成された形で人間という種が登場した。さて、人間には言語というものがそなわっており、言語は人間の器官ならびに精神的能力と奥深くつながっている。この点においては超自然的な伝授も、祖先からの伝承も必要としない。そしてこの意味において普遍的言語というものが存在し、そ

25　一七七一年にベルリンのアカデミーから賞を与えられ、翌年刊行された。

れぞれ土着の種族がそれを表明しようと試みてきた。あらゆる言語が類縁性をもつことは、言語が根っこの部分で根源的共通性をもつという理念に一致し、創造力はこの理念にしたがって人類とその有機的組織を形成したのである。そういうわけで、一部には内的な根本衝動から、一部には外的契機から、数に限りある母音と子音が、適切・不適切にかかわらず、感情や観念をあらわすために用いられてきた。さまざまな土着の人々が合流したり、疎遠になったりしながら、あれこれの言語を改悪したり改良したりしたのは、自然な成り行き、いや、必至である。語幹について言えることは、派生語についても言えるので、それによって個々の概念と表象との関連が浮き彫りになり、より明確に特徴づけられる。――以上のことは、とりあえずよしとし、決して確信をもって決定できない究めがたいものとして、そのままにしておこう。

私の書類のなかに、これについて次の詳述が見られた。

「モーリッツがくよくよと思い煩い、不機嫌で自己懐疑におちいっている状態を脱し、一種の活動状態に向かうと、そんなときの彼はこのうえなく好ましい人物になるので、私には心地よい。そうすると、彼の奇矯さには本物の土台ができ、彼の夢想は目的と意義をもつ。いま彼が夢中になっているアイデアは、私にもすんなり理解できて、まことに楽しい。常軌を逸しているように聞こえるので、このアイデアにはお伝えしにくい面がある。でも、やってみよう。

モーリッツは、アルファベットの文字が悟性・感性とつながっていることを発見した。彼はこれを通して、アルファベットの文字は恣意的なものではなく、人間の本性にもとづくものであり、すべての文字は発音されるとき、それを表現するなんらかの内的感覚領域と密接に結ばれていることを示した。さて、これにしたがって、諸々の言語を判断してみると、すべての民族が内的感覚にしたがって、自己表現を試みてきたことがわかる。けれども、みな、恣意や偶然のために正しい道から逸れてしまっている。内的感覚にもとづいて、諸々の言語にしっくりくる語を探し求めると、あの言語にも、この言語にもそうしたものが見つかる。それから、語を変化させて、適切と思えるようにしたり、新語をつくったりする。遊びに徹したいときには、人の名前をあみだし、かれこれの人に、その名はふさわしいかどうかなどと検討する。

こうした語源学にちなむ高等遊戯は、すでに多くの人々の関心をひいており[26]、この愉快な方法でやるべきことはたくさんある。二人一緒にいると、まるでチェスでもはじめるように、幾百もの組み合わせを試みる。たまたま聞き耳をたてる人がいたら、

『この二人は常軌を逸している』と思うにちがいない。私もごく親しい友人だけに打ち明けたい。ともあれ、これは世にも機知に富む遊びであり、信じられないほど語感が鍛えられる」

ユーモアのある聖者フィリポ・ネーリ[27]

フィリポ・ネーリは一五一五年フィレンツェで生まれ、子供時代から、恭順で品行方正な、すぐれた資質をもつ少年だった。そんな少年の肖像画が幸いにも、フィダンツァ[28]の「著名人の肖像画選集」第五巻三十一葉に保存されている。これ以上有能で健康で、真正直な少年は考えられないほどである。貴族の出である彼は、時代にふさわしく、有益で知る価値のあることをすべて教えこまれ、ついに学問研究の仕上げをするために、何歳ごろかは定かでないが、ローマへ送られる。この地で彼は申し分ない若者に成長する。美しいおもざし、豊かな巻き毛は際立ち、人を惹きつけると同時に人を寄せつけないところがあり、いつも優美さと品位をその身にまとっていた。

ローマの都が残虐な略奪[29]を受けてから、数年しかたっていない痛ましい時期に、彼は多くの貴族の先例を手本とし、敬虔な勤行《ごんぎょう》に身をゆだねる。熱狂的な心は、溌剌《はつらつ》たる青春の力とともに高まる。教会、ことに七つの本山にたえず参詣し、神の助けを求めて熱心な祈りをささげ、勤勉に告解し、聖餐をうけ、精神の糧を求めて懇願し苦闘する。

このような熱狂の瞬間に、彼は祭壇の階段でたおれ、肋骨を二、三本折ってしまう。傷はじゅうぶんに癒えなかったので、そのために生涯、激しい動悸をおぼえ、また人一倍、気持ちが昂《たかぶ》るようになった。

26 例えば「北方の魔術師」と呼ばれたヨハン・ゲオルク・ハーマンは『文字《h》の新たな弁明』(一七七六)を著している。画家ティッシュバインは、ゲーテとモーリッツがこの言語遊戯に興じ、ソファで笑い転げる姿をスケッチしている。

27 この人物については上巻、一七八七年五月二十六日付け、六三八~六四三頁参照。

28 パオロ・フィダンツァ(一七三一~八五)。ローマの画家で銅版彫刻家。ゲーテもこの選集を所有していた。

29 一五二七年、フランスのブルボン王家の傭兵による略奪があった。

彼のまわりには、神を敬い道徳にかなった活動をする若者たちが集まり、倦《う》むことなく貧者の世話をし、病人の看護をし、勉学をあとまわしにしている風であった。おそらくかれらは家からの仕送りも、慈善の目的に費やすのだろう。ともかく、かれらは常に与え、助け、自分のためには何ものをも残さない。それどころかネーリはその後、知友からの援助をすべてきっぱりと断り、喜捨《きしゃ》された金は困窮者にふりむけ、みずからは清貧に甘んじた。

しかし、このような敬虔な活動を熱心に生き生きとおこなう者は、同時に精神的にも心情的にも、重要なテーマについて話し合いを求めずにいられない。この小さな団体は、まだ自分たちの集会所をもっていなかったので、空き室のありそうな、あちらこちらの修道院に申し出て、部屋を借りうけた。短い黙禱《もくとう》の後、聖書の章句を読みあげ、解釈したり準用したりしながら、互いに短い言葉で意見を述べあった。話し合いはすべて直接的な活動に関するものであり、論理をもてあそんだり、屁理屈《へりくつ》をこねたりすることはいっさい禁じられた。一日の残りの時間はずっと、病人の手あつい看護、慈善施設での奉仕、貧苦にあえぐ人たちの援助にささげられた。

このような状況にあって、制約はなく、「来る者こばまず、去る者追わず」だったので、参加者の数は著しく増え、それにつれて例の集会ももっと真剣に包括的に行われるようになった。聖者の伝記も朗読され、教父の思想や教会史もときおり引き合いに出され、ひきつづき参加者のなかの四名は、それぞれ半時間ずつ、話す権利と義務をもった。

高尚な魂の問題をこのように毎日、敬虔に親密に実践的に取り扱うことから、個々人のあいだばかりでなく、すべての団体のなかでも、ますます注目されるようになった。集会はここかしこの教会の回廊や空き室にうつされ、押し寄せてくる人の数は増した。ことにドミニコ会の修道士たちは、みずから信仰心を深めてゆく、このやり方に深く傾倒し、ますます発展するこの集団に大勢が加入した。集団はその統率者の力と気高い心《こころ》延《ば》えによって、終始かわることなく、さまざまな厄介事の試練にさらされても、やはり同じ道を進むことができた。

ところで、すぐれた指導者の気高い心延えにしたがって、あらゆる空理空論はしりぞけられ、規則的な活動はすべて実生活へふりむけられたが、生は晴れやかさ抜きには考えられないものなので、ネーリは、この点でも同志の無邪気な欲求や願望に応じるすべを心得ていた。春になると、彼はみなをサン・オノフリオ[30]へ連れていった。高く広々とした、春の日にはこのうえなく快適な場所である。新緑の季節にすべてが清々《すがすが》しく見えるこの場所で、黙禱の後、美少年があらわれて暗記しておいた説教を朗読する。それにつづいて祈禱がおこなわれ、終わりに、特別に招かれた歌手の一団が、好ましく印象深い歌声を聞かせた。当時、音楽[31]はまだ普及しておらず、じゅうぶんに発達していなかったうえに、宗教的な歌が戸外で披露されるのはおそらく初めてだったろうから、それだけにいっそう意義深いものだった。

つねにこうして活動をつづけ、集会は発展し、人員も意義も増していった。フィレンツェの人びとは、いわば同郷人であるネーリに、自分たちに従属する修道院サン・ジローラモ[32]に入るように強く勧めた。ここでも集会はますます拡大し、同じように活動を続けた。ついに教皇によって、ナヴォナ広場近くの修道院を所有物として与えられると、これをまったく新たに築造し、かなりの数の信徒を受け入れることができるようにした。ここでも以前と同じ仕組みで、神の言葉が遵守された。すなわち、信仰あつく高潔な考え方を、常識やふつうの日常生活にちかづけ、わがものとしようとしたのである。かれらは以前と同じように集まり、祈禱し、聖句を聞き、それについての談話に耳をかたむけ、祈禱し、最後は音楽を楽しんだ。当時しばしば、いや、毎日おこなわれていたことは、いまなお日曜日におこなわれている。この聖なる創始者についてくわしく知った旅人はだれであれ、先述したこととこれから伝えることを肝に銘じるなら、これから先、この清浄《せいじょう》な行事に参会するにあたってとりわけ信心を深めることだろう。

ここでこの集会全体が、いぜんとして世俗的なものと近接していたことを思い出そう。かれらのなかで、本来の僧職に身をささげていたのは少数の者だけで、告解に立ち会い、ミサ聖祭をとりおこなうのに必要な数だけの正式の僧侶が、かれらのなかにいたにすぎない。フィリポ・ネーリ自身、三十六歳になっていたが、司祭に志願することはなかった。その理由は、教会のきずなに縛られると、強大なヒエラルキーの一

30　一四一九年に建てられた教会・修道院で、ヤニクルム（ジャニコロ）の丘の中腹にある。上巻、三四一頁、注90参照。

31　音楽用語のオラトリオは、ネーリが祈禱のための場所（オラトリオ）での礼拝にこの種の音楽を用いたことに由来する。

32　ネーリは一五五一年に司祭叙階をうけてから、ローマのサン・ジローラモ・デッラ・カリタ教会近くの修道院に住んでおり、この点でゲーテの叙述は事実と相違する。

員としてたしかに尊敬はされるが、制約されそうで、それよりは現在の境遇にいるほうが自由で、はるかに自分の心のままにふるまえると思っていたから、と見受けられる。

しかし教会の上層部はそれを見のがさず、彼の聴罪司祭は、司祭叙階をうけて司祭に就任することを彼の良心の問題とした。かくして事はなされ、いまや教会はぬけめなく、これまで独立の精神をもち、聖と俗、美徳と日常を融合し調和する境地をめざす人物を、教会の勢力圏内に閉じ込めた。しかしこうした変化、僧侶階級への移行は、彼の外的な態度には、少しも影響をおよぼさなかったようである。

彼はこれまで以上に、あらゆるものへの執着を手ばなす修行にいっそう励み、質素な僧庵《そうあん》で他の人びとと共に無一物の生活をおくった。大飢饉のときには、彼に贈られた食糧を困窮している他者にあたえ、不幸な人びとにずっと奉仕しつづけた。

しかし司祭という職は、彼の内面に目に見えて大きな影響をおよぼした。ミサ聖祭の勤めをはたすとき、彼は熱狂的狂信、恍惚状態におちいり、今までの自然さを完全に失ってしまうのである。歩むべき方向がほとんどわからず、途中や祭壇の前でよろめいた。聖餐式のパンを高くかかげると、もとどおり腕をおろすことができず、目にみえない力で天上へ引きあげられているかのようだ。ワインを注ぐときには、ふるえ、おののく。ミサの際にパンとワインが実体的にキリストの体と血に変化するわけだが、この聖変化が終わって、この霊妙な供え物をいただく段になると、彼は奇妙な名状しがたく酔い痴れる人の様相を呈した。情熱のあまり、聖杯にかみつくが、その間、彼は予兆をもって、たったいま象徴としてむさぼった肉の血をすすっていると信じているのだ。しかしこの陶酔が過ぎると、いつもの情熱的で一風変わってはいるが、きわめて分別のある実際的な人物にもどった。

このような若者、かくも生き生きした風変わりな印象をあたえる人物は、人びとから奇人と思われ、ときとして、まさにその美質ゆえに、面倒くさくて嫌なやつと思われるものである。おそらく彼の以前の生活にも、こうしたことはたびたび起こったのだろう。だが彼が司祭に任命された後、みすぼらしい僧庵でいわば客人として、無一物で切りつめた暮らしをしていると、敵対者たちがあらわれ、たえず彼を嘲笑し、あざけり、悩ませた。

しかしさらに話をすすめ、彼は、この種のあらゆる人間に生得の尊大さを克服し、諦念、清貧、慈善、謙譲と恥辱のうちに、その存在の輝かしさを覆い隠そうとつとめた、きわめてすぐれた人物だったと言おう。世間からは愚か者と見られ、それによっていよいよ神と神聖なものに沈潜し、修行しようという考えは、彼の求めてやまぬものであり、それによって彼自身を、それから弟子たちをひたすら陶冶《とうや》しようとした。

「世間を　ものともせず
　何人たりとも　見くびらず
　自分自身を　ものともせず
見くびられることを　ものともせず」

という聖ベルナルド[33]の箴言が、彼の身にしみ込んでいたというよりも、むしろ彼から新たな活力をもって展開されてゆくように見えた。

似たような見解をもち、似たような境地にある人間は、同じ金言で修養を積まざるをえなくなる。たしかに、どんなに高貴で内面的に誇り高い人間でも、こうした原則だけはしぶしぶ承知するが、それはかれらが善にして偉大なるものに常にあらがう世間に先んじて、不快なことを味わい、経験という苦杯がさしだされる前に、一滴残らず飲み干してしまおうと決意するからである。ネーリが自分の弟子に課した試練の物語は、はてしなくつづき、その多くは現今まで伝わっている。だが、だれであれ、人生を陽気に楽しむ人が聞くと、実に耐えがたく、この掟にしたがうように言われた人にとっても、きわめて苦痛な、ほとんど忍びがたいものであったにちがいない。それゆえ、事実みながこのようなきびしい試練に耐え抜いたわけではない。

しかしこういう驚くべき、そしていささか読み手の不興を買う話をはじめる前に、同時代人が認め、口をきわめて褒めそやす彼の大いなる美点に話題を向けよう。彼の知識と教養は、教えられたもの、教育されたものというよりは、むしろ生まれつきのものだと言われた。他の人たちがさんざん苦労して身につけるものがすべて、彼には素質として注ぎ込まれていたのである。さらに、霊を識別し[34]、人間の特性や能力を評価し尊重する大いなる才能がそなわっていた。同時に鋭敏な洞察力で俗事を見通したので、預言の才をもっているにちがいないとまで言われた。イタリア人が《attrattiva》

33　クレルヴォーのベルナルドゥスと言われるフランス出身の神学者（一〇九〇～一一五三）。すぐれた説教家としても有名。

34　『コリント人への第一の手紙』第十二章十「ある者には奇蹟を行う力が、ある者には預言の言葉が、ある者には霊を識別する能力が……与えられた」参照。霊を識別する能力は自己認識の本質的な目標であり、内観に啓示を与えるものであるともされた。

という美しい言葉を用いて表現する、強く人を惹きつける力が惜しみなく賦与されていて、その魅力は人間だけでなく、動物にもおよんだ。たとえばこんな話がある。友人の犬が彼になついて、いつも彼の後をついていく。犬の持ち主はさかんに取り戻そうとして、いろいろ手段を講じたが、犬はどうしても持ち主のもとにとどまろうとせず、いつもあの魅力的な人物ネーリのもとへ戻り、決して離れようとしなかった。それどころか数年後、ついに犬はみずから選んだ主人の寝室で息を引き取った。この動物のことに触れると、この動物そのものがきっかけをつくった、あの試練のことに話を戻さなくてはならない。周知のように、犬を連れ歩くのは一般に中世では、おそらくローマでも、きわめて恥ずべきことであった。これを念頭において、この敬虔な人物はかの動物を鎖につないで市中を歩いた。彼の弟子も犬を腕にかかえて通りを歩き、こうして大勢の哄笑と嘲笑に身をさらさねばならなかった。

また彼は弟子や同志に、別の、体面を汚すような扮装を強いた。この教団のメンバーとみなされるべき栄誉を享受したがっていたローマの若い侯爵は、「後ろにキツネの尻尾をつけて、ローマの市中を散歩しなさい」という無理な要求をされた。侯爵が「そんなことはできません」と拒むと、入団を拒否された。ある者には上衣なしで、またある者には両袖のちぎれた服で市中を歩かせた。この後者に同情し、一対の新しい袖を差し出す貴族がいて、若者はこれを断るが、あとで師の命令でありがたく頂戴し、身につけるはめになった。教会新築の際には、門下生たちに日雇い労働者のように材料を運び、労働者に手渡しすることを強いた。

人間はともすれば知的な面で慢心しやすく、また自足の心境に陥りがちだが、彼はそれらを同じようにことごとく阻み、根絶させるすべを心得ていた。ある若者がうまく演説できて、いい気になっているように見えたとき、ネーリは若者の演説を途中でさえぎり、代わって話をつづけた。また、やや力不足と思われる弟子には、すぐさま演壇にのぼって話をはじめるように命じた。すると弟子は不意打ちされて興奮し、即興でやってのけ、ふだんよりも上手にできるという幸運に恵まれたりした。

十六世紀後半のローマが、さまざまな教皇の治下にあって揺れ動き、荒廃状態だったことを思い浮かべてほしい。そうすれば、このようなやり方は、有効で多大な影響力をもつことがわかるだろう。このやり方は、愛情と畏敬、忠誠と従順を通して、人間の内奥の意志に、外見《そとみ》のいかんにかかわらず、おのれを保ち、わが身に何が起ころうとも負けない偉大な力をあたえるからである。それは、常識的なものわかりのよさや、慣例的な礼儀にかなったことすら、無条件に手ばなす力をあたえてくれるからである。

注目すべき有名な試練の物語は、とりわけ優美なので、ここでくりかえしても問題ないだろう。「田舎のある修道院で、尼僧が奇蹟をおこなう才能をひけらかしております」という知らせが教皇に届いた。われらが主人公は、「教会にとって重大事件である。くわしく調査せよ」という使命をおびる。ネーリは命令を果たすべく、ラバにまたがるが、教皇が予期したよりも早く戻ってくる。不審に思う教皇に彼は次のように答える。

「教皇様、あの尼僧はいかなる奇蹟もおこないません。というのは、彼女にはキリスト教徒の第一の徳である謙虚さが欠けておりますから。私は悪路と悪天候でひどい目にあい、やっと修道院にたどり着き、あなた様の名において彼女に面会を申し入れました。彼女が姿をあらわすと、私は挨拶がわりに長靴をつきだし、脱がせてくれるようにほのめかしました。彼女は驚いてとびのき、私の無理な要求を怒り、叱責しました。『私を何だと思っているのですか！　私は主に仕える身であって、だれであれ、ふらりとこちらへ来て、賤《いや》しい仕事をさせようとする者に仕える身ではありません』

と叫びました。私は悠然《ゆうぜん》と立ち上がり、またラバにまたがって、あなた様の前にもどってまいりました。これ以上お調べになるにはおよばないと確信しております」

教皇も微笑みを浮かべて、この件を放置した。おそらく尼僧はその後、奇蹟をおこなうことを禁じられたのだろう。

彼は他人にたいして、こうした試練を敢えておこなった。しかし、彼もまた、彼と同じ意向をもつ、自己否定の道（新たな自己をつくり出すために、自己の在り方に矛盾を見いだし、これを否定する生き方）をえらんだ人びとによって課される、そうした試練に耐えねばならなかった。ある托鉢僧は、すでに聖人だという噂がたっていたが、ある日、たいそう人通りの多い街路でネーリに出会うと、あらかじめ用意し携えていたワインの瓶から一口飲むようにすすめた。フィリポ・ネーリは一瞬も躊躇せず、頭を後ろへ反《そ》らせながら、頸《くび》の長いカゴ入り瓶をあっさり口にあてがった。そのあいだ民衆は、二人の僧侶がこんな風に乾杯しているのを見て、大声で笑い嘲笑した。

フィリポ・ネーリは敬虔で誠実な人物だが、いくぶんうんざりしたのだろう。そのあと、「私を試しましたね。次は私の番です」と言うと、すぐさま自分の四角いビレッタ帽[35]を托鉢僧の禿げ頭に押しつけた。托鉢僧は同じように嘲笑されても、平然として歩き続け、「これが私の頭から失われるとき、あなたのものになりますように」と言った。ネーリは彼からビレッタ帽を取り去り、二人は別れた。

もちろんこうしたことを敢えておこない、それでも大きな道徳的効果をもたらすためには、フィリポ・ネーリのように、そのおこないがしばしば奇蹟とみなされうる人物であらねばならなかった。聴罪司祭として彼は畏怖され、そのために深く信頼するに足る人物とされ、告解者たちの秘して語らぬ罪や、気にもとめなかった欠点に気づいた。ネーリの熱烈な忘我の祈禱は、超自然現象として周囲の人びとを驚嘆させ、気が高ぶった彼らは想像力が描き出したものを五感でも経験していると思い込んだ。さらにまた、不可思議なこと、あり得ないことも、次から次へと語り伝えられてゆくうちに、ついにはまったくの現実、日常のできごとにすり替えられてゆく。こういうわけで、彼が祭壇の前でミサ聖祭をつとめるあいだ、空中に高く引きあげられるのを見たという人ばかりでなく、彼がひざまずいて瀕死の病人の快復を祈っているとき、彼の頭部がほとんど部屋の天井にふれるほど高く、地上から引きあげられたのを見たという人まで現れるにいたった。

このようなまったく感情と想像力にゆだねられた状態においては、いまわしい悪霊どもが介入しているのではないかと考えるのも、当然である。

聖アントニヌスの浴場の荒廃した壁の天井に、この敬虔な人物は、サルのような姿のいまわしい怪物が跳び回っているのを見た。しかし、彼が命令すると、それはすぐさま瓦礫と割れ目のあいだに姿を消した。しかしこうした個々の事例よりももっと重要なのは、「聖母や他の聖人たちの恵みで、至福のまぼろしを見ました」と有頂天になって報告する弟子たちに対して、彼がいかなる処置をとったかということである。彼は、このような妄想から、なによりも悪しき頑迷なものである宗教家の傲《おご》りが生じがちであることをよく知っていたので、「そのような、この世ならぬ清らかさと美しさをたたえたものの背後には、まちがいなく、悪魔的で醜悪な闇がかくされています」と断言した。これを確かめるために、「そのような優美な乙女がまた現れたら、顔に唾《つば》を吐きかけてやりなさい」と命じた。弟子たちが言われたとおりにすると、たちまち悪魔の顔が出現したので、その効力が実証された。

35　カトリック教会の聖職者たちが伝統的に着用する角帽子。典礼の際には神学生もふくめて全階級の聖職者が用いる。

この偉人は意識的にこれを命じたというよりも、おそらく深遠な本能から、そうしたのだろう。ともかく彼は、「かの幻影は、夢幻的な愛と憧れが呼び起こしたものだ。その反対の、憎悪と軽蔑に満ちた大胆な行動をとれば、そうした幻影は、たちどころに醜悪な顔に変貌する」と確信していたのである。

けれども、かくも風変わりな教育学を行う権利を付与したのは、彼のきわめて高い精神能力と、きわめて高い身体能力とのあいだを漂うように現れる、非凡な天分である。すなわち、まだ目には見えないが近づいてくる人物を感じとり、遠く離れた出来事を感知し、目の前に立っている人の考えを悟り、他者に「この方の意向に沿いたい」と思わせることができた。

これに類する天分は、結構多くの人に授けられているし、あれこれの機会にひけらかす人も少なくないかもしれない。しかし、そのような能力をたえずその身にそなえ、いかなる場合でも感嘆すべき効果をとっさに発揮できるとなると、これは精神および身体の諸力をひとつに結集させて、おどろくべきエネルギーで開示できた世紀にのみ考えられることかもしれない。

しかし私たちは、厳しく広範囲におよぶローマ教会という紐帯《ちゅうたい》によって、自身も束ねられたように感じ、それによってかえって自主独立の限りない精神的活動にあこがれ、駆りたてられる性分の人物を考察しよう。

聖ザビエル[36]が偶像を崇拝する異教徒たちの地でおこなった布教活動は、むろん当時のローマで大評判になったことだろう。これに刺激されて、ネーリと二、三人の友人が同様に、いわゆるインド亜大陸へ引きつけられ、教皇の許可をえて、かの地へ赴くことを願った。しかし聴罪司祭は、おそらく上部から指図されたのだろうが、やめるように説得し、「隣人を改心させ、布教したいという志をもつ敬虔な方々にとって、ローマそのものに十分にインド亜大陸のようなものがあり、活動にふさわしい場が開かれていますよ」と指摘した。ネーリたちは「この大都市そのものに、ほどなく大きな災害が起こるかもしれません。少し前から、聖セバスティアヌス門前の三つの泉から流れる水が濁った血の色をしていて、これはまぎれもない前兆とみなされるべきです」と告げられた。

尊敬すべきネーリと彼の仲間は、こうしてなだめられ、ローマ市内で慈善活動をお

36　フランシスコ・ザビエル（一五〇六〜五二）。インド、日本へ布教の旅をした。

こない、奇蹟的な力を発揮する生活をつづけた。ただ確かなのは、貴賤、老若を問わず、彼に寄せる信頼と尊敬が年ごとに高まっていったことである。

物質と精神、日常的なことと前代未聞のこと、不快感と法悦、有限と無限、この類《たぐい》のものをあげれば、リストはまだまだつづくだろうが、人間の本性において、こうした極端に相反するものが手を結び、奇妙にもつれ合っていることを考えてみよう。卓越した人物にそうした葛藤が生じ、それが明るみに出るとき、想像を絶するものがおのずと胸にわき起こり、悟性は惑わされ、想像力は解き放たれ、信仰を凌駕して、妄信は正当化され、それによって自然な状態は、不自然な状態と直接、触れ合うどころか、両者は合一することを考えてみよう。こうした考察と共に、広く伝えられているわれらが主人公の生涯をながめるなら、ほとんど丸一世紀にわたり、大いなる舞台のとほうもない領域で倦まずたゆまず活動した人物が、いかなる影響をおよぼしえたかを理解できそうな気がする。彼に対する尊敬の念は高まるいっぽうだった。人びとは彼の健全な力強い活動から、ご利益《りやく》、救い、このうえない幸福感をわがものとしたばかりでなく、彼の病をも、彼が神や神性と解きがたく結ばれていることの印とみなして感動し、信頼をいっそう深めていったのである。ここから、いかに彼が存命中にすでに聖者の威信に近づいていたか、また天に召されると、同時代人が彼に付与し認めていたものがいかにさらに強まったかがわかる。

そういうわけで彼は、世を去った後、ほどなく生前よりもさらに多くの奇蹟をまとうことになった。教皇クレメンス八世は、「審問、教皇が故人を福者と宣言する列福式に先んじる、いわゆる審理をはじめてよろしいでしょうか」と尋ねられると、「私はいつも彼を聖者だと思っていました。ですから、教会が彼をかかる者として一般信徒に布告し紹介する場合、まったく異論はありません」と答えた。

ネーリはレオ十世の治下に生を受け、クレメンス八世の治下に生涯を閉じた。長寿にめぐまれ、その間に交代した教皇は十五名にのぼることも、やはり注目に値するだろう。それゆえ彼も教皇その人に対して、敢えて自主独立の地位を主張した。たしかに教会の一員として一般的な指令には準拠したが、個々の点では縛られず、それどころか、教会の首長にたいして命令的な態度すら示した。事実、彼が枢機卿の位をあくまで拒み、彼のキェーザ・ヌオヴァ教会で、古い城塞にたてこもる反抗的な騎士のごとく、最高位の庇護者にたいして無作法にふるまったことも、ここから説明がつく。

しかし、ネーリが死の直前に発した新教皇クレメンス八世に宛てた請願書、それに続く同じく一風変わった決議文ほど、こうした事情の特質をはっきりとわからせ、印象的に伝えるものはないだろう。十六世紀末のこういう事情は、もっと古い野蛮な時代から奇妙なかたちで続いてきたものである。

これによって、聖者の位階に近づいた八十歳近い人物と、ローマ・カトリック教会を何年も治め、このうえなく尊敬された絶対的な首長との関係、他の方法では叙述しがたい関係を見ることができる。

フィリポ・ネーリのクレメンス八世宛の請願書

「教皇様。枢機卿の方々が訪ねていらっしゃるとは、私はそもそもいかなる人物なのでしょうか。特に昨晩はフィレンツェとクサノの枢機卿がいらっしゃいました。私が葉に包んだマンナ[37]を少量、必要としていたところ、フィレンツェの枢機卿は、以前それを大量に送っていたサン・スピリト病院から二オンス取り寄せてくださいました。

夜が更けてゆくなか、彼は二時間もとどまり、猊下《げいか》のことをおおいに称えましたが、過賞と思われます。その理由は、猊下は教皇ゆえ、謙譲の徳そのものであってほしいからです。キリストは夜七時に降臨し、わが身に合体しました。猊下も私たちの教会にご来訪ください。神にして人であるキリストは、私をたびたび来訪なさいます。猊下は神聖にして実直なる人物から生まれた、まったきお人ですが、主は父なる神からお生まれになりました。猊下の母君はシニョーラ・アグレシーナ、たいそう敬虔なご婦人ですが、主の聖母はすべての処女のなかの処女です。もし私が怒りを爆発させようとするなら、申し上げるべき言葉はいかほどのものでしょう。私がトーレ・デ・スペッキ[38]へ送り届けようと思っている少女の件で、私の意向をかなえるよう申し渡します。彼女はクラウディオ・ネーリの娘です。かの人物の子供たちを、猊下は庇護しようと約束なさいました。教皇が約束を守るのはすばらしいことであると申し上げます。それゆえ上記の役目を私にゆだね、万一の場合には、猊下のご芳名を用いても差し支

37　セイヨウトネリコから採れる甘い汁。緩下剤。
38　ローマの聖クララ会修道女の修道院。

えないようにしてください。私は、少女の意志を存じておりますし、彼女は神の啓示によって動かされると確信しておりますので、なおさらです。わが責務である最大の恭順の意を表し、神聖このうえない御足に接吻をおくります」

請願書を受けて書かれた教皇自筆の決議文

「請願書の冒頭部には、いささか虚栄の心が見受けられる。この書は、枢機卿たちがしばしば貴殿を訪問すると知らせているが、これらの方々の信心深さをほのめかしているわけではなかろう。それは周知のことなのだから。余《よ》が貴殿に会いに行かなかったのは当然である。というのも、貴殿はかくもしばしば枢機卿の職を提供されたにもかかわらず、それを受けようとしなかったからである。命令に関して、余に異存はなく、貴殿のいつもながらの有無を言わさぬ調子で、枢機卿たちも、意向にしたがおうとしない善良なる修道女たちを厳しく訓戒してほしいものである。とはいえ枢機卿たちには自重し、余の許可なくして告解を聞くことのないように命じよう。主イエス・

キリストがご降臨されるとき、貴殿は私たち皆のために、そしてキリスト教徒全体の切なる窮状のために祈ってほしい」

一月

通信

ローマにて、一七八八年一月五日

今日はわずかしか書けないが、許してほしい。今年は精励・勤勉をもってスタートし、見物もままならない。

受苦の数週間を静かに過ごすと、こう言ってよければ、じつにすばらしい啓示が訪れる。事物の本質、そして物事の関係性に目をやると、豊かさの極みが開示される。こういう気持ちになれるのは、たえず学んでいて、しかも他者から学んでいるからだろう。独学だと、働きかける人間と消化する人間が同一なので、進歩は小さく、ゆるやかなものになってしまう。

いまは人体の研究に余念がなく、それ以外のものはみな目に入らない。私は生涯を通じてこんな風だったが、いまもまた特異な状態になってしまった。これについては語り得ないが、これから何をなすのかは、「時」が教えてくれるはずだ。

オペラは楽しめず、心からの、永遠の真実のみが喜ばせてくれる。復活祭へ向けて、新しく画期的な時期が切迫してきたのを感じる。どうなるか自分でもわからない。

ローマにて、一月十日

『エルヴィンとエルミーレ』をこの手紙とともに送る。あなたにこの小品を楽しんで頂けますように。だが上質のオペレッタは、台本を読めば満足できるというものでは断じてなく、音楽がついてはじめて、詩人が思い描いたものを理解できる。[1]『クラウディーネ』も少しあとから届くだろう。カイザーと共に、ジングシュピールを具体的にきちんと研究したのははじめてなので、どちらの作品も見かけよりずっと手がかかっている。

あいかわらず熱心に人体のスケッチをつづけ、晩には遠近法のレッスンをうける。そのいっぽうで、ローマからわが身を引き離す準備をしている。神々が復活祭をその

1　基になっているのは、シュタイン夫人宛の手紙。

ときと定めた以上、いさぎよくそれに身をまかせよう。よい結果になりますように。

いまは人体に関心が向かい、他はなにもかも、そっちのけである。自分でもそれを十分に感じ、いつもそこから身を転じた。だが、まばゆい太陽から目をそむけるようなもので、ローマ以外の地でそれを研究しようとしても、すべてむだである。テーセウスはアリアドネの糸に導かれて迷宮を脱したが、このローマという迷宮から抜け出す導きの糸は、この地で紡いだ糸でなければならない。残念ながら私を導く糸は十分な長さではないが、それでも出だしの助けにはなるだろう。

私が実生活でも同じ状況に身を置けば、執筆が進むとしたら、今年じゅうにある公女に惚れこめば、『タッソー』が書けるし、悪魔に身をゆだねれば、『ファウスト』が書けることになる。あいにく、どちらも気が進まないけれど。こんな話をするのは、これまでそんな風に進展してきたからである。神聖ローマ帝国の皇帝《カイザー》がブラバント人[2]と争いをはじめて、『エグモント』が自分でも面白くなってきたし、チューリヒのカイザー[3]が来て、私のオペラの完成度があがった。すなわち、ヘルダーの言う、いわゆる高貴なローマ人だ。まったく私にたいして仕向けられたものではない行為や出来事が究極の原因になるとは、実に面白い。幸運と呼べるかもしれない。それでは、公女と悪魔を根気よく待つことにしよう。

ローマにて、一月十日

このローマからふたたび、ドイツの様式および芸術の[4]ちょっとした試作品『エルヴィンとエルミーレ』を送る。こちらは『クラウディーネ』よりも早く完成したが、

2　ブラバントはベルギーの中部地方。神聖ローマ帝国の皇帝はヨーゼフ二世をさす。一七八七年七月九日付けの最後の部分、五一頁、注8参照。

3　ゲーテは「カイザー」をめぐる言葉遊びをしている。ドイツ語で「皇帝」を意味するカイザーと、フランクフルト生まれで、現在はチューリヒで生活しているドイツ人の作曲家フィリップ・クリストフ・カイザーである。いま作曲家カイザーはローマにいて、音楽面において『エグモント』の完成のためにゲーテを助けてくれている。ローマを旅するドイツ人カイザーはゲーテにとって、すばらしい、真に「高貴なローマ人」である。なお「高貴なローマ人」という表現については、ヘルダー著『人類史哲学のための考案』第三部十四章「ローマ人の性格、学問と芸術」参照。ヘルダーは不品行で野卑なローマ人と「高貴なローマ人」を区別している。

4　一七七三年に刊行されたヘルダーの論文「ドイツの様式および芸術について」にちなむ。

印刷はあとになったほうがよい。

これは舞台上の要求をすべて計算済みの作品であると、君はすぐに気づくだろう。私は当地ではじめて抒情的な舞台を研究する機会をえた。登場人物全員をある程度つづけて、適度に舞台に出す、そうすれば、どの歌手もほっと一休みする間《ま》がもてる、といったことなど。遵守せねばならぬことが山ほどあり、そのためにイタリア人は詩の意味をすべて犠牲にしている。工夫をこらした拙作で、あの音楽劇の要件がちゃんと満たされていますように。この二つのオペレッタが読み物としても通用するように、また、同じ巻に収まる隣人『エグモント』の顔に泥を塗ることのないように気を配った。上演の晩でもなければ、イタリア歌劇の台本を読む者などいないのに、それを悲劇と同じ巻に収めるなんて、この国ではドイツ語で歌うのと同じくらい無理だと思われることだろう。

『エルヴィン』を強弱格《トロカイオス》の韻律にしたことに、君も気づいただろう。特に第二幕がそうだが、これは偶然や習慣ではなく、イタリアに範を仰いでいる。強弱格にすると、音楽にはとりわけ具合がよい。作曲家はテキストの韻律を拍子や旋律の流れによって変えることができるが、そうすると、強弱格のテキストが本来もつ拍《タクト》を、聴衆が再認識できないほど変わってしまう。そもそもイタリア人はなだらかでシンプルな韻律とリズムを尊重する。

カンパーのご子息[6]はせっかちだ。物知りで、飲み込みも早いが、上滑りである。ヘルダー君の『人類史哲学のための考案』第四部[7]の成功を祈る。第三部は私たちのいわばバイブルであり、私の秘蔵の書である。今ようやく読めるようになったモーリッツは、「この人類教育の時代[8]に生きていて幸福です」と言っている。この本は彼の心の琴線にふれ、その結末は彼を夢中にした。

君にはいろいろ親切にしてもらった。お礼にせめて一度なりともカピトリーノの丘で饗応できればよいのだが。私の切なる願いのひとつである。

5　ヘルダーをさす。

6　アドリアン・ギレス・カンパー（一七五九～一八二〇）。オランダの解剖学者ペーター・カンパー（一七八七年十月十二日付け、一五八頁参照）の息子でゲーテたちに父の学説を講じた。優れた素描家・鉱物学者でもある。

7　第四部が刊行されたのは一七九一年である。

8　レッシングの著書『人類の教育』（一七八〇）を暗示している。

私の巨人《ティタン》めいた気宇《きう》壮大な理念は、より厳粛な時期の予兆としてあらわれた蜃気楼《しんきろう》にすぎなかった。今はあらゆる人知と行為の極致ともいうべき、人間の姿態を研究中である。自然全体を実験劇場にして熱心に準備したこと、特に骨学が、力強く歩を進めるのに役立っている。古代が遺してくれた最高のものを、彫像を、今こそはじめて眺め、味わっている。いや、自分でよくわかっているのだが、一生のあいだ研究を積んでも、それでもなお最後に私は「今こそはじめて眺め、今こそはじめて味わってい る」と叫びたくなるのだろう。

　復活祭の頃をめどに一時期に幕をおろすことにしたが、ローマを渋々、去ることのないように、できるかぎり奮闘している。たとえゆっくりとではあっても、ドイツで二、三の研究をのんびりと徹底的に続けたいと思う。ここでは小舟に乗りこみさえすれば、流れがわが身をどんどん先へ運んでくれる。

報告

一月

キューピッド[9]　勝手気ままな少年よ
ちょっと庇《ひさし》を貸しただけなのに
昼も夜も　長居をつづけ
いまや　母屋をとられた格好だ
私はゆったりした臥所《ふしど》から　追いやられ
土間で　寝苦しい夜を明かす
お前は気ままに　炉の火を焚いて
冬の貯えまで燃やし　哀れな私は身を焼く思い

9　『クラウディーネ』の第二幕でルガンティーノが歌うセレナーデ。

お前に　商売道具の位置を変えられ　ずらされて
探し回って手さぐりし　錯乱せんばかり
お前のばか騒ぎに　小心者の私は
逃げ出して小家《しょうか》を明け渡すことにならねばよいが

この小曲を、文字通りの意味にとらずに、キューピッドといっても、通例アモールと呼ばれるあの妖魔を考えるのではなく、活発な精神が集まっている状態を思い浮かべてほしい。活発な精神は、人間の心の内奥に語りかけ、いざない、あちこち引きまわし、目移りさせては混乱させるものである。そんな風に考えれば、象徴的にではあるが、書簡の抜粋やこれまでの物語で描きつくされた私の心境に共感されることだろう。いろいろあっても、きちんと自制し、倦むことなく活動し、いい加減に受け流さないでいるのは、たいへんな努力を要することだとお認めになるだろう。

アルカディア協会への入会

すでに昨年末、しつこく「アルカディア協会」への入会を迫られた[10]。私は軽率にも身分を明かしてしまった、あの罰当たりなコンサートのせいだと思っている。しかし、いろいろな方面から、私の決意をうながし、「アルカディア協会」に名だたる牧人（＝会員）として入会させようとしたのには、別の理由があるのかもしれなかった。長いあいだ、さからってきたが、結局は、この件を何やら特別視しているらしい友人たちにしたがうことになった。

このアルカディア協会がいかなるものかは一般に知られているが、ちょっと耳を傾けるのも悪くないだろう。

十七世紀のあいだにイタリアの詩は、さまざまな点で堕落したらしい。すなわち、教養ある心延えのよい人びとは、「当代内的な美しさと呼ばれる中身が完全になおざ

10　ゲーテの入会は一七八八年一月四日に行われている。フィリップ・ヨーゼフ・フォン・リヒテンシュタイン侯が加入させている。侯については上巻、一七八六年十一月二十三日付け、二七六頁、二七八頁、注40参照。

りにされている。また外的な美しさである形式についても非難すべき点だらけである。粗野な表現、耐えがたいほど生硬な詩行、欠点だらけの文彩《ぶんさい》や比喩、とくに絶え間ない過度の誇張、換喩と隠喩によって、見た目からして尊重すべき優雅さと甘美さがまったく失われている」と非難した。

いっぽう、そうした邪道に陥った人びとは、よくあることだが、今後も自分たちの濫用を不可侵のものとして通用させたくて、真正な優れたもののことを悪しざまに言った。ついに分別ある教養人は耐えきれず、かくて一六九〇年に、思慮深い実力ある者が集まって協議し、別の道をとった。

彼らは、会合が人目を引いて、反動のきっかけにならないように、戸外の田園風の庭園地区に出かけた。ローマには外壁で囲まれたそうした庭園地区がいくつもある。すると同時に、大自然に親しみ、さわやかな風に詩文学の本源的精神をほのかに感じる、という利点が生まれた。そこの勝手な場所で、芝生に横になったり、建築の残骸や石塊のうえに腰をおろしたりした。枢機卿が臨席しても、柔らかめのクッションで敬意を表されるだけだった。ここで互いにかれらの確信や原則、企図について語り合い、より高尚な古代の、高貴なトスカーナ派[11]の精神を復活させようと、詩を朗読した。

そのとき「ここにわがアルカディアあり！」と狂喜して叫んだ人物がいた。これがきっかけとなって、アルカディア協会の名称ならびに牧歌的な組織が生まれた。影響力ある大物の庇護を受けてはならず、首長も会長も認めようとしなかった。世話人がアルカディアの会場を開け閉めし、やむをえない場合には、選ばれた最年長の顧問が見守ることになった。

ここでクレッシンベーニ[12]の名は敬意に値する。彼は当然、創設者のひとりとみなされる人物で、より望ましい純正な趣味に目を光らせ、たえず粗野なものを駆逐するすべを心得ており、最初の世話人として職務を何年にもわたって忠実に果たしている。《Poesia volgare》は、「民衆詩」と訳すにはいささか無理があるけれども、真の才能によってつくられ、個々の無定見な気まぐれや奇癖で歪められていなければ、イタリア国民にふさわしい詩である。この《Poesia volgare》についてすぐれた見解を述べてい

11　ダンテとペトラルカをさす。

12　ジョヴァンニ・マリオ・クレッシンベーニ（一六六三～一七二八）。詩人・文学史家。著書に『民衆語における詩文学の歴史』（一六九八）他。

るクレッシンベーニの対話集は、あきらかにアルカディア協会における談論の所産であり、近代美学の熱心な試みと比較するとき、きわめて重要なものである。彼が刊行したアルカディアの詩集もこの意味で十分に注目に値するものだが、これについては次の覚え書だけにとどめておこう。

尊敬すべき牧人たちは戸外の緑の芝生に横たわり、自然と親密になるつもりだったが、そういう場合、愛と情熱が人の心にふっとしのび寄るものである。しかしこの協会は聖職者や威厳ある人士から成り立っており、かの古代ローマの三大詩人[13]が謳う恋愛の神アモールと関わるわけにはいかなかったので、アモールははっきりと除外された。だが詩人にとって愛は不可欠なので、あの超俗的な、いわばプラトン的な憧憬のほうへ向かい、同様に寓意的なものに関わるほかなかった。すると、かれらの詩は実直な固有の特性をおび、ともかくこの点で偉大なる先駆者ダンテやペトラルカに追随することができた。

私がローマに着いたとき、この協会はちょうど成立後百年たっていて、場所や考え方などいろいろ形を変えながら、きわめて威信あるとまではいかないが、つねに品位を保ってきた。かれらは多少とも著名な外国人がローマに滞在していると、「入会しませんか」と水を向けた。この詩的領地の守り人[14]は、新会員を得ることでしか財政を維持できなかったから、それだけに勧誘も熱心だった。

ところで入会式は次のように進められた。立派な建物[15]の控えの間で、高位の僧侶に紹介された。この僧侶が私を入会させ、私の保証人あるいは代父の役をつとめる人物というわけである。大広間はすでにかなり賑わっており、私たちは設置された講壇の真向かいの、最前列の席に座った。会衆がどんどん入ってくる。空席だった私の右側に、堂々とした年配の人物が着席した。その服装や、人びとが彼に畏敬の念をはらっているところを見ると、枢機卿らしい。

13　ここでの三大詩人とは愛の悲歌の作者として有名なカトゥルス、ティブルス、プロペルティウスをさす。

14　アルカディア協会の会員には、多かれ少なかれフィクションの、古代アルカディアの領地が割り与えられた。かくして、すべての会員が各々の領地の守り人となる。

15　アルカディア協会の集会は、冬季は市内にある世話人の住居で行われることになっていた。ゲーテのローマ滞在中はトレヴィ通り九十六で行われた。夏季の集会所はヤニクルム（ジャニコロ）の丘の「パラジアの森」である。

世話人は講壇から、一般的な開会の辞を述べ、数名の者を呼び上げた。かれらのある者は韻文を、またある者は散文を朗読し、そうしたことがしばらく続いたあと、世話人は演説をはじめたが、その内容と細目は省略する。総じて、この後に掲げる、私が受け取った証書と一致しているからである。これに続いて私は正式にアルカディア協会の一員と宣言され、さかんな拍手で迎えられ、承認された。

私のいわゆる代父と私はそのあいだ起立し、何度もお辞儀をして礼をのべた。彼が十分に練り上げた、長すぎない、たいへん巧みな演説をすると、一同はまた拍手した。拍手が鳴りやむと、私は一人一人に礼をのべ、自己紹介する機会を得た。翌日私が受け取った証書を、ここに原語で掲げる。他国語にすると、その特異性が失われてしまうので、訳さず原文のままにしておく。ともあれ私は新たな牧人・守り人として、できるかぎり世話人の意にかなうように努めたのである。

C. U. C.

NIVILDO AMARINZIO

CUSTODE GENERALE D' ARCADIA

Trovandosi per avventura a beare le sponde del Tebbro uno di quei Genj di prim' Ordine, ch' oggi fioriscono nella Germania qual' è l'Inclito ed Erudito Signor DE GOETHE Consigliere attuale di Stato di Sua Altezza Serenissima il Duca di Sassonia Weimar, ed avendo celato fra noi con filosofica moderazione la chiarezza della sua Nascità, de' suoi Ministerj, e della virtù sua, non ha potuto ascondere la luce, che hanno sparso le sue dottissime produzioni tanto in Prosa ch' in Poesia per cui si è reso celebre a tutto il Mondo Letterario. Quindi essendosi compiaciuto il suddetto rinomato Signor DE GOETHE d'intervenire in una delle pubbliche nostre Accademie, appena Egli comparve, come un nuovo astro di cielo straniero tra le nostre selve, ed in una delle nostre Geniali Adunanze, che gli Arcadi in gran numero convocati co' segni del più sincero giubilo ed applauso vollero distinguerlo come Autore di tante celebrate opere, con annoverarlo a viva voce tra i più illustri membri della loro Pastoral Società sotto il Nome di *Megalio*, e vollero altresi assegnare al Medesimo il possesso delle Campagne *Melpomenie* sacre alla Tragica Musa dichiarandolo con ciò Pastore Arcade di Numero. Nel tempo stesso il Ceto Universale commise al Custode Generale di registrare l'Atto pubblico e solenne di si applaudita annoverazione tra i fasti d'Arcadia, e di presentare al Chiarissimo Novello Compastore *Megalio Melpomenio* il presente Diploma in segno dell' altissima stima, che fa la nostra Pastorale Letteraria Repubblica de' chiari e nobili ingegni a perpetua memoria. Dato dalla Capanna del Serbatojo dentro il Bosco Parrasio alla Neomenia di Possideone Olimpiade DCXLI. Anno II. dalla Ristorazione d'Arcadia Olimpiade XXIV. Anno IV. Giorno lieto per General Chiamata.

Nivildo Amarinzio Custode Generale.

Das Siegel hat in einem	Corimbo	
Kranze, halb Lorbeer,	Melicronio	Sotto-Custodi.
halb Pinien, in der	Florimonte	
Mitte eine Pansflöte,	Egiréo	
darunter Gli Arcadi.		

全会の決議にしたがって[16]

アルカディア協会の紋章

アルカディアの総世話人
ニヴィルド・アマリンチオ

今日のドイツで咲き誇る第一級の才人、ゼクセン・ヴァイマール公爵殿下の現枢密顧問官にして高名で博識な〈フォン・ゲーテ氏〉が幸いにも、たまたまテヴェレの河畔におられます。氏は当地では、思慮深い慎みから、家系や官職や美徳など素性を秘してきましたが、散文であれ、詩であれ、文壇で有名な学識豊かな作品の放つ輝きを蔽うことはできません。さて、前述の著名な〈フォン・ゲーテ氏〉は、私たちの公開集会に臨席してくださいました。氏が私たちの森の才気あふれる集会に、異国の空における新星のごとく現れるやいなや、集まった多数のアルカディア会員は、かくも多くの賛美された作品の著者を顕彰し、心からの歓呼と喝采の印として、満場一致、メ、ガ、ー、リ、オなる名のもとに有名な牧人協会の会員とし、かつ同氏に悲劇のミューズに捧げられた地メ、ル、ポ、メ、ニ、オの所有をゆだね、かくして氏がアルカディア協会の正式の牧人となったことを宣言します。同時に全会員は、かくも盛んな喝采をもってなされたこの荘重な公開の入会式を、「アルカディア」の年鑑に登録し、かつ、高貴な新たな牧人メ、ガ、ー、リ、オ・メ、ル、ポ、メ、ニ、オには、われら牧人による文学共和国がこの高貴で高潔な才人にたいして、かねがね抱いていた最高の尊敬の印として、これなる入会許可書を贈呈することを総世話人に委託します。第六四一オリンピア暦の第二年、「アルカディア」の再興よりかぞえて第二四オリンピア暦の第四年、ポセイドン月の新月に際し、パラジアの森の冬の家にて授与。総会にとって喜ばしい日。

総世話人ニヴィルド・アマリンチオ

（紋章は、半分は月桂樹、半分は松樹からなる花輪で、花輪の中央にパンの神の笛がある。その下にアルカディア会員とある）

コリムボ
メリクロニオ
フロリモンテ
エジレオ
副世話人

16　ゲーテはこの文書を一七八八年一月二十七日にヴァイマールに送った。

ローマのカーニバル

ローマのカーニバルについて記述しようと企てたが、「このような祝祭はそもそも記述できるものではありません。感覚に訴えるものがかくも大量に生き生きと動くさまを、じかに見て、ひとりひとりが自分の流儀でじっくり眺めて理解してほしいですね」と、異議を唱える方がおられるのではないかと思う。

もし「ローマのカーニバルは、初めて見物する外国人、ただ物見遊山がしたい、物見遊山しかできない外国人には、まとまった印象も、愉快な印象も与えないし、特に目に楽しいわけでも、心満たされるわけでもありませんよ」などと白状するはめになったら、上述の異議はさらに重大なものとなるだろう。

細長い通りは、無数の人が右往左往していて、見渡すこともできない。何か目にとめても、雑踏ではほとんど識別できない。動きは一様で、耳が聞こえなくなるほどの騒音で、しかも祭りの終わりはじつにあっけない。しかしこうした由々しき事態は、さらに詳しく述べると、すぐ解消されるので、主として問題になるのは、記述するという行為そのものが正当かどうかであろう。

ローマのカーニバルは、そもそも民衆に贈られた祭りではなく、民衆が自分自身に贈った祭りなのだ。

国家はほとんど何の準備もせず、出費もしない。喜びにあふれる人々の集団がおのずから動き、警察の取り締まりも緩やかである。

ここには、ローマの数多い宗教的祭典のような、見物人の目がくらむような式典はない。サンタンジェロ城から、あっと驚く比類なき光景をくりだす、あの仕掛け花火もなければ、各地から多くのよそ者を誘い出して満足させる、あのサン・ピエトロ教会および丸屋根のイルミネーション[17]もなく、民衆が讃嘆し祈りを捧げる、あの輝かしい行列が近づいてくることもない。むしろ、誰もが思うままにばか騒ぎしてかまわないし、殴り合いと刃傷《にんじょう》沙汰《ざた》以外なら、ほぼ何もかも許されるという、いわば暗黙の了解だけがある。

ちょっとの間、貴賤の別がなくなったように見える。誰もが互いにお近づきになり、わが身にふりかかることを気楽に受けとめ、無礼な言動もお互い様で、みなが上機嫌

17 一七八七年六月三十日付け、一八頁参照。

なので、バランスは保たれる。

サトゥルヌス祭[18]と無礼講の特典は、キリスト降臨のために数週間先送りになったが、現代も続いており、ローマ人たちはこの期間を楽しむのである。

これらの日々の歓喜と陶酔を、読み手の想像力の前に提供できるように努めたい。かつてローマのカーニバルに居合わせたことがあり、いまは当時の活気ある思い出に浸りたいと思っている人びと、また、ローマへの旅を間近にひかえている人びとの役に立てるなら嬉しい。この拙文によって、歓喜が押し寄せ、ざわめき、さっと通りすぎるのを見渡し楽しむことができるなら、喜ばしいことである。

コルソ通り

ローマのカーニバルはコルソ通りが中心となる。期間中、公の祝祭はこの通りでくり広げられる。他の広場でも、それぞれの祝祭があるだろうが、何よりもまずコルソ通りについて述べよう。

コルソという名は、イタリアの諸都市のいくつかの長い通りと同様に、競馬場からきている。ローマでは、カーニバルの夕べはいつも競馬で終わる。他の町でも守護聖人の祭り、教会堂開基祭のような他の諸々の祭典は、競馬で終わる。

この道は、ポポロ広場からヴェネツィア宮殿[19]まで一直線につづいている。全長およそ三千五百歩、両側には高い、たいていは豪華な建物が並ぶ。道の長さや建物の高さに比して、道幅は適切とは言えない。両側の歩行者用に高くなっている舗道は、約六フィートから八フィートある。中央の馬車用の道も、たいていの箇所で十二歩から十四歩分の余地しかないので、この道幅で並んで通れるのは、せいぜい車両三台であることがたやすく見て取れる。

コルソ通りにおけるカーニバルは、ポポロ広場にあるオベリスクがいちばん下手《しもて》、ヴェネツィア宮殿が上手《かみて》になる。

18 サトゥルヌスは古代ローマの農耕神。カーニバルはサトゥルヌス祭に代表される春迎えの農耕儀礼に由来するものとされ、鯨飲馬食と乱痴気騒ぎが続く。昔のローマでは十二月十七日に祝祭が催され、皇帝時代には二十三日まで延長されて行われていた。

19 ヴェネツィア広場に面したルネサンス様式の建築物。

コルソ通りを馬車でドライブ

日曜日も祭日も、ローマのコルソ通りは年じゅう、いつも賑わっている。身分の高い金持ちのローマ人は、ここで夜になる前の一時間か一時間半、行列をつくって馬車でドライブする。馬車はヴェネツィア宮殿からこちらへやって来て、左側通行で走り、天気のよいときは、オベリスクのそばを通って市門をぬけ、フラミニア街道へ出て、ときおりポンテ・モッレ橋まで行く。

引き返すのが早くても遅くても、戻る者は、別の側に沿って走る。こうして馬車の列はどちらも整然と進んでいく。

公使たちは双方の列の間を駆る権利をもっている。アルバニーの公爵という名目でローマに滞在していた王位僭称者[20]にも、同じくその権利が認められていた。

夜の訪れを告げる鐘が鳴るやいなや、この整然たる秩序は破られる。誰もが勝手な方向に馬車を向け、いちばんの近道をとろうとするので、しばしば他の多くの馬車が迷惑をこうむり、狭い場所に足止めされて立ち往生している。

この夕べのドライブは、イタリアの大都市ではどこでも華々しく行われ、二、三台

ローマのコルソ通り　G・B・ピラネージ作　銅版画　1752 年

の馬車が走るだけの小都市でも模倣されて、多くの歩行者を大通りへ誘い出す。見物するために、あるいは見物されるために、みながやって来る。

ほどなく気づくかもしれないが、そもそもカーニバルはふだんの日曜日や祭日の楽しみの延長、あるいはむしろ、それが最高潮に達したものにすぎない。カーニバルはまったく目新しいものでも、異質なものでも、ユニークなものでもなく、ローマ人の暮らしぶりにごく自然につながっているものなのだ。

気候、聖職者たちの服装

晴れ渡った気持ちのよい空の下で、年じゅう、さまざまな生活情景を見慣れているせいか、カーニバルでにわかに仮装者の群れを戸外で見ても、さほど違和感をおぼえない。

祭のたびごとに毛氈《もうせん》が外に掛けられ、花がまき散らされ、布が張り渡され、街路は大広間か画廊に様変わりする。

遺体は、僧服姿の信心会の人たちにつねに付き添われて、墓地へ運ばれる。いろいろな僧服があって、奇妙で風変わりな姿に、目が慣れてくる。まるで一年じゅうカーニバルのようだ。黒衣の教区僧は、その他の僧侶の仮装にまじって、上質の絹のマントに身を包んで、その役を演じているように見える。

初めの頃

年が明けるともう芝居小屋は幕を開ける。カーニバルが始まった。あちこちの桟敷《さじき》で美女が士官の仮装をして、すこぶる得意げに肩章を民衆に見せつけているのに出くわす。コルソ通りを馬車でドライブする者はますます増えてゆく。しかし、みなの期待は最後の一週間に向けられる。

最後の数日の準備

さまざまな準備がなされ、それは公衆にとって、あの陶酔の時を告げるものである。コルソ通りはローマで一年じゅう清潔に保たれている数少ない通りのひとつだ。そ

20 チャールズ・エドワード・スチュアートのこと。カーニバルの最終日に亡くなった。上巻、一七八六年十一月二十三日付け、二七九頁注44参照。

れが、いまはいっそう念入りに清掃されて、きれいになっている。美しい舗道には、小さく四角に切り出された、だいたい同じ大きさの玄武岩が敷いてあるのだが、その敷石が少しでもずれているように見えると、取り出して、玄武岩にくさびを打ち込んで修繕する作業に忙しい。

　このほかにも生き生きした前触れがある。前述したように、カーニバルの夕べは競馬で締めくくられる。この究極目的のために飼育される馬はたいてい小柄で、なかでも極上の馬は外国産で、バーバリ馬[21]と呼ばれる。

　このような小馬が、頭、首、胴体にぴたりと合った、派手なリボンで縫い合わせた白いリネンの馬着《ばちゃく》姿で、オベリスク前に連れてこられる。この場所が競馬のスタート地点になる。馬の首をコルソ通りのほうへ向かせたまま、しばらく静かに立ち止まる癖をつけさせ、それから通りを静かに導き、上手《かみて》のヴェネツィア宮殿でからす麦を少し与える。こうして馬の気を引いて、コースをいっそう速く走り抜けさせようというわけだ。

　しばしば十五頭から二十頭の馬がいるが、たいてい他の馬と一緒にこの訓練がくりかえされ、しかもこのようなトレーニングにはいつも陽気に叫ぶ少年たちがたくさんついてくるので、来るべき日の大騒ぎと大歓声を前もって味わわせてくれる。

かつてはローマの名門はこのような馬を厩舎《きゅうしゃ》に飼っていて、馬が入賞するのは名誉なことだった。競馬では賭けが行われ、勝利すると、饗宴がはられた。しかし最近では、この道楽はだいぶ下火になり、自分の馬で名声を博そうなどと願うのは、中流階級、いや、下層階級の人間になってしまった。

カーニバルのころ、トランペット奏者を随伴した騎手の一団が、賞品を見せながらローマ市中をまわり、貴族の邸宅にはいりこんでは、ちょっとした吹奏楽を奏したのち、チップをもらって歩く風習は、往時に由来するのかもしれない。

賞品は、長さ二エレ半、幅一エレ足らずの金糸・銀糸のペナントだ。派手な竿《さお》に固定されていて、旗のように翻《ひるがえ》る。ペナントの下部には、走る馬の姿が横向きに二、三頭、織り込んである。

この賞品はパーリオと呼ばれる。この騎兵連隊旗まがいのものを、カーニバルの間じゅう毎日、前述の一行《いっこう》がローマの街路で見せびらかして歩く。

21 北アフリカのバーバリ地方産の馬。アラブ種に似た乗用馬。

そうこうするうちに、コルソ通りは様変わりしはじめる。いまや街路はオベリスクで行き止まりだ。その前に、上へ上へと座席の列を連ねた桟敷《さじき》が打ち立てられ、そこからは、ちょうどコルソ通りが見渡せる。桟敷の前に柵が設けられ、馬は柵のあいだからスタートすることになっている。

両側には、コルソ通りに面した家々に連結した、もっと大きな桟敷が建てられ、こんな風にして街路は広場まで延びていく。柵の両側には、馬のスタートを調整する人たちのための一段高くなった、屋根のある小屋が建つ。

コルソ通りの上手《かみて》から見ると、多くの家々の前に同じように桟敷が建てられている。聖カルロの広場やアントニヌス記念柱の広場は、柵で通りから隔離される。すべてが、祭典はこの長く狭いコルソ通りに限定されることを、十分に物語っている。最後に通りの中央に、競走馬がなめらかな敷石で足をすべらせたりしないように、ポゾラン[22]がまかれる。

文句なしに自由なカーニバルの合図

こうして期待は日増しに高まり、最後にカピトリーノの丘の鐘が昼少し過ぎに鳴る。

この鐘の音が合図となって、自由な大空のもとで無礼講がはじまる。この瞬間に、一年じゅう、どんな過ちも犯さないように細心の注意をはらう生真面目なローマ人が、生真面目さと慎重さを突如、かなぐり捨てる。

今の今までカチカチ音を立てていた舗装作業員は、道具を荷造りして積み、冗談をいいながら仕事じまいをする。バルコニーというバルコニー、窓という窓に次々と毛《もう》氈《せん》がかけられ、通りの両側の一段高くなっている舗道に椅子が持ち出され、下層階級の間借り人や子供たちはみな路上に出てくる。通りはもはや通路ではない。むしろ宴会の大広間か、飾りたてた巨大な画廊のようだ。

というのは、窓にはみな毛氈がかけられ、桟敷にはみな由緒ある手織りの壁布が張られ、たくさんの椅子が並ぶと、いっそう室内のような感じがするからである。気持ちのよい青空だけが、かろうじて屋外にいることを思い起こさせる。

こうして通りはますます住居めいてくる。屋外に出ても、戸外にいる気がしないし、見ず知らずの人たちの間にいる気がしない。それどころか、広間で知人に囲まれてい

---

22 すりつぶして粉状にした凝灰岩。ポッツオーリ市産なので《Pozzolana》と呼ばれた。

るような気がしてくる。

衛兵

コルソ通りがますます賑やかになり、普通の服装で散歩するたくさんの人たちにまじって、道化役の仮装をした人がここかしこにあらわれると、ポポロ門の前に兵士たちが集合する。兵士たちは馬上の将官に率いられ、新しい軍服に身を包み、整然と、楽隊とともにコルソ通りを行進する。ただちにすべての入り口をおさえ、要所に二、三名の衛兵を配置し、入念に準備をととのえて警備にあたる。椅子や桟敷の貸主が熱心に通行人に呼びかける。「座席、座席はいかがですか！ 皆さん！ 座席はいかがですか！」

仮装

いまや仮装した人びとの数が増えてくる。化粧した若者たちが、最下層の女たちの着る晴れ着に身を包み、胸もあらわに、厚かましくも意気揚々と、たいてい真っ先に姿をみせる。行き合う男たちにしなだれかかり、女には、同性に対するようになれなれしく、ジョークを飛ばし、気ままに無作法なふるまいをする。

なかんずく思い出すのは、気性が激しく、けんか腰で、鼻息の荒い女の役をみごとに演じた青年のことである。コルソ通りじゅうにけんかを売って歩き、相手かまわず何かとケチをつけ、彼の同伴者たちは宥《なだ》めるのに大わらわという役どころだった。

こんどは道化役が駆けてくる。腰に巻きつけた派手な紐に、大きな角笛をゆわえつけてブラブラさせている。女たちと談笑しながら、少しユラユラさせて、この神聖なローマにおける老いた菜園の神[23]の形姿をあつかましくも真似るすべを心得ている。あまりの浮薄さに怒るどころか、吹き出してしまう。同じような道化がやってくるが、こちらは連れの美女もいて、前者よりは控えめで、満ち足りた様子である。

男たちが女装したがるのと同じように、女たちも男装したがるが、彼女たちはきまって人気のある道化の衣装をまとい、それがピタリと合っている。白状するが、この両性具有的な姿は功を奏し、しばしばきわめて魅惑的だ。

23　ディオニュソスとアフロディテの息子で、勃起した男根をもつ、生殖と豊饒を司る小神プリアポス。ローマでは庭園やブドウ園の守護神。

弁護士が法廷でやるように、熱弁をふるいながら、急ぎ足で群衆をおしわけてゆく。家々の窓に向かってどなりつけ、仮装していると否とを問わず、散歩している者をつかまえては誰にでも、「裁判沙汰にするぞ」とおどし、ある者には「おまえがやった」と言って滑稽な犯罪物語を長々と語り、またある者には負債の明細書を事細かに説明する。女性たちにはそのチチスベオ[24]のことで、少女たちにはその恋人のことで小言を言う。携えている書物を引き合いに出し、書類を呈示し、そのすべてを淀《よど》みなく、よく通る声でまくしたてる。相手みなに、きまり悪い思いをさせ、頭を混乱させようとする。話をやめたかと思うと、また始める。立ち去ったかと思うと、また戻ってくる。ある人をめがけて近づくが、その人には話しかけず、すでに通り過ぎた別の人をつかまえる。仲間の者でもやってこようものなら、ばか騒ぎは最高潮に達する。

しかしかれらも公衆の注意を長く引きつけておくことはできない。どんなにばかげた印象を与えるものでも、雑多な人ごみにすぐまた飲み込まれてしまう。

特にクエーカー教徒は、弁護士ほど大騒ぎはしないが、同じくらいセンセーションを巻き起こす。クエーカー教徒の仮装は、古着屋で古めかしい衣装が簡単に見つかるので、一般的になったらしい。

この仮装の必須条件だが、衣装は古めかしくても、保存状態がよく、上質の生地でなければならない。たいていビロードか絹の衣服で、ベストは錦織か、刺繍がほどこされている。クェーカー教徒といえば、肥満体質だろう。仮面は顔をすっかり覆うもので、頬はふっくらしていて、目は小さい。奇妙な弁髪がついた鬘《かつら》、帽子は小さく、たいてい縁取りしてある。

この格好は、喜歌劇に登場する《Buffo caricato（気取り屋）》にひじょうに似ている。これは、たいてい無思慮で惚れっぽくて、だまされる愚か者という役どころだが、かれらも愚かしい伊達男の態度をとる。つま先で軽々と飛び跳ね、柄付きめがね《ロルニエット》の代わりに、ガラスのはいっていない大きな黒い輪を持ち歩き、それで馬車という馬車をのぞき込み、あらゆる家の窓を見あげる。ふつうは鯱《しゃちほこ》張《ば》って深くお辞儀するが、とりわけ仲間に出会ったときは、両足をそろえて何度も高く垂直にジャンプし、子音の〈brr〉と関係のある、かん高く、よく通る、言葉にならない音で、喜びを知らせる。

24　十八世紀のイタリアで、夫の同意のもと既婚婦人に付き従い、助ける任務を負った若者。しばしば「付き添いの騎士」と訳される。

かれらはしばしばこの音調で互いに合図をする。するといちばん近くにいる者が合図をかえし、またたく間にこの鋭い叫び声がコルソ通り全体にこだまとなって鳴り響く。

いっぽう、わんぱく坊主たちは、らせん形の大きな貝を吹きたて、耳障りな耐えがたい音を出す。

狭い場所で、大部分が似たり寄ったりの仮装をしている（すなわち、二、三百人の道化役と百人ほどのクェーカー教徒がたえずコルソ通りを右往左往している）ので、人目を引こう、注意を引こうという意図は、ほとんど持っていないことがすぐわかる。事実、これをねらうなら、よほど早くコルソ通りに姿をみせねばなるまい。むしろみなが出かけてくるのは、愉快に過ごし、羽目をはずして大騒ぎし、今日という日の自由をとことん楽しむためである。

とくに娘たちや婦人たちは、この期間を自己流で愉快に過ごそうとし、そのすべを心得ている。どんな風であれ、仮装して家から出さえすればよい。これに莫大な経費をかけられるものはごく少数なので、彼女たちは着飾るよりも、身をやつすにはどうすればよいか、多種多様な方法を考え出して工夫する。

実にたやすいのは、物乞いと物乞い女の仮装である。束ねていない美しい髪はとくに必要とされ、それから真っ白な仮面、多彩な紐のついた粘土の小さな壺、手には杖と帽子。かれらはへりくだったジェスチャーを示しながら、窓下や、往き来する人に歩み寄り、ほどこしの代わりにお菓子やクルミ、それ以外のちょっとしたものを頂戴する。

他にもっと手軽にやってのける者もいる。毛皮に身を包むか、こざっぱりした普段着に仮面だけつけて現れ、たいていエスコート役の男性はおらず、ひとりで出歩き、攻撃・防御の武器として、葦《あし》の扇状の花序を束ねた小さな箒《ほうき》を持ち歩く。うるさくつきまとう者をこれで撃退したり、知人であろうとなかろうと、仮面をつけずにやってくる人の顔の前で、茶目っ気たっぷりに小箒を勢いよくふりまわしたりする。

そういう娘たちが四、五人いるところへ、彼女たちのターゲットにされた男がまぎれこんだら、もはやお手上げである。男は人ごみに邪魔されて逃げられず、どっちを向いても、鼻の下に小箒を突きつけられる。だが仮装は侵しがたいものであり、衛兵もかれらに味方するように命じられているので、こうしたあれこれの悪ふざけに、本気で抵抗するのは、たいそう危険だろう。

同じように、あらゆる階級・職業のふつうの服装が、仮装として役立つ。大きなブラシをもった馬丁は、気の向くままに一人一人の背中を掃除する。御者は例によってしつこく客引きをする。もっと垢抜けした仮装は、田舎娘、フラスカーティの女[25]、漁師、ナポリの船乗り、ナポリの警官とギリシア人である。

時折、芝居をまねた仮装もある。毛氈やシーツにくるまったり、麻布を頭の上で結んだりして、たいそう手軽にすます者もいる。

白衣姿の者は、他人の行く手をさえぎり、その前でピョンピョン跳びはねるのがお決まりで、こんな風にして幽霊を演じたつもりである。奇抜な取り合わせで際立つ者もいる。また厚手のマント《タバッロ》はまったく人目を引かないので、もっとも上品な仮装と常に考えられている。

機知に富む風刺的な仮装は、それ自体が究極のものであり、一心に見てもらうことを目的とするので、きわめて稀である。それでも、妻を寝取られた亭主役を演じる道化師を見たことがある。二本のツノ[26]が動く仕掛けになっていて、そのツノをカタツムリのように、出したり引っ込めたりできるのだ。彼が新婚さんの家の窓下に歩み寄り、一本のツノをちょっとだけ伸ばしてみせたり、別の家の窓下では、二本のツノをできるだけ長く伸ばし、その先端につけてある鈴をさかんに鳴らしたりすると、公衆は一瞬、おもしろがって注目し、ときにはどっと笑いくずれるのだった。

魔法使いが群衆に混じって、民衆に数字の書かれた本を見せて、ロット（数字の組み合わせによる富くじ）に対する情熱を思い起こさせている。

二つの仮面を前後につけて人ごみに混じっている者がいる。どちらが彼の前面で、どちらが背面なのか、こちらへ来ようとしているのか、向こうへ行こうとしているのか、見わけがつかない。

外国人も、この期間は笑いものにされることを甘受しなければならない。北国の人たちの長い衣服、大きなボタン、珍妙な丸い帽子は、ローマ人の目には特異なものにうつり、外国人は仮装の対象となる。

25　フラスカーティはアルバーニ丘陵に位置する町で、そこの女性たち。前述したゲオルク・シュッツのカラーの銅版画「漁師とフラスカーティの女」には、仮面をつけた男女が描かれている。
26　去勢された雄鶏の目印として蹴爪をトサカに刺し、それを「ツノがある」と表現した。転じて、妻に浮気されて裏切られた夫のことを「ツノがある」という。

T. III.

物乞いの男女とクェーカー教徒

T. IX.

漁師とフラスカーティの女

ナポリの警官と連れの女性、ドイツのパン焼き職人

道化の王とお供たち

外国人の画家、特に風景や建物を研究する画家は、ローマじゅういたるところに公然と腰をすえてスケッチするので、カーニバルの群衆のなかでも熱心に演じられ、大きな折りかばん、長い外套《シュルトー》、巨大な製図用ペンを携えて仕事にせっせと励む姿で現れる。

ドイツのパン焼き職人の仮装は、ローマでは、実にしばしば酩酊状態なので目立つ。ワインの瓶をもち、本物どおりの服装か、少し着飾った衣装で、千鳥足で登場する。あてこすりの仮装がひとつだけ記憶に残っている。

トリニタ・デイ・モンティ教会前にオベリスクが建てられることになっていたが、公衆はこれにたいそう不満だった。広場が狭く、またその小さなオベリスクを一定の高さまで持ち上げるために、たいそう高い脚立をその下に築かねばならないからだ。そこでこの機会をとらえて、大きな白い脚立を帽子としてかぶり、その上に小さな赤いオベリスクをゆわえつけた男がいた。脚立には大きな文字が書いてあったが、その意味を推測できた者はごく少数だろう。

馬車

仮装者の数は増し、その間に馬車もしだいにコルソ通りへ乗り入れてくる。前述した日曜祭日の馬車によるドライブと同じように、整然としている。違うのは、ヴェネツィア宮殿から左側通行で下ってきた車両が、この期間中はコルソ通りの終点で引き返し、ただちに別の側に沿って戻ってくることだ。

通りは、歩行者用に一段高くなっているところをのぞくと、たいていの場所は馬車三台ぐらいの幅しかないことは、すでに述べた。

両側の歩道は、すべて桟敷でふさがれ、椅子で占められ、多くの見物人がすでに席についている。桟敷と椅子のすぐそばすれすれに、一列になった馬車がいっぽうは下手へ、他方は上手に向かって進んでいく。歩行者はこのせいぜい幅八フィートの、馬車の両列のはざまに閉じ込められた状態で、押し合いへし合い、右往左往している。どの窓も、どのバルコニーも、見物人がひしめき、往来の群衆を見おろしている。

カーニバルの序盤に来るのは、たいてい見なれた馬車《エキパージュ》ばかりである。みな、優雅で豪華なものは後日、披露するつもりで、出し惜しみするから。カーニバルも終盤になると、無蓋馬車が増え、座席が六人分ある馬車も登場する。貴婦人二人は全身を見せるように、一段高いところに向かい合って座り、紳士四人が残りの四隅を占め、御者と従者は仮装し、馬は飾り物や花でおめかししている。しばしば、バラ色のリボンで飾りたてた美しい白いプードルが御者の足のあいだに立ち、馬具につけた鈴が鳴り響くと、公衆の目はしばらくこの一行にくぎ付けになる。こんな風に公衆の前で、あえて高い場所に座るのは美女だけ、仮面をつけずに姿を見せるのは最高級の美女だけということは、容易に想像がつく。こういう馬車はゆっくりと進むのがお決まりで、馬車が近づくと、みなのまなざしが注がれ、美女は「おお、なんと麗しい!」という誉め言葉を四方八方から頂戴してニッコリする。以前はこうした派手な馬車は、はるかに数が多くて、もっと贅《ぜい》を尽くしたものだったし、神話を題材にしたり、寓意的な事柄を表現したりして、もっと面白かったという。しかし近ごろはどういうわけか、貴人は他者の前で目立つことよりも、群衆にまぎれて、この祭典に居合わせることを喜びとするらしい。

カーニバルが進めば進むほど、馬車の装いもいっそう賑やかになる。仮面をつけずに馬車に座っている生真面目な人びとでさえ、御者や従者には仮装を許す。御者はたいてい女装するので、終盤になると、馬を御しているのは一見、女ばかりになる。しばしば見苦しくないどころか、なかなか魅力的な仮装である。これにたいして、肩幅の広い醜男が最新流行の衣装でめかしたて、高く盛り上げた髪型に羽飾りをつけると、ひどいカリカチュアになる。そしてあの美女たちが当然のごとく称賛を耳にするように、誰かが彼の鼻先まで近づいてきて、「おい、お前、なんと醜いアバズレであることか！」と大声で言うのをがまんしなければならない。

通例、御者は人ごみのなかで女友達の一人か二人に出会うと、御者台に乗せてやる。彼女たちはたいてい男装で、御者のわきに座る。そうすると、しばしば小さな足と高い踵《かかと》の道化役のかわいらしい脚が、通行人の頭のまわりをブラブラ揺れている。従者も同じようにして、男女の友達を馬車の後部に乗せてやると、彼らはきまって、そのうちイギリスの駅馬車のように、車体の上に乗るしかなくなるのであった。

主人のほうは、馬車にわんさと人が積みこまれるのを喜んで見ているようだ。この期間中はなんでも許される無礼講である。

雑踏

長くて狭い通りを見わたすと、どのバルコニーも、どの窓も見物人がひしめきあい、長く垂れさがる色とりどりの毛氈《もうせん》ごしに、通りの両側の見物人がいっぱいの桟敷、ずらりと並んだ満員の座席を見おろしている。二列の馬車は中央部をゆっくりと動く。どうにか第三の馬車が通れるほどの余地は、人間で埋めつくされ、かれらはあちこち動くというよりも、押し流され、押し戻されるだけである。馬車は停滞するたびに互いにぶつかったりしないように、できるかぎりの車間距離を常に保っているので、多くの歩行者は、いくぶんでも一息つこうとして、まんなかの人ごみから抜けだし、先を行く馬車の車輪と、あとからくる馬車の轅《ながえ》と馬とのあいだを通りぬけようとする。それが歩行者にとって難しく危険なものであればあるほど、スリルが高まるものらしい。

たいていの歩行者は、両列の馬車のあいだを動き、体と衣服を傷めないように、車輪と車軸を用心深く避けるので、ふつうはわが身と馬車との距離を必要以上に保っておく。そこでのろのろ動く群衆と一緒に進むのにもはや耐えられず、車輪と歩行者のあいだ、つまり、危険と危険なまねはしない者とのあいだを、すばやくすり抜ける勇気のある人は、わずかな時間でかなりの距離を進むことができる。もっともまた別の障害に進行をはばまれてしまうのだが。

この時点でもう、とうてい信じがたい話と思われるかもしれない。だが、ローマのカーニバルに居合わせた大勢の人が「まさしく真実をよりどころにしています」と証言できないなら、また、これが毎年くりかえされる祝祭、将来、この書を手に見物する人も相当数いるような祝祭ではないとしたら、敢えてこの話を続けたりしないだろう。

これまでの話はすべて、雑踏、混乱、喧噪、浮かれ騒ぎの序の口だと説明したら、はたして読者は何というだろう。

総督と元老院議員の行列

馬車はゆっくりと前進するが、渋滞があると、そのままじっと動かないので、歩行者はいろいろと悩まされることになる。

教皇の近衛兵は一騎、一騎はなれて、馬車の列がたまたま乱れたり渋滞したりしたときに、正常にもどすために、人ごみのなかをあちこち乗り回す。そういうわけで歩行者は馬車の馬を避けたと思いきや、だしぬけに騎馬の鼻面を首筋に感じたりする。だが、それよりももっと厄介なことが起こる。

総督は大きな公式馬車に乗り、何台ものお供の馬車をしたがえて、他の馬車が二列になっている、そのまんなかを通過する。教皇の近衛兵や露払《つゆはら》いが警告を与えながら場所をつくり、この行列はしばし、直前まで歩行者のために残されていた道幅をぜんぶ占領する。歩行者はひしめき合いながら、できるだけ他の馬車のあいだに割りこみ、どうにかこうにかよける。船が通るとき、一瞬だけ水が左右にわかれて、たちまち航跡がかき消えるように、仮装者や他の歩行者の集団も、行列が過ぎるとすぐまた一つに合流する。するとほどなく、このひしめき合う集団を乱す新たな動きがある。

元老院議員が似たような行列で近づいてくる。大きな公式馬車とお供の馬車は、ぎゅうぎゅう詰めの群衆の頭上をすべる船のようだ。地元の人も他国の人も、いまの元老院議員レッツォニコ公子の愛想のよさに魅せられ、心奪われるので、これは、公子が遠ざかると、群衆が「やれやれ、ありがたい」と思う、唯一のケースかもしれない。

ローマの最高法官と警視総監との二つの行列は、ただカーニバルを厳かに開始するために、初日にコルソ通りを通過するのだが、王を僭称するアルバニー公は毎日同じようにこの道を通って群衆に多大な迷惑をかける。誰もが仮装するカーニバルを支配するのは、王ではなく、仮装である。それなのに、この王位僭称者は今日も専横な支配者ぶりを発揮したがり、支配者が滑稽な人物として描かれた謝肉祭劇を思い起こさせた。[27]

公使たちも同じ権利をもつが、思慮深くふるまい、めったにコルソ通りを通らない。

ルスポリ宮[28]付近の美女たち

しかしコルソ通りの周航を中断し妨げるのは、こうした行列ばかりではない。ルス

27　謝肉祭劇は中世末期、ドイツなど欧州の諸都市でカーニバルに行われた仮装軽演劇。主に商工業者によって作劇・上演された。ここでゲーテは、この王位僭称者がカーニバルのロジックを理解していないことを滑稽だと感じている。カーニバルが価値倒錯の世界をつくりだす効果をもつことについては、ロシアの哲学者・思想家ミハイル・バフチン（一八九五～一九七五）の著書『フランソワ・ラブレーの作品と中世・ルネサンスの民衆文化』参照。

ポリ宮とその付近は道幅が少しも広くなっていないのに、両側の舗道は他よりも少し高くなっている。そこは婦人たちが席を占め、どの椅子もすぐふさがるか、予約済みだ。中流階級の美女たちが魅力的な仮装をし、男ともだちに取り巻かれ、道行く人びとの好奇の目を集める。このあたりに来る人はみな、綺麗所《きれいどころ》が並んでいるのをじっくり眺めるために立ちどまる。みな、興味津々で、男装してそこに座っている女性の正体を探り出そうとする。もしかしたら「憧れの君《きみ》」が可愛らしい士官姿でそこにいるかもしれない。この場所でまず動きが止まる。馬車はできるだけ長い時間、このあたりにとどまるからである。それに、どのみち足留めを食うなら、せめて綺麗所のそばがよい。

コンフェッティ[29]

これまでの描写が、狭苦しく、はらはらさせるような状況しか想像させなかったとしたら、これから先の記述は、さらに奇妙な印象を与えることだろう。このごちゃごちゃした催しに、小さな、たいていは冗談半分の、だが往々にして真剣すぎる一種の戦いが加わって、動きが出てくるからである。

おそらくかつてたまたま、美人が通りすがりの親しい男ともだちに、仮装した群衆のなかに自分がいることを気づかせようと、糖衣をかぶせた小粒のナッツを投げつけたことがあったのだろう。そうすれば当然ながら、ぶつけられた男はふりかえって、そのおちゃめな女ともだちを見つける。これがいまや一般の風習となり、投げたあとニッコリと見つめ合うカップルによく出会う。しかし本物のナッツ菓子をつかうのは、あまりにも不経済だし、濫用するなら、もっと安上がりなものを多量に蓄えておく必要があった。

いまでは、漏斗状の装置で小さな石膏のつぶて、コンフェッティが作られている。見た目は糖衣をかぶせたナッツ菓子ドラジェのようで、これを大きなカゴに入れて群衆のまんなかに売りに来るという、独特の商売がある。

---

28 十六世紀後半に建てられた。

29 当時は石膏、チョーク、小麦粉や糊などで作られていた。外観がセリ科の植物コリアンダーの種子に糖衣をかぶせた小さなお菓子に似ていたので、「コリアンドーリ」と呼ばれた。ゲーテは一七九六年一月三十日付けのシラー宛の手紙で「カーニバルの石膏ドラジェ」と記している。現在、コンフェッティは紙吹雪のことをさす。

攻撃される危険のない者はひとりもおらず、みな迎撃態勢をとる。悪ふざけで、あるいは必要に迫られて、ここかしこで一騎打ち、こぜりあい、かなり大きな戦いがはじまる。歩行者も馬車で行く人も、窓や桟敷から見物している人も、互いに攻防戦をくりひろげる。

婦人たちはコンフェッティのたくさん入った金色や銀色に塗られたカゴをもち、エスコート役の男性が彼の姫君をけなげに守る。馬車の窓をおろして攻撃にそなえる者がいれば、友人たちとはふざけてやり合い、見知らぬ人には粘り強く防戦する者もいる。

しかしこの戦いを、ルスポリ宮のあたりほど、総出で真剣に行うところはどこにもない。そこに席を占めた仮装者たちはみな、小カゴや小袋、ハンカチを結び合わせた中にコンフェッティを用意していて、攻撃される側よりも、むしろ攻撃する側にまわる。すくなくとも数名の仮装者になにやら仕掛けられずに、無事に通過できる馬車はないし、まったく攻撃にさらされない歩行者はいない。とくに黒衣の教区僧があらわれると、みなが四方八方から彼めがけて投げつけ、命中すると、石膏やチョークの色がついて、黒衣はほどなく白とグレーの水玉模様だらけになる。こうした応酬は、しばしばたいそう熱をおびて、みなに波及してゆく。すると、嫉妬と個人的な憎しみが暴走するのを、びっくりして眺めることになる。

仮装者が気づかれないように忍びより、近くにいた綺麗所《きれいどころ》のひとりをめがけて片手いっぱいのコンフェッティを投げつける。女性の仮面が音をたて、美しいうなじが傷つくほど激しく、真正面から投げつける。両側にいた同伴者たちは激しく怒り、小カゴや小袋からつかみ出し、攻撃者に向かって猛烈に打ちかかる。しかし敵は、適切な仮装で、頑丈に武装しているので、くりかえしコンフェッティの弾《たま》を投げつけられても、びくともしない。彼は安全であればあるほど、いっそう激しく攻撃を続ける。防衛者側は婦人を厚手のマント《タバッロ》でおおいかくす。攻撃者は、激しい戦いで近くにいた人びとをも傷つけており、彼の荒れ狂う粗暴さにみな、気分を害しているので、周囲に座っていた人びとも参戦し、自分たちの弾を惜しみなく投げつける。たいていこういう場合のために、糖衣をかぶせたアーモンド菓子ぐらいの大きさの、大きめの弾を予備にもっているので、ついに攻撃者はさんざんな目にあわされ、四方八方から襲撃され、退却するほかなくなる。彼が手持ちの弾を撃ちつくしたときは、なおさらである。

通例、こうした冒険を求めて出かける者は、弾をこっそり渡す助《すけ》っ人《と》を連れてくる。いっぽう、こうしたコンフェッティを商う男たちは、戦いのあいだ、カゴをもって忙しく立ちまわり、求められる分量をいくらでも、誰にでも、急いで量り売りする。

こうした戦いを実際に間近で見たことがある。しまいに戦う両者とも、投げる弾が底をつき、金色に塗られた小カゴを互いの頭に投げつけた。したたか、とばっちりを食った衛兵たちに警告されたが、それでも戦いは止まなかった。

たしかにこういう争いは、ほうぼうの街角に吊り落としの刑用の両手を縛るコルデ[30]を吊るしておかなければ、刃傷《にんじょう》沙汰《ざた》にまでおよぶことだろう。この有名なイタリア警察の処刑具は、祭典のさなかでも、この瞬間に危険な武器を用いるのはたいへんリスクが大きいことを、みなに思い起こさせる。

こういう応酬は無数にあるが、たいていは本気というよりも、ふざけてなされるものである。

たとえば道化役をたくさん乗せた無蓋馬車が、ルスポリ宮に向かって近づいてきて、中にいる連中は見物人のそばを通り過ぎながら、みなに順々に命中させようとする。ところが運悪く、混雑がひどすぎて、馬車がまんなかで立ち往生すると、周囲の連中はいっせいに心を合わせて、四方八方から馬車めがけてコンフェッティを雨あられと投げつける。道化役たちは手持ちの弾を撃ちつくし、しばらく集中砲火をあびる。しまいに馬車は雪と雹《ひょう》にすっかりおおわれたようになり、みなが大笑いするなか、無念さをぶちまけながら、のろのろと去ってゆく。

コルソ通りの上手《かみて》のはずれで掛け合い

コルソ通りの中心部で、婦人たちの大部分はこうした活気ある激しい遊びに夢中になっているが、民衆のなかには、コルソ通りの上手《かみて》のはずれで、別種の娯楽を見つける人たちもいる。

フランス美術院《アカデミー》からほど遠くないところで、羽根つき帽子、軍刀、大きな手袋というスペイン風の衣装をつけた、イタリアの芝居に出てくるカピターノ、いわゆるほらふき隊長が、桟敷から見物している仮装者のまんなかから不意に現れて、海陸におけ

30　コルデは「綱」の意。犯罪者を後ろ手に縛り、腕に綱を結わえて吊るし上げ、上下に急激に動かす処刑具。

る自分の偉業を、力をこめて語りはじめる。すると、まもなく彼と向かい合って道化役が立ちあがり、疑念をはさみ、異議を唱える。道化役は鵜呑《うの》みにするように見せかけながらも、駄洒落《だじゃれ》を飛ばしたり、半畳《はんじょう》を入れたりして、この英雄の大言壮語を茶化す。

ここでも通行人はみな立ち止まって、にぎやかな舌戦に耳をかたむける。

道化の王

新たな行列のせいで、しばしばいっそう混雑する。十二人ぐらいの道化役が集まって王を選ぶ。王役の頭に王冠を載せ、手には笏《しゃく》を持たせ、音楽を奏しながらお供をし、飾りつけた小さな荷車に乗せ、大声をあげながら、コルソ通りを引いて行く。行列が前進するにつれて、道化役はみなそちらへ跳んでいく。こうしてお供はしだいに数を増し、大声をあげて帽子をふって、道化の王のために道をあけさせる。

そこではじめて、いかにめいめいが工夫して、この一般的な仮装を多様化しているかに気づく。

一人目はかつらをかぶり、二人目は顔を黒くして女の頭巾をかぶり、三人目は頭に帽子の代わりに鳥かごを載せている。鳥かごの中で、坊さんと貴婦人の恰好をした二羽の小鳥が、とまり木をあちこち跳びまわっている。

横丁

この途方もない人ごみ――読者の目の前にできるだけ再現しようと努めてきたが――のために、当然ながら仮装者の群れは、コルソ通りから隣接する通りへ否応なく押し出されてゆく。横丁では、恋人同士が静かにむつまじく連れ立って歩き、陽気な連中があらゆる種類のむちゃくちゃな芝居をしている。

庶民の晴れ着姿で、金の縁取りのある短い胴着に、長く垂れるネットで髪を結わえた男たちの一行が、女装した青年たちと一緒にあちこち散歩している。女役のひとりは身重を装い、かれらは平穏に行ったり来たりしている。とつぜん男たちは仲たがいし、はげしい口論となる。女役が口を出し、喧嘩はますますひどくなり、ついに争っている者たちは、銀紙細工の大きなナイフをひきぬいて互いに襲いかかる。女役たちはおそろしい叫び声をあげて双方を引きはなし、いっぽうをこちらへ、他方をあちらへと引っぱっていく。周囲に立っている人たちも、真顔で加わり、当事者それぞれをなだめようとする。

そのうちに妊婦役がショックで気分が悪くなる。椅子が持ってこられ、他の女役たちが介抱する。妊婦役は苦しげな身ぶりをし、あっというまに何やら不格好なものを産み落として、見物人をおおいにわかせる。これで芝居は終わり、一座はさらに向こうへ移る。これと同じ、または、大同小異の出し物が他の場所で演じられる。

人殺しの話がいつも念頭を去らないローマ人は、機会あるごとに「殺し」のアイデアを盛りこんだ芝居をしたがる。子供たちまで「教会ごっこ」と呼ばれる遊びをする。わが国の鬼ごっこにあたるものだが、ひとりが教会の階段へ逃げた殺人者の役をする。他の子供たちは警官の役で、あらゆる方法で犯人を捕らえようとするが、殺人者役の安全地帯に足を踏み入れてはならない。

こんな風に裏通り、とくにバブイーノ通りやスペイン広場では、実に愉快なことが行われる。

クェーカー教徒も群れをなしてやってきて、風変わりなダンディーぶりを思いのままに発揮する。

かれらの機動演習には、みなが思わず吹き出してしまう。十二人ずつ、つま先立ちで背筋をのばし、チョコチョコとすばやく進軍し、整然たる一列横隊をなす。ある場所へくると、とつぜん右向け右か、左向け左をして、縦隊をつくり、こんどは一列側面縦隊でチョコチョコ歩いて行く。とつぜん右向け右で、ふたたび横隊がつくられ、そのまま街路へ入っていく。不意にまた左向け左をしたかと思うと、縦隊は槍のごとく建物の玄関内へと突き進む。こうして、このひょうきんな連中は姿を消す。

夕方

さて夕方になると、みながますますコルソ通りに押しよせる。馬車の流れはすでに長いあいだ停滞している。いや、夜になる二時間前から、馬車がまったく進めない状態になることさえある。

教皇の近衛兵や徒歩の衛兵たちは、すべての馬車をできるかぎり中央から押しのけ、まっすぐ一列に並べるのに忙しい。馬車の数が多いので、ここでさまざまな混乱や不満が生じる。馬車ごと後退させられ、押しのけられ、はじき出される。一台が後退させられると、その後ろの馬車もみな後ずさりしなければならず、ついには板ばさみになって、馬を中央に向けて進めねばならなくなる。すると、近衛兵の叱咤《しった》が飛び、衛兵は悪態をつき、おどし始める。

運の悪い御者が明らかにどうにもならないさまを説明しても、むだである。叱りつけられ、おどされ、従わざるをえない。もしくは、近くに小路でもあれば、何の落度もないのに、列から外へ出なければならない。通例、横丁の小路も、停まっている馬車でいっぱいだ。これらは来るのが遅すぎて、馬車の周航がすでに停滞しているので、列の中に入れずにいた馬車である。

競馬の準備

競馬のはじまる瞬間が刻々とせまり、何万人もの人がこの瞬間をいまかいまかと待ち受けている。

椅子や桟敷のレンタル業者は、以前にもまして大声で「座席、正面席、貴賓席《きひん》はいかが！　みなさん、座席はいかが！」と叫んで、席をすすめる。せめてぎりぎり最後の瞬間に少し値下げしてでも、満席にすることが大切だ。

だがここかしこにまだ席が見つかれば、勿怪《もっけ》の幸いである。将軍がいまや近衛兵の一隊を引率してコルソ通りに現れ、両側の馬車の列のあいだを馬で通ると、歩行者たちは、かれらに残された唯一の空間から押しのけられる。そうなると、みな椅子や桟敷席をさがし、箱型馬車の上や、馬車のあいだや知人宅の窓際に居場所を見つけようとするが、どこもかしこも見物人ではちきれそうである。

そのうちにオベリスク前の広場は、すっかり人払いされ、おそらくいまの世で目にできるもっとも美しい光景のひとつになる。

前述した桟敷の三つの正面には毛氈がかけられ、広場を取り囲む。何万という人びとの頭が重なり合ってこちらをながめている。それは、古代の屋外円形劇場や円形競技場を思わせる。中央の桟敷の上方に、オベリスクが全貌をあらわし、空高くそびえる。これだけの大群衆なのに、桟敷はオベリスクの台座を蔽い隠すにすぎない。オベリスクがこれだけの大群衆をはかる物指しとなってようやく、その途方もない高さに気づく。

人払いされた広場は、静謐《せいひつ》な美しさをたたえていた。ロープがピンと張り渡された空っぽの柵内に、期待に満ちたまなざしが注がれる。

そこへ将軍がコルソ通りを下ってくる。これは整っておりますという合図でもあり、将軍が通ったあと、衛兵は馬車の列からはみ出す者がいるのを許さない。こうして将軍は桟敷席のひとつに座る。

スタート

馬はくじ引きの順にしたがい、着飾った馬丁に引かれて、ロープの後ろの柵内へ入れられる。馬は馬具も馬着《ばちゃく》もつけておらず、胴体のここかしこに毬栗《いがぐり》のような玉が紐で結わえられている。その玉が拍車代わりに当たる箇所はスタート直前まで皮革で蔽われ、大きな模造金箔が胴体に貼ってある。

馬が柵内へ連れてこられるとき、馬はたいてい気が立っていて御しがたい。馬丁ははやる馬を御すために、全力で、熟練の技を駆使する。

馬は、駆けだそうとする欲望をおさえきれず、大勢の人を前にして、おびえている。しばしば隣の柵へ突っ込み、ロープを越えようとする。馬のこうした動きと混乱に人々の期待と興味は、刻一刻とふくらんでゆく。

馬丁たちは極度に緊張し、注意深くなっている。スタートの瞬間、馬を放つときの熟練の技と偶然の事情によって、この馬、あの馬が決定的に優位になるかもしれないからだ。

ついにロープは切って落とされ、馬は走り出す。

人払いされた広場で、馬たちはまだ互いに優位に立とうとするが、両側に馬車の並ぶ狭い空間にはいると、いかなる競争心もたいてい役に立たない。

二頭の馬が全力を尽くし、先頭を切って走る。ポゾランがまかれているにもかかわらず、鋪石は火花を散らし、たてがみはひるがえり、模造金箔は音をたて、目にもとまらぬ速さで疾走する。残りの馬は押しあい競《せ》りあいながら、互いを阻む。ときにはもう一頭が、先頭を追って疾駆してくる。走り去ったあとを、模造金箔のちぎれた薄片がひらひらと舞う。群衆は走り去る馬たちを見送る。まもなく馬の姿が消えると、また群衆が押し寄せてきて、ふたたび走路を埋めつくす。

ヴェネツィア宮殿のところにはすでに別の馬丁が馬の到着を待ちかまえている。かれらは封鎖された区域内で馬を巧みにとらえ、取り押さえるすべを心得ている。勝った馬には賞与が与えられる。

このお祭り騒ぎは、こんな風に強烈な電光石火の、一瞬の印象とともに終わる。何万人もの人びとがかなりの時間、固唾《かたず》をのんで、この瞬時の印象を待ちわびるのだが、なぜこの瞬間を待ちわびるのか、なぜ面白いのかということになると、その理由を弁明できる者はほとんどいないだろう。

これまでの描写からたやすくわかるように、この競技は馬や人間にとって危険なものになることもある。二、三の例だけをあげよう。車間が狭くて、後輪だけがわずかに外向きになっていて、たまたまこの馬車の後ろに少し隙間があったとする。すると、他の馬と競りあいながら走ってくる馬が、この隙間を利用しようと飛び出してきて、折悪しく突き出ていた車輪にぶつかってしまう。

一頭の馬がこうした衝撃のためにどっと倒れ、つづく三頭が将棋倒しになってひっくり返り、その後から走ってきた馬たちは幸いにも、倒れている馬たちを跳び越えてレースを続行した、という例をこの目で見たことがある。

このような馬が即死することはよくあるし、こうした事情のもとで見物人が生命を失ったことも何度かある。また馬が向きを変えて、大きな禍《わざわい》が生じることもある。陰険で妬み深い人間が、他の馬を大きくリードした馬の目に外套を打ちつけたことがある。馬は向きを変えて、横のほうへ走らざるをえなかった。もっと悪いのは、馬をヴェネツィア宮殿のところでうまく捕らえられなかったケースである。すると、馬はものすごい勢いで引き返してくるが、走路はすでに群衆でいっぱいになっているので、前代未聞のいくつもの惨事を引き起こす。

秩序よさらば

通例、馬を走らせるのは、夜に入りかける頃である。上手《かみて》のヴェネツィア宮殿に達するやいなや、小さな臼砲《きゅうほう》が発射される。この合図はコルソ通りの中央でくり返され、最後の臼砲はオベリスク付近で発射される。

この瞬間に衛兵は部署をはなれ、馬車の整然たる列もほどなく乱れる。たしかに、静かに窓辺に立っていた見物人たちにとっても、不安で面倒な時刻である。これについては、いくつかコメントしておくのもむだではあるまい。

この夜のはじまりが、イタリアではさまざまな区切りとなる。ふだんの日曜祭日に、車列をまもって整然と馬車でドライブしていても、夜の合図とともに、それがくずれることは前述した。衛兵や近衛兵がいなくても、しかるべき秩序をまもって行き来することは古くからのしきたりであり、一般的な慣習である。しかしアヴェ・マリアの鐘が響きわたるやいなや、だれもが当然の権利として、好きなときに、好きなように引き返すのだ。カーニバルのときは、ひしめく群衆や他の事情で大きく異なるとはいえ、同じ街路で馬車を乗りまわし、ふだんとほぼ同じ規則にしたがうため、だれもが夜にはいると同時に、当然の権利とばかりに整然たる状態から逸れていこうとする。コルソ通りのとほうもない雑踏をふりかえると、また、走路がちょっとの間だけ人払いされて、すぐまた群衆であふれるのを見ると、どの馬車も自分のペースで手近な便利な小路をたどり、家路を急ぐようにという規則を頭に吹き込んでやるのが、正当で道理にかなっているように思われる。

ところが、合図の大砲が発射されるやいなや、数台の馬車が通りのまんなかにしゃしゃり出て、歩行者をはばみ、混乱させる。中央の狭い場所で、いっぽうは下手《しもて》、他方は上手《かみて》に行こうとするので、双方とも動きがとれなくなり、分別をもって車列をまもっていた人たちまでしばしば、にっちもさっちもいかなくなる。

このように紛糾した場所に、競馬の馬が引き返してこようものなら、危険、災いと不機嫌はあらゆる方面からいよいよ増すことになる。

夜

しかしこうした混乱も、もとより遅くなってからではあるが、たいていはうまくおさまる。夜にはいると、みないくぶんほっとして幸運を喜びあう。

劇場

　仮面はこの瞬間からすべて脱ぎ捨てられ、公衆の大部分は劇場へ急ぐ。厚手のマント《タバッロ》姿の紳士や仮装姿の婦人が見られるのは、せいぜい桟敷席ぐらいで、平土間は平服の市民たちでいっぱいだ。

アリベルト劇場[31]とアルジェンティーナ劇場[32]では、バレエを間にはさんで、グランド・オペラを上演する。ヴァッレ座とカプラニカ座では、幕間に喜歌劇をはさみ、喜劇と悲劇を上演する。パーチェ座は完璧ではないが、それらをまねて、人形芝居から、綱渡りの寄席にいたるまで、さまざまなサブカルチャー的な見世物をしている。

トルデノーネ大劇場は一度焼失し、再建されたが、すぐまた崩壊したので、残念な

31　一七一八年に建設され、一八六三年に焼失。

32　一七三二年に開館、今日も有名な劇場。上巻、一七八七年二月十六日付けの冒頭部分、三三六頁を参照。

がいまは大がかりな仕掛けや他のすばらしい出し物で、民衆を楽しませることができない。

ローマ人の演劇熱は相当なもので、以前はカーニバルのときしか満たされなかったので、それだけにいっそう激しかった。現在では、夏も秋も開かれている劇場が少なくともひとつあって、公衆は一年の大部分を通じてある程度、観劇熱を満足させることができる。

劇場の詳細な記述や、ローマの劇場にはどんな特色があるのかということについてここで深入りすると、あまりにも本旨からはずれてしまう。読者は、このテーマが他の場所[33]ですでに論じられたことを覚えておられることだろう。

仮装舞踏会《フェスティーネ》

同様にフェスティーネ、いわゆる仮装舞踏会については、詳述するまでもないだろう。美しい照明が映えるアリベルト劇場で二、三度行われる盛大な仮装舞踏会のことである。

ここでも厚手のマント《タバッロ》が紳士淑女のいちばん上品な仮装と考えられていて、広間じゅうが黒衣の人物でいっぱいになる。派手な色彩の仮装がわずかに混じる。いくつか高雅な仮装があらわれると、数が少ないだけに、いっそう好奇心がそそられる。美術上のさまざまな時代から選ばれた、ローマにあるさまざまな彫像を巧みに模した仮装である。

出来不出来はあるが、エジプトの神々、女祭司、バッカスとアリアドネ、悲劇のミューズ、歴史のミューズ、都の擬人化、ヴェスタの女祭司、古代ローマの執政官が、それぞれのコスチュームに合わせて演じられる。

ダンス

カーニバルのダンスは、通例イギリス風に長い列をなして踊る。ただ幾周かまわりながら、たいてい一種独特なものがパントマイム風に表現される点で異なる。たとえば、恋人同士が不和になって、また仲直りする、あるいは、別れてふたたびめぐり

33　一七八八年、雑誌〈メルクール〉に掲載された論文「ローマの劇場で男性が演じる女役について」参照。

合うというものである。

ローマ人は、パントマイム風のバレエでたいそう際立たせた身ぶりに慣れている。社交ダンスにおいても、私たちドイツ人には大げさでわざとらしく見えるような表現を好む。正式にダンスを習得した人でなければ、そう簡単に踊ろうとはしない。特にメヌエットはそもそも芸術作品とみなされ、数少ないペアだけがいわば披露におよぶ。そうしたメヌエットを踊ったペアは、他の連中から輪をなして取り囲まれ、ほめそやされ、最後に拍手喝采をうける。

朝

優雅な世界の人たちはこうして朝まで興じるが、コルソ通りの人たちは、夜が明けるとさっそく道路を掃き清めたり、片づけたりするのに忙しい。特に気を配るのは、ポゾランを通りの中央に均等に、きれいにまくことだ。

まもなく馬丁たちが、昨日最下位だった競走馬をオベリスクの前に連れてくる。馬に小柄な少年を乗せ、鞭をもった別の騎手が馬を前へと駆り立てると、馬は走路をできるかぎり速く走ろうと、全力を尽くす。

午後の二時ごろ、合図の鐘が鳴ると、すでに述べたような順序で、毎日祝祭がはじまる。散歩する人びとが姿をあらわし、衛兵が当番勤務につく。バルコニー、窓、桟敷には毛氈がかけられ、仮装者の数がふえ、ばか騒ぎをする。馬車は上下に行きかい、街路は、天候や諸般の事情に影響されて、多少の増減はあるが、混雑している。カーニバルが終わりに近づくと、当然のことながら、見物人、仮装者、馬車、飾りつけや騒ぎはいっそう増大する。しかし、混雑とはめを外すことにかけて、最終日の昼と晩におよぶものはない。

最終日

馬車の列は夜になる二時間も前から停止し、馬車はもはやその場から動けず、横丁から入りこむこともできない。桟敷と椅子は、いつもよりレンタル料金が高いにもかかわらず、早くから満席である。だれもができるだけ早く場所を確保しようとし、これまでにも増して、競馬のスタートを今か今かと待ち受ける。

ついにこの瞬間もざわめきとともに過ぎてゆく。祭典終了の合図が出されるが、馬車も仮装者も見物人もその場を去らない。

夕闇はゆっくりと濃くなり、なにもかも静かになる。すべてが、ひっそりと静まり返る。

モッコリ[34]

高い建物で囲まれた狭い通りが薄暗くなるやいなや、ろうそくの光があちこちに見えはじめ、窓辺や桟敷にも光がゆらめき、またたく間に灯光の輪は広がり、通り全体が燃えさかるろうそくで明るくなる。

バルコニーは透け感のある提灯《ちょうちん》でかざられ、誰もが窓辺でろうそくを差し出し、桟敷はすべて明るくされている。馬車のなかを眺めると、じつに優雅で、しばしば天井の小さなクリスタルガラスのシャンデリアが車中の人を照らしている。いっぽう他の馬車では、貴婦人たちが色とりどりのろうそくを手にし、まるで自分たちの美しさを観賞させようと手招きするかのようだ。

従者たちは馬車の天蓋のへりにろうそくを取りつけ、無蓋の馬車は派手な提灯をつけてあらわれる。歩行者のなかには、ろうそくを高くピラミッド型に飾ったものを頭に載せている者もいる。ろうそくを葦《あし》の束に差しこんでいる者もいるが、こうした竿《さお》はしばしば三階か四階の高さに達している。

いまや、誰もが灯のともったろうそくを手にするのが義務となり、ローマ人お得意の呪いの言葉「くたばれ」という声が、あらゆる隅々からくりかえし聞こえてくる。「ろうそくの燃えさしを持たぬ者は、くたばれ」と相手に呼びかけながら、相手のろうそくを吹き消そうとする。ろうそくに火をつけ、吹き消し、「くたばれ」とわめきちらしていると、ほどなく大群衆のなかに活気と興奮と微妙な利害関係が生まれる。目の前にいるのが知人であろうがなかろうが、おかまいなしに、ただもう手近なろうそくを吹き消そうとする。相手がふたたび点火しようとすると、チャンスとばかりに、また横から吹き消そうとする。「くたばれ」というわめき声が隅々から激しくこだますればするほど、この言葉がもつ罰当たりな意味合いはどんどん薄まっていく。こう罵っても、たわいなさゆえに、相手が誰であろうと字句通りその風前の灯《ともしび》をたちどころに消すことのできるローマの地に、自分がいることもどんどん忘れていく。

この文句はしだいにまったく意味をなさなくなる。他国語でも、呪いや無礼な言葉

34 ろうそくの燃えさし。

が、しばしば称賛や喜びのしるしとして用いられるのを耳にするが、「くたばれ」はこの晩の合言葉、歓喜の叫び、あらゆる冗談、からかいと賛辞のリフレインなのだ。かくして「くたばれ、色事にふける坊さん」とあざけるのが聞こえる。あるいは通りすがりの親しい友人に「くたばれ、フィリポ君」というのもある。あるいはお世辞と敬意をこめて「くたばれ、美しき侯爵夫人」「くたばれ、今世紀最大の閨秀《けいしゅう》画家アンゲーリカ」というのもある。

これらの決まり文句を激しく早口で叫ぶ。それも最後から二番目、三番目の音節にアクセントをおき、その音調を長く保ちながら叫ぶ。このように絶えまなく叫びながら、ずっと、ろうそくを吹き消したり灯《とも》したりしている。屋内や階段で人に出会っても、室内に集まって同席していても、こちらの窓から隣の窓へとうつるときも、いたるところで先んじて相手のろうそくを消そうとする。

貴賤老若の別なく、互いに無礼をはたらく。馬車の踏み台にのぼる者もいて、吊り下げランプや提灯にも危険がせまる。男の子が父親のろうそくを吹き消して「くたばれ、お父さん」と叫び続ける。父親がその無作法をとがめても無駄で、子供は今宵の自由を主張し、父親に向かってさらにひどい悪態をつく。コルソ通りの上手《かみて》と下手《しもて》でしだいに騒ぎがおさまるにつれて、中央に向かって騒ぎがいよいよ集中してくる。そこは想像を絶する人ごみで、どんなに生き生きと記憶をよみがえらせようとしても、再現できないほどである。

立つにせよ座るにせよ、自分の場所から動ける者は、もはやひとりもいない。群衆とろうそくの熱気、かくも多くの、何度も吹き消されたろうそくの煙、身動きがとれなくなればなるほど、いよいよ激しくわめきたてる群衆の声。ついには健全な感覚の持ち主でも、めまいがするほどだ。さまざまな不祥事が生じても不思議ではない。馬車の馬が暴れだして、押しつぶされたり、のしかかられたり、そのほかの被害が出たりしてもおかしくないだろう。

それでもみな、ついには、程度の差こそあれ、その場を立ち去りたい気持ちになり、たどり着けそうな小路のほうへと道をとったり、最寄りの広場でひと息ついてリフレッシュしようとしたりするので、この群衆もしだいに散ってゆく。コルソ通りの中央部に密集していた人びとが、少しずつ通りの上手《かみて》と下手《しもて》へ流れてゆく。このみなの自由と解放の祝祭は、この近代的な農耕神《サトゥルヌス》の祭は、みなが麻痺状態になることで終わりを告げる。

民衆は十分に準備されたごちそうに舌鼓を打つために、いまやいそぎ足で去ってゆく――まもなく禁じられる肉類を真夜中まで賞味しようというのだ。いっぽう、中・上流階級の人たちは劇場に向かい、たいそう簡略化された舞台作品を見てから別れを告げる。ほどなく夜半の刻が訪れ、これらのお楽しみも打ち止めになる。

灰の水曜日[35]

こうして、はめをはずしたお祭も、一夜の夢のごとく、夢物語のごとく過ぎ去ってゆく。読者の想像力と理解力にたいして祝祭全体を関連づけて描き出したので、読者が思い浮かべるものよりも、現実の参加者の心に残された印象のほうが淡く儚《はかな》いものかもしれない。

このばか騒ぎが行われているあいだ、粗野な道化役は不穏当なまでに、愛の営みの喜びを思い起こさせた。私たちが現にこの世にあるのは、そのおかげなのだが。ある者はバウボ[36]に扮し、公衆の面前で出産にまつわる神秘のベールをはぎ取った。さらに闇に灯《とも》された無数のろうそくは、死出の旅を思い起こさせた。このように愚行の真っ只中にありながら、人生のもっとも重要な場面に気づかせる。

さらにまたあの細長い、ひしめきあう通りは、浮き世の道程を思い起こさせる。いかなる見物人も参加者も、素面《すめん》であれ仮面であれ、バルコニーであれ桟敷であれ、自分の前か横のわずかな空間しか見通せない。馬車か徒歩で、わずかに徐々に前へ行くのだが、進むというよりは押されているのであり、自分の意志で立ちどまるというよりは、むしろ停止させられる。もっと具合よく愉快にやれそうなところへたどり着こうと躍起になっても、またもや窮地におちいり、結局は押しのけられてしまう。

このテーマにしてはやや難《かた》い話になるが、続けてよければ、次のことを言い添えたい。活気あふれる最高の楽しみは、かたわらを駆け抜ける馬のごとく、一瞬[37]だけあらわれて感動させるが、心にほとんど痕跡をのこさないこと、また自由と平等を享受できるのは、何かに憑《つ》かれたような陶酔のなかだけであること、さらに最大の快楽が最

35　四旬節の初日。死について考えさせ、改悛と懺悔の印に頭の上に祝別された灰を十字の形に置く習慣からこう呼ばれる。

36　農業の女神デメテルの乳母で、女神の娘ペルセポネが冥界の王ハデスにさらわれ、女神が悲しんでいるときに、彼女を卑猥な冗談で慰めようとした。『ファウスト』第一部「バウボ婆さんがひとりでやってきた。孕《はら》み豚に騎乗して」（三九六二～三九六三行）参照。

高に刺激的なのは、危険と紙一重の状態で、不安の入りまじった甘美な感情をむさぼるときであるということを。

たとえ無意識のうちに、私たちのカーニバルも「灰の水曜日的な考察」で幕を閉じることになったとしても、そのせいで読者を悲しませたりはしない。むしろ読者には私たちと一緒に、人生は総じてローマのカーニバルのように見通しがつかず、鑑賞に堪えないどころか、憂慮すべきものなのだから、この憂いなき仮装パーティーを通じて、しばしば取るに足らぬもののように見える、刹那的な生きる楽しみの大切さを思い起こしてほしい。

37　この文がフランス革命勃発の直前、一七八八年に書かれたことを考慮すると、予言的な文言である。

二月

通信

ローマにて、二月一日、金曜日

ドンチャン騒ぎをしている連中も、来週の火曜日の晩には落ち着くだろうから、そうなれば私はどんなにほっとすることだろう。自分もつられて夢中になるのでなければ、他の人たちの乱痴気騒ぎをながめるのは、ひどく味気ないものである。

私はできるかぎり自分の研究を続け、『クラウディーネ』も進捗した。あらゆる守護神が手助けを拒んだというのでなければ、来週の金曜日にはヘルダー君宛に発送できそうだ。そうすれば全集の第五巻[1]は片がついたことになる。それからまた新たな困難、つまり、だれひとりアドバイスも手助けもできない苦難の道がはじまる。『タッソー』は書き直しが必要だろう。現在のままでは役に立たないし、終わりにすることも、すべてを投げ出すわけにもいかない。このような艱難《かんなん》辛苦を神は人間に与えたのだ！

第六巻にはおそらく『タッソー』『リーラ』『ジェリイとベーテリイ』が収められるだろうが、いずれも旧態をとどめぬほど書き直し、推敲しなければならない。同時に短い詩にも目を通し、第八巻のことも考えた。第八巻が第七巻よりも先に刊行されることになるかもしれない。[2]こんな風に人生の総決算をするのは妙なものだ。生きた痕跡というのは、なんとわずかしかとどめられないものなのか！当地にある幾つもの『ヴェルター』の翻訳に、うんざりさせられている。私に訳本をみせて、「どの訳が一番良いですか」「全部ほんとうにあったことなのですか」などと聞いてくる。インドまで行っても、この禍《わざわい》につきまとわれそうだ。

ローマにて、二月六日

『クラウディーネ』の第三幕が手元にある。書き終えて満足しているが、君[3]がせめて

1　第五巻には『エグモント』『クラウディーネ・フォン・ヴィラ・ベッラ』『エルヴィンとエルミーレ』が収められている。
2　第八巻には詩集が、第七巻には『ファウスト』が収められている。

私の半分でも気に入ってくれますように。いまやジングシュピールのような抒情的な舞台作品の要求に詳しくなったので、犠牲をはらって自作を手直しし、作曲家や俳優に譲歩するように努めた。歌劇台本を織物になぞらえると、刺繡用には目のつんでいない布地が向くわけで、オペレッタ用には、何としてもマルリ織りのようにガーゼ状の目の粗い織物でなければならない。とはいえ、この作品や『エルヴィンとエルミーレ』では、読み手のことも配慮した。要するに、できるだけのことはしたのである。

私は静かな澄んだ気持ちで、君たちに確約したように、どんな要請にもすすんで応じ服するつもりでいる。私は、造形美術をやるには年をとりすぎているし、多少うまいへたはあっても素人絵描きであることに変わりはない。私の渇望はしずまり、観察と研究の正道を歩んでいる。「足るを知る」平穏な楽しみ。こうしたすべてを祝福しておくれ。さしあたり五巻、六巻、八巻を仕上げよう。それから『ヴィルヘルム・マイスター』その他にとりかかろう。

ローマにて、二月九日

ドンチャン騒ぎの連中は、月曜日と火曜日もかなり騒々しかった。ことにモッコリの狂乱状態が最高潮に達した火曜日の晩はひどかった。水曜日は四旬節で神と教会に感謝した。どの仮装舞踏会《フェスティーネ》にも私は出席せず、頭脳が明晰に保たれているかぎり、勤勉である。第五巻が完了したので、美術上の研究を若干やり終えたら、すぐ第六巻にとりかかろう。この数日、レオナルド・ダ・ヴィンチの絵画論[4]を読んでおり、いまになって初めて、なぜ、そのなかのある箇所が私には理解できなかったのかわかってきた。

自分を利口だ、ひとかどの者だと思っている鑑賞者は、なんとおめでたいことか！　素人《しろうと》も玄人《くろうと》もそうだ。すぐれた芸術家はいつも気後れしているのに対し、この連中のお気楽さときたら！　自分では制作しない、こういう連中があれこれ批評しているのを聞くと、最近ではなんとも言いようのない不快感をおぼえる。こうした話題はタバコの煙のように、私をたちどころに不愉快にする。

3　ヘルダーをさす。作品をジングシュピール、オペレッタ仕立てにすることに関しては一七八七年報告十一月、一九五頁参照。
4　レオナルド・ダ・ヴィンチについては上巻、三二九頁、注82参照。彼の絵画論は、一六五一年にパリで刊行された。

アンゲーリカは絵を二点購入し、たいそう喜んでいる。一点はティツィアーノ、もう一点はパリス・ボルドーネ。[5]双方とも高価だが、アンゲーリカは裕福で、金利だけで遣いきれないほどあり、そのうえ仕事での年収もあるのだから、自分の喜びとなるもの、芸術に対する熱意を高める作品を手に入れるのは、すばらしいことである。家に絵が運ばれてくると、さっそくそれぞれの巨匠の長所をわがものとすべく、新たな手法で描きはじめた。倦まずたゆまず制作し、研究している。彼女と一緒に美術品をながめるのは、たいそう楽しい。

カイザーも堅実な芸術家として、仕事にとりかかっている。『エグモント』の作曲は、おおいに進捗している。まだ全部は聞いていないが、どの部分もたいへん究極の目的にふさわしく思える。

彼はまた「キューピッドよ、[6]小さな気ままな」云々の詩に曲をつけてくれるだろう。できあがったら、すぐに送ろう。ときどき歌って私をしのぶ縁《よすが》にしてほしい。私の愛唱歌でもある。

たくさん書き、活動し、考えているので、頭が混乱している。まだまだ理解できていないことがたくさんあり、私は自分にあまりにも多くを要求し、あまりにも多くを課している。

ローマにて、二月十六日

しばらく前にプロイセンの急便で公爵からのお手紙を受けとった。これほど親切で快く、有益で楽しい手紙は、なかなか頂戴できないものである。公爵は腹蔵なく筆を進め、政治情勢全体やご自身のことなどを述べ、私自身に関しても、きわめて好意的な意見を表明してくださった。

ローマにて、二月二十二日

今週は美術家仲間全員が悲しみにくれる事件があった。ドルエ[7]という名のフランス人が二十五歳の若さで、天然痘で亡くなったのである。優しい母親の一人息子で、裕

5　イタリアの画家でティツィアーノの弟子（一五〇〇～七一）。ボルドンと表記されることもある。

6　一七八七年報告一月、二七九頁参照。ゲーテはここでは少し文言を変えている。

福で教養もあり、研鑽《けんさん》を積む芸術家たちのなかでも、もっとも将来有望とおもわれていたのに……。みなが喪に服し、呆然《ぼうぜん》としている。私は彼が生前つかっていたアトリエで、ピロクテテスが等身大に描かれた絵を見た。ピロクテテスが傷の痛みを冷まそうと、殺した猛禽の翼で風を送っている。構想はみごとだし、仕上げ方もすぐれた絵だが、まだ完成されていなかった。

私は勤勉で、楽しむすべを知っていて、未来がある。私がそもそも詩文学のために生まれついたこと、仕事できるのはせいぜい、あと十年くらいであり、この才能を開花させ、なにか立派なものを書きあげねばならないということが、日増しに明らかになってくる。たいして研鑽も積まないのに、いくつか成功できたのは、青春の情熱のおかげなのだから。ローマに長期滞在して良かった点は、職業として造形美術をやるのはあきらめたということかもしれない。

アンゲーリカは「このローマで、美術においてあなた以上によく見ることのできる方をほとんど知りません」とお世辞を言ってくれる。私は、自分にはどこが、何がまだ見えていないのかがよくわかっているし、自分がつねに成長していることや、ますます深く見るためには何をなすべきかを十分に感じている。私をはげしく惹きつけてやまない事柄を、やみくもに手探りしなくなることを願っていたが、要するに、いまやもう、その願いがかなったのである。

「風景画家としてのアモール」[8]という詩を早急に送る。この詩が歓迎されますように。自作の短い詩をある程度きちんと整理しようと努めながら、なんとも不思議な気持ちになる。ハンス・ザックスを謳《うた》った詩や、ミーディングの死を悼む詩[9]が第八巻の終わりにはいり、これで今度の私の著作集はひとまず完結するのだけれども、そのあいだに私があの世へ旅立ち、ピラミッドのかたわらに[10]埋葬されることにでもなれば、この

7　ドルエについては一七八七年報告八月、一〇三頁、注37参照。一七八八年二月十三日に亡くなった。この未完成の絵は「レムノス島におけるピロクテテス」。ピロクテテスはギリシア神話の英雄で、ヘラクレスの弓を受け継いだ弓矢の名手だが、毒矢で負傷し、レムノス島に一人取り残される。

8　最初のタイトルは「画家アモール」。一七八七年、八八年の秋か冬に作られた。

9　「ハンス・ザックスの歌の使命」一七七六年作。「ミーディングの死を悼む」一七八二年作。ミーディングはヴァイマール劇場の道具方主任だった。

10　ケスティウスのピラミッドに隣接する非カトリック教徒のための墓地。

二つの詩は私の閲歴や人となりを伝える弔辞の代わりとなるだろう。

明朝、教皇の礼拝が行われ、すばらしい古《いにしえ》の音楽がはじまる。この音楽はあとで復活祭前の週になると最高潮に達する。この様式を熟知するために、毎週日曜日の朝、そこに出かけようと思っている。もともとこうしたものを研究しているカイザーが、私にそれらの意味を解説してくれるだろう。カイザーがチューリヒに残してきた聖木曜日[11]の音楽を印刷したものが郵便で届くことになっていて、私たちはその到着をいまかいまかと待ち受けている。届いたらまずピアノで弾いてもらおう。それから礼拝堂で聞かせてもらおう。

報告

二月

芸術家として生まれると、実にさまざまなテーマが芸術観をはぐくむものだが、カーニバルのドンチャン騒ぎや無礼講の真っただ中でも、このことが私にとって有利な結果となった。カーニバルをみたのは二度目だが、この民衆の祭が、他の周期的にくりかえされる生の営みと同じように、明らかな経過をたどったことは、すぐさま私の注意を引いた。

すると、騒々しさに対する怒りは鎮まり、これを「別種の重要な自然現象、国民的大事件」とみなすようになった。この意味で興味をもち、ドンチャン騒ぎの過程を仔細に観察し、すべてが確定した形式と作法にのっとって進むことに気づいた。ひとつひとつのできごとを順番に書きとめ、その草稿をあとになってから、たったいま挿入

11　復活祭直前の木曜日。

した論文に活かした。同時に同居人であるゲオルク・シュッツにたのんで、ひとつひとつの仮装をすばやくスケッチし彩色してもらった。[12] 彼はいつもながら親切に行ってくれた。

これらのスケッチはのちに、ヴァイマールの自由絵画研究所長で、フランクフルト・アム・マイン出身のメルヒオール・クラウス[13]の手で、四つ折り判のエッチングになった。ウンガーから出た初版は、原画にしたがって彩色されており、稀覯本《きこうぼん》[14]だ。

私は前述の目的のために、ふだん行っている以上に、仮装した群衆に紛れこんだが、どんなに芸術家らしい見解をとろうとしても、こうした群衆はしばしば厭わしい不気味な印象をあたえた。この一年ローマで品位ある事物を研究し、それに慣れていた私の知性は、いまさらながら、ここは自分のいるべき場所ではないと認めた次第である。

しかし内なる確かな感覚に対しては、このうえなくさわやかな気持ちになるできごとが待ちうけていた。ヴェネツィア広場では、馬車がぞろぞろと行列にふたたび加わるまでのあいだ、馬車は通行人をながめ、通行人は馬車をながめるのが常である。そこで私は偶然、アンゲーリカの馬車を見つけ、挨拶するために車の扉へ歩み寄った。

アンゲーリカは愛想よく私のほうに身をのりだしたかと思うと、すぐに身をそらせ隣席にいる病の癒えたミラノ娘に私が気づくようにした。彼女は以前と少しも変わっていなかった。それもそのはず健やかな若い女性がすみやかに快復しないはずがあろうか。それどころかミラノ娘の瞳は、一段とみずみずしく輝き、私の心の奥底までしみとおるような喜びの色をたたえて、私をじっと見つめた。私たちはしばらくそのまま無言でいた。ついにアンゲーリカが口を開き、ミラノ娘が前かがみになっているあいだにこう言った。

「通訳をつとめますね。というのも、こちらの若いお友だちは、あなたに『私の病や

12　シュッツのスケッチは二十点。彼については一七八七年報告九月、一三六～一三八頁、注33参照。

13　ゲオルク・メルヒオール・クラウス（一七三三～一八〇六）。画家・銅版画家。

14　ヨハン・フリードリヒ・ウンガー（一七五三～一八〇四）。ベルリンの書籍販売業者で木版画家。銅版画家ヨハン・ハインリヒ・リップスによる口絵のついたカラー版『ローマのカーニバル』の初版は、まもなく品切れになってしまった。リップスについては一〇一頁、注33参照。

運命に心を寄せてくださって、ありがとうございます』とずっと礼を言いたくて、心に決め、私にもたびたびそうくりかえしていたのに、今となると、それを口に出せないようですから。このお嬢さんは、『病気が快方へ向かうとき、慰め、癒し、力づけてくれた第一のものは、お友だち、とりわけあなたの思いやりです。私は深い孤独から、とつぜん大勢の善良な人びとのなかにいること、すばらしい人びとに囲まれていることに気づいたのです』と言おうとしているのですよ」

「全部、本当です」とミラノ娘は言って、アンゲーリカの体越しに、私のほうに手をさしだした。私は彼女の手をにぎったが、それに唇を触れることはできなかった。

私は心ひそかに満足をおぼえ、アンゲーリカにしみじみと感謝しながら立ち去り、ふたたびさんざめく人ごみにまぎれこんだ。アンゲーリカはこの善良な少女を、あの災難のすぐあと、慰めながら世話をし、ローマでは稀なことだが、それまでは赤の他人だった女性を、自分の品のよい交際仲間に加えたのだ。私がこの善良な少女に思いやりをみせたことが少なからず関与しているのだろう――そんな自画自賛に浸らせてくれるだけに、アンゲーリカの振る舞いにいっそう感動した。

私はすでに以前、ローマの元老院議員であるレッツォニコ伯がドイツから帰国したとき、彼の訪問をうけている。フォン・ディーデ夫妻[15]と親しいレッツォニコ伯に、「恩人で友人である夫妻からくれぐれも宜しくとのことです」と言われたが、私は従来通り、お近づきになるのを拒んでいた。しかし、しまいに否応なく、このグループに引きこまれることになった。

上述の友人フォン・ディーデ夫妻は、大切な親友に答礼訪問をし、私はさまざまなやり方で招待され、ご招待をかわすのが難しくなった。ピアノ演奏で名高い夫人は、カピトリーノの丘にある元老院議員の邸宅でコンサートをもよおして自分の腕前を披露しようとした。私たちの仲間のカイザーは、その技量が評判を呼んでいたので招聘されて、このエキシビションに参加することになった。元老院議員邸の円形劇場《コロッセオ》——他の方面からの眺めもすばらしいが——に面した部屋部屋から眺める落日の比類なき

15　ヴィルヘルム・クリストフ・フォン・ディーデ・ツム・フュルステンシュタイン（一七三二～一八〇七）。デンマーク大使。夫人のルイーゼはカレンベルク伯爵令嬢。ゲーテはヴァイマールで夫妻とすでに親交があった。なお夫妻のイタリア旅行は、一七八一年から八四年、一八〇二年から〇三年にかけて行われており、ゲーテの記述とは異なる。

景観は、私たち芸術家の目にはすばらしいアトラクションだったが、この集まりに対する敬意と礼儀から、この景色に没頭するわけにはいかなかった。フォン・ディーデ夫人はやがてすぐれた腕前を発揮して、著名な協奏曲を演奏し、つづいて友人カイザーの番になった。彼が勝ちとった称賛を信用してよければ、その場にふさわしい演奏と思われた。それからしばらくはさまざまな人が演奏し、ある婦人がお気に入りのアリアを披露した。最後にまたカイザーの番になり、彼はある優雅な主題をもとにして、それを多種多様に変奏してみせた。

すべては順調に進んだ。元老院議員は私と愛想よく会話していたが、かくしきれずに、例の柔和なヴェネツィア風の調子で半ばすまなそうに「そもそもこのような変奏曲は楽しめません。これに対して、あのご婦人の表現ゆたかなアダージョには、いつも魅了されます」と確言した。

私は、通例アダージョとラルゴで長く引きのばされる、あの憧れに満ちた声色が厭わしかったなどと主張する気はさらさらないが、音楽ではもっと心がわき立つようなものが好きだ。なぜなら、私たちは独り決めしたり、失ったものや失敗のことを考え込んだりして、自分を貶《おとし》め、打ちのめされそうになることがあまりにも多いからである。

だが元老院議員の言葉を決して悪くとることはできなかった。それどころか、彼があのような声色に好んで耳をかたむけるのは、微笑ましいことに思われた。あの音色で彼は、この世のもっともすばらしい住まいで、敬愛する女ともだちをもてなしていると確認したのだから。

私たち他の者、とりわけドイツ人の聴衆にとって、昔なじみの優れた貴婦人が妙《たえ》なる音色でピアノをひくのを耳にしながら、同時に窓からこの世に二つとない景色を見おろし、頭をわずかにめぐらすだけで、夕映えに輝く雄大な景観を一望におさめることができるのは、はかりしれぬ楽しみであった。このパノラマの左手に目をやると、セプティミウス・セウェルスの凱旋門[16]からカンポ・ヴァッチノ[17]（牡牛の原）に沿ってミネルヴァ平和神殿[18]にまで延び、その背後には円形劇場《コロッセオ》がのぞいている。ひきつづき

16　ローマ皇帝セプティミウス・セウェルスによって二〇三年に建てられた凱旋門で、ゲーテのいた当時は半ば埋もれていた。一八〇三年ピウス七世によって掘り出された。

17　この広場に家畜の市が立っていたので、こう呼ばれる。

右手へ目を転ずると、まなざしはティトゥスの凱旋門に沿って、パラティーノ宮の廃墟や園芸および自然の植生の生い茂る迷宮に迷いこみ、たゆたうのだった。

（一八二四年にフリースとテュルマー[19]がスケッチし、銅版画になった、カピトリーノの塔から見たローマ北西の鳥瞰図を、このあとで見てほしい。この図はさらに二、三階高いところから、先ごろの発掘後に描かれたものだが、あのとき眺めたのと同じように、落日の光と陰に包まれている。むろん燃え立つような色彩と、青味を帯びた影とのコントラスト、そこから生じる魅力は、想像力によって補ってほしい）

それからこの機会に、メングス作と思われる、クレメンス十三世[20]レッツォニコのすばらしい肖像画をじっくり鑑賞する幸運に恵まれた。クレメンス十三世は甥を、すなわち私たちの後援者である元老院議員を今の地位にすえた人である。この肖像画の価値については、友の日記の一節[21]を末尾に引用しておく。

「メングスが最盛期に描いた肖像画のなかに、レッツォニコ教皇の肖像画がある。画家はこの作品では、彩色も技法もヴェネツィア派を模し、みごとに成功している。色調にはリアリティーと温かみがあり、顔の表情は生き生きとして才気にあふれている。人物の頭部と他の部分を美しく浮かび上がらせる金襴の帳《とばり》は、絵画においては大胆な技法だが、すばらしく効果的で、そのためにみごとに調和のとれた、見る者の目に心地よい絵になっている」

18　三二〇年頃完成されたバシリカ（初期キリスト教会堂。古代ローマでは法廷や取引場として用いられた）。

19　エルンスト・フリース（一八〇一〜三三）はハイデルベルク出身の画家で、フリードリヒ・ロットマンの弟子。ヨーゼフ・テュルマー（一七八九〜一八三三）は建築家。のちにドレスデンの美術院長。

20　クレメンス十三世の在位は一七五八年から六九年。教皇に選ばれた直後に、メングスに二点肖像画を描いてもらっている。

21　ハインリヒ・マイヤーの著書『十八世紀の美術史概要』の一節。

三月

通信

ローマにて、三月一日

日曜日にシスティナ礼拝堂に行くと、教皇が枢機卿たちと一緒にミサに列席していた。四旬節なので、枢機卿たちは赤ではなく紫の衣をつけており、目新しい光景だった。二、三日前にアルブレヒト・デューラーの絵[1]を見たが、それと同じ光景を実際に自分の目で見ることができて嬉しかった。全体のようすは比類なく雄大で、しかもシンプルである。すべてが同時展開する復活祭の前週に、ちょうどここへ入ってきた外国人たちが呆然《ぼうぜん》としても、不思議ではない。私は、礼拝堂そのものはよく知っており、去年の夏、ここで昼食をし、教皇の御座で昼寝をし、絵は十二分に見ていた[2]が、こうして儀式に必要なものがすべて取りそろえてあると、また別の趣《おもむき》があり、前とは勝手がちがうように思われた。

スペイン人モラレス[3]の作曲した古いモテット[4]がうたわれ、これから先の行事の感触がつかめた。カイザーも「これは、ここでしか聞けない音楽、そしてここで聞くべき音楽です。ひとつには、パイプオルガンや楽器なしに、歌手はこうした歌を練習できないでしょうし、もうひとつには、これが教皇の礼拝堂の古風な調度や、ミケランジェロの絵の全体的な調和、すなわち最後の審判や預言者や聖書の物語に、比類なく適合した歌だからです」という意見だった。カイザーはいつかこれらすべてについて、確たる報告をするだろう。彼は古《いにしえ》の音楽にたいそう心酔しており、それにかかわることはすべてたいへん熱心に研究している。

そういうわけで家には特筆すべき讃美歌集がある。イタリア語の韻文になったものを、ヴェネツィア貴族ベネデット・マルチェッロ[5]が今世紀の初頭に作曲した。彼は多

1　この絵については不明。
2　一七八七年報告八月、九八〜一〇〇頁参照。
3　クリストバル・デ・モラレス（一五〇〇頃〜五三）。モテットとミサ曲の大家。
4　十三世紀以来ヨーロッパで発達した、聖書の詩編などを歌詞にもつ多声の宗教的声楽曲。
5　法律家・ヴェネツィア共和国高官（一六八六〜一七三九）。ジローラモ・アスカニオ・ジュスティニアーニによる最初の五十の讃美歌を作曲したことで有名。

くの曲にユダヤ人の節まわしを、またあるものにはスペイン風の、あるものにはドイツ風の節まわしをモチーフとして取り入れ、その他の曲には古代ギリシアの旋律を基礎とし、芸術への深い理解と知識と節度をもって作り上げた。ソロもあれば、デュエットや合唱もあって、信じられないほど独創的に作曲されている。もっともまずそれを聞く耳を養っておかねばならないのだが。カイザーはこれを高く評価し、そのいくつかを書き写すつもりでいる。一七二四年にヴェネツィアで印刷され、初期の讃美歌集五十編が収められているもので、いつかは全作品が入手できるかもしれない。ヘルダー君に探してもらえないだろうか。彼なら、この興味深い書をどこかの目録で見つけるかもしれない。

私は勇気を出して、当座の自著三巻について同時に考えてみた。いま自分が何をなそうとしているのかが、はっきりわかる。神よ、それを成しうる気分と幸運を与えたまえ。

この一週間は、思い返すと、一ヵ月に感じられるほど充実していた。

まず第一に『ファウスト』のプランができあがった。この荒療治がうまくいくといいのだが。もちろんこの作品をいまの私が書きあげるのと、十五年前[6]の私がに書きあげるのとではわけが違うのだが、この十五年のあいだに何ひとつ失われていないと思うし、ことに導きの糸をいまこそ見い出したと信じている。全体の調子に関しても、満足している。すでに新しい場面[7]をひとつ書き上げたが、この白い紙を少しあぶって黄ばませれば、昔書いたものと区別がつかないだろう。長く休息し、世間から遠ざかって暮らすことで、私本来の標準的な在り方に戻ったわけだが、不思議なことに、私は昔と変わっておらず、歳月や出来事を経ても、私の内面はほとんど損なわれていなかった。昔の原稿を前にするたびに、感慨をおぼえる。初稿は、主要な場面は腹案も作らずに書き下ろしたが、時を経てすっかり黄ばみ、ひどく損なわれていて（草稿を重ねたままで、綴じていなかった）、ぼろぼろで、縁《へり》の部分はつぶれ、実際に古代の法典の断編のように見える。あのころは熟考し、おぼろげに予感しながら過去の世界に身を置いたが、いまはみずから体験した過去にふたたび身を置いている。

6　一七七二年から七五年にかけて執筆された最も初期のもの。「ウルファウスト」と呼ばれる。

7　メフィストフェレスとの契約の場面。

『タッソー』のプランもまとまり、八巻にいれる種々雑多な詩もたいていは清書した。『芸術家の地上のさすらい』[8]は改作して、『芸術家の神格化』を付け加えようと思っている。こうした青年時代の着想をいま詳しく検討してみると、あらゆる細部が生き生きと胸に迫ってくる。自分でも楽しみだし、五巻、六巻、八巻にこのうえない期待をかけていて、それらが全体としてすでにまとまって眼前にあるようだ。考えたことを一歩一歩、実行するために、いまは閑暇と心の平穏だけを願おう。

さまざまな小さな詩を配置するのに、ヘルダー君の『雑考集《ツェアストロイテ・ブレッター》』の詩集に範をあおいだ。かくもかけ離れたものを結びつけるのに適した手段を、そしてあまりにも個別的で瞬間的に生まれた詩を、多少とも楽しめるものにする手法を見つけたように思う。

メングスの著書の新版が届いたのは[9]、このような熟考をした後だった。いまや私にとって限りなく興味深い書である。なぜなら、この本をせめて一行だけでも、きちんと理解しようとすると、必然的にあらかじめ、感覚的に把握しておかねばならないことがあるのだが、私はすでにそれをそなえていたからである。この書はあらゆる意味においてすぐれており、読んであきらかに有益でないページは、一ページもない。メングスの美についての断章は、ピンとこないという人もいるが、私はおおいに啓発され、有難かった。

さらに色彩についていろいろ考察した。[10] 色彩は、これまでいちばん理解できなかった部門なので、私にとってたいへん重要な問題である。いくらか修練を積み、思索をつづければ、この地球の表面を美しく彩り楽しませてくれるものを、わがものにできるだろうと思っている。

ある朝、一年ぶりにボルゲーゼ画廊[11]へ行ってみたら、前よりもはるかに見る目が養

8　一七七三年秋に成立した戯曲ないし断片。『芸術家の神格化』とともに第八巻に収められた。

9　数ヵ月前にカルロ・フェアがメングスの美学に関する著作集を新たに刊行していた。ゲーテの言う「美についての断章」は、おそらくそのなかの「美についての夢想」「美についての新たな論考の断章」をさしている。メングスについては上巻、一七八六年十一月十八日付け、二七〇頁参照。

10　ゲーテ著『色彩論』（一八一〇）参照。特にイタリアでの体験が、ゲーテを色彩に関する考察へ向かわせた。

われていて嬉しかった。ボルゲーゼ公の所蔵品には、えも言われぬ至宝がある。

ローマにて、三月七日

有益で充実した静かな一週間がまた過ぎていく。日曜日には教皇の礼拝堂に行きそこねたが、その代わり、アンゲーリカと一緒に、まちがいなくコレッジョのものと思われるたいそう美しい絵を見た。ラファエロの頭蓋がおさめられている聖ルカ美術院《アカデミー》[12]のコレクションを見た。この遺物は本物らしく見える。美しき魂が宿り、悠々と活動できそうな、みごとな頭蓋骨。公爵がこの模造を所望しており、おそらく入手できるだろう。ラファエロが描いた絵[13]が同じ広間にかけられていて、彼にふさわしい作品と思われる。

カピトリーノの丘をふたたび見学し、まだ見ていなかった他の二、三のもの、特にいつも見そこねていたカヴァチェッピ[14]の家を見た。多くの貴重なものの中で、特に嬉しかったのは、モンテ・カヴァッロにある巨像の頭部の模造二点である。カヴァチェッピの家では、この模造のすばらしい美しさをくまなく間近で眺めることができる。ただ残念なことに、いちばんいい模造が歳月と風雨のために、顔のなめらかな表面が凸凹になり、近づくと、天然痘で醜く損なわれたように見える。

今日は枢機卿ヴィスコンティ[15]の告別式が聖カルロ教会で行われた。教皇の聖歌隊が荘厳ミサを歌うというので、明日にそなえて耳を清めておこうと思って出かけた。レクイエムをソプラノ二人で歌っていて、めったに拝聴できない珍しいものなので、注意を喚起したい。しかしながらその際、パイプオルガンや他の楽器による伴奏はない。パイプオルガンがいかに不快な楽器であるか、昨晩のサン・ピエトロ教会の合唱で

11　当時ボルゲーゼ宮にあり、ローマで最も重要な美術館だった。ゲーテは一七八六年十一月二十六日にもボルゲーゼ画廊を視察している。

12　一五九三年に設立された。一八三三年にパンテオンにあるラファエロの墓をあばいたとき、聖ルカ美術院にある頭蓋はラファエロのものではないことがわかった。

13　「聖母を描く聖ルカ」。十九世紀の初めまでラファエロ作とされていたが、今日ではラファエロの弟子ジョヴァン・フランチェスコ・ペンニ（一四八八頃～一五二八頃）作という説が有力である。

14　バルトロメオ・カヴァチェッピ（一七一六頃～九九）。著名な彫像修復家でヴィンケルマンの友人。

15　アントニオ・ウージェニオ・ヴィスコンティ。ミラノの人。

気づいた。パイプオルガンが夕べの祈りの伴奏をしたが、人間の肉声とまったく溶け合わず、音が強大すぎる。これに対して、システィナ礼拝堂では声楽だけなので、実に魅力的である。

二、三日前から曇り空の穏やかな天候である。アーモンドの樹はほとんど花が散り、いまは緑にもえ、樹冠にわずかな花が見られるだけだ。これからは桃の花が美しい色彩で庭を飾るだろう。常緑灌木トキワガマズミが廃墟のいたるところに咲き、生垣のニワトコはすべて芽吹き、そのほか名も知らぬ草木が繁茂する。石垣や屋根にも緑の草が生え、花が咲いているところがある。ティッシュバインがナポリから来るというので、部屋をうつった。[16] 今度の部屋からは、無数の小さな庭や、多くの家々の奥にある歩廊など、多様な眺めがおおいに楽しめる。

少し彫塑をはじめた。知識に関しては、はっきりと確実に進歩したが、いざ実践して応用しようとすると、少しまごついてしまう。仲間たちもみな同じような調子である。

ローマにて、三月十四日

来週ここでは、数々の祭典がどっと押し寄せてきて、それにしたがわねばならず、考え事や仕事が手につかないだろう。復活祭のあと、まだ見ていないものを見物し、運命の女神が紡ぐ糸を断ち切り、勘定をすませ、荷物をまとめ、カイザーと一緒にここを立ち去ろう。万事、望み通り、計画通りにいけば、四月末にはフィレンツェにいる。当面、欠かさずお便りしよう。

外的契機[17]からさまざまな処置を講じ、新たな立場に身をおいて考えたせいで、私のローマ滞在がますます美しく、有益で、幸福なものとなったのは、なんとも不思議なことである。「この最後の八週間で、人生の最高の満足を享受した。少なくともいまこそ究極点を知ったのだ」と言えるだろう。将来、この究極点を基準にして、温度計で私の生の充実度が測れるかもしれない。

今週は悪天候にもかかわらず、具合よく過ごせた。日曜日にはシスティナ礼拝堂で

16 ゲーテはコルソ通りに面した家の上の階にうつった。
17 公爵がゲーテに、イタリアで自分の母アンナ・アマーリアを迎えるように要請したこと。

パレストリーナ[18]のモテットを聞いた。火曜日には幸運にも、復活祭の前週に奏する音楽の各種の曲が、ある外国の婦人に敬意を表して広間で歌われることになり、私たちはきわめて好条件で聞くことができた。これまでにもたびたびピアノに合わせて歌われてきた曲なので、一通り理解できた。信じられないほど壮大でシンプルな曲だが、この場所、この状況でしか保てない芸術作品で、演奏されるたびに新たなものになりそうだ。くわしく考察すると、さまざまな職人技的な伝統が前代未聞のすばらしい作品にしているのだが、それが跡形もなく消えて、にもかかわらず何やら傑出したものがのこり、新鮮な感じがする。これについてはいずれ、カイザーが説明してくれるだろう。彼は、ふつうは誰ひとり入れてもらえない礼拝堂でのリハーサルを特別なはからいで拝聴できるから。

さらに今週は、前もって骨と筋肉の研究をしてから脚部の彫塑をしたら、師匠に褒められた。全身をこんな風に十分研究したら、かなり賢くなるかもしれない。ローマにいれば、どんな対策も講じられるし、賢明な人びととの多様な助言でうまくやっていける。自然をかたどった、美しい解剖学的鋳型というべき骸骨の足部を一点、たいそう美しい古代の足部六点を、いずれも手本として所持し、他にも悪い見本として形の悪い足部を何点か所有している。大自然に助言を求めることができ、どこの別荘へ行っても、足部を見る機会が得られるし、絵画を見れば、画家たちが何を考え、どう描いたかがわかる。三、四名の芸術家が私の部屋に日参するので、かれらの助言やコメントを活かしているが、厳密に言えばそのなかで、ハインリヒ・マイヤーの助言と後押しが私にはいちばん役立つ。この追い風、この境遇にあって、船がまったく進まないとしたら、それは船に帆がないのか、舵取りの頭がおかしいかのいずれかだろう。これまで美術を概観してきたが、これからは注意深く勤勉に個々の部分の研究を進めることが不可欠である。果てしない世界を前進するのは楽しい。

いたるところを歩きまわり、これまでおろそかにしてきた対象を観察し続けている。そこで初めてラファエロの別荘[19]に行ってみた。ラファエロがどんな芸術や名声よりも、むしろ恋人のかたわらで生を享受することを選んだ館であり、聖なるモニュメントである。ドーリア侯爵が入手し、この館にふさわしく取り計らいたいと考えているらし

18　ジョヴァンニ・ピエルルイージ・ダ・パレストリーナ（一五二五頃〜九四）。イタリア・ルネサンス後期の音楽家。カトリック教会音楽の規準となる様式を確立した人物。

い。ラファエロは恋人にさまざまな種類の衣装やコスチュームをまとわせて、二十八回も壁に描いた。歴史的題材を扱った作品ですら、画中の女性たちは恋人に似ている。館のある場所は実にすばらしく、書き記すよりも、直接お話ししたほうがうまくいくだろう。あらゆる細かい点に言及せねばならないから。

つぎにアルバーニの別荘[20]へ行き、一通り中を見回した。すばらしい天気だった。昨夜は雨がはげしく降ったが、いまはまた太陽が輝き、窓の前には楽園がひらけている。アーモンドの樹はすっかり緑で、桃の花はもう散りはじめ、レモンの花が梢でほころびかけている。

私が当地を去れば、三人[21]が心から悲しむだろう。かれらは私において得ていたものを二度と見出すことはないだろうし、私も悲痛な思いでかれらから去っていく。ローマで私ははじめて私自身を発見し、はじめて私自身とひとつになって幸福かつ理性的になった。この三人は意味合いも度合いもさまざまだが、そんな私を知悉し、所有し、享受したのである。

ローマにて、三月二十二日

今日はサン・ピエトロ教会へは行かずに、短い手紙を書こう。いまや奇蹟と苦難の聖なる一週間が過ぎた。明日は教皇の祝福をうけ、そのあと心はまったく違う生活に向かう。

親切な友人たちの厚意と尽力のおかげで、あらゆるものを見たり聞いたりした。特に巡礼の洗足式と聖餐式は大混雑のなかでしか見られないものである。特に礼拝堂の音楽は想像を絶するほど美しい。特にアレグリの[22]「ミゼレーレ（神よ、我

19　ヴィラ・ボルゲーゼの敷地にある。画家はこの館を所有していたわけではなく、ここに住んだこともなく、画家の名が冠されている理由や、誰が建てたのか、最初の所有者は誰かということもわかっていない。一七八五年に枢機卿ジュゼッペ・ドーリアがオルギアティ侯爵から手に入れたが、その後いくたの変遷をへて一八四九年その大半が破壊された。

20　一七五八年、ポルタ・サラリーアの前に枢機卿アレッサンドロ・アルバーニによって設立。古代美術品のコレクションはヴィンケルマンの助力によるもの。

21　アンゲーリカ・カウフマンとモーリッツ。もうひとりはハインリヒ・マイヤー、もしくはフリッツ・ブリー、あるいはゲーテの恋人ファウスティーナではないかと推測されている。

を憐れみたまえ）」と、いわゆる「インプロペリア」[23]と呼ばれる、十字架にかけられたキリストが民衆を非難する曲はすばらしい。聖金曜日の早朝に歌われる。十字架を拝するために、一切の華麗な服装をぬぎすてた教皇は御座をくだり、他の人々は身じろぎもせず、水を打ったように静まりかえったその瞬間、「わが民よ、私はそなたたちに何をしたというのか」という合唱がはじまる。これは、あらゆる注目すべき儀式のなかで最も美しいもののひとつである。これはすべて直接、お話ししよう。音楽によって伝達できるものについては、カイザーが伝えてくれるだろう。私は望み通り、儀式で享受しうるものはすべて享受し、その他の部分については心ひそかに考察を加えた。いわゆる功徳はなく、そもそも畏怖の念はおぼえないが、これらの儀式を完璧なものにつくりあげたのは、キリスト教の伝統であると認めざるをえないので、ただただ感嘆した。教皇の儀式、ことにシスティナ礼拝堂では、カトリックの勤行において他所《よそ》なら好ましくないと思われることもすべて、すばらしい美的センスと申し分のない品位をもって行われる。過去何百年にもわたって、あらゆる芸術、あらゆる術《わざ》を意のままにしてきた所だからこそ、成し得ることである。

これに関する個々の点については、いまお話しするわけにはいかない。そうこうする間にも例の件に誘発されて腰を落ち着けたりせず、滞在延期など考えなかったとすれば、来週には当地を発つことができたろう。だが私にとって最良の結果になった。このごろまた大いに研究し、私が期待した画期的な一時期が終了し、完成したのだからしっかりした足取りで進んでいく道をふいに離れるのは、つねに奇妙な感じがするものだが、大騒ぎしたりせずに順応してゆかねばならない。大きな別離には、つねに狂気の萌芽がひそんでいる。くよくよ思い悩んで、そうしたものを助長させないように注意しよう。

美しいスケッチをナポリから受け取った。シチリアの旅をともにした画家クニープから送られたものである。私の旅の美しく愛すべき成果であり、君たちにとってももっとも好ましいものだろう。目の前に差しだせるものこそ、もっとも確実な土産《みやげ》なのだから。そのなかの二、三点は色調からみてすばらしい出来栄えで、あの世界が、

22 グレゴリオ・アレグリ（一五八二〜一六五二）。「ミゼレーレ」は旧約聖書詩篇第五十一篇をもとに作曲した合唱曲。
23 ラテン語で「非難」の意。パレストリーナが一五六〇年に作曲した。
24 アウグスト公からの要請。一七八八年三月十四日付け、三八一頁、注17参照。

シチリアがかくも美しいなんて、君たちには信じられないほどだろう。

私がローマでますます幸福になったこと、そして、いまも毎日、喜びは増していること、これだけははっきりと言える。いまこそ滞在にふさわしい者になれたのに、別れを告げねばならないのは、悲しむべきことに見えるかもしれないが、同時に、これほど長く滞在できて、このような点に到達できたことは、大きな慰めでもある。

ちょうどいま主キリストが、すさまじい轟音《ごうおん》とともに復活されるところだ。城塞[25]では合図として号砲が発射され、鐘という鐘が鳴り響き、いたるところで爆竹、打ち上げ花火や仕掛け花火の音が聞こえる。午前十一時である。

報告

三月

思い出すのは、フィリポ・ネーリがローマの七つの総本山に詣でることをしばしば自分の義務とし、これによって自分の熱烈な信仰の明白なあかしとしていたことである。しかしここでは、記念祝典のためにやってくるすべての巡礼者が、上述の総本山をかならず巡礼してまわらねばならないこと、しかも一日でまわる場合には、実際に各教会がだいぶ離れているので、あの骨の折れる旅路と同等にみなされることを述べておく。

この七つの教会とは、サン・ピエトロ、サンタ・マリア・マッジョーレ、市街の外のサン・ローレンツォ、サン・セバスティアーノ、ラテランの聖ヨハネ、サンタ・ク

---

25 サンタンジェロ城のこと。ハドリアヌス帝の霊廟として造られた。一三五年着工、一三九年完成。

ローチェ・イン・ジェルサレンメ、市壁の前のサン・パオロである。

　このような巡礼を地元の信者たちも、復活祭の前週に、ことに受難の金曜日に行う。信者たちはこれで免罪を得るという宗教上のご利益《りやく》があり、さらに食事という俗世の楽しみもあるので、そうした点で巡礼の目的はいっそう魅力的なものとなる。

　つまり、巡礼を終え、しかるべき証明書をもって最後にふたたびサン・パオロの門をくぐると、そこでチケットがもらえる。このチケットをもっていると、定まった日にマッテーイの別荘[26]で行われる、敬虔な民衆の祝宴に参加できる。そこで入場者はパン、ワイン、チーズや鶏卵といった軽食をうけとり、その際に食事を楽しむ者は、庭園のあちこち、とりわけそこの小さな円形劇場に陣取る。その向かいの別荘の集会所には上流の人たちが集う。枢機卿、高位聖職者、侯爵や紳士たちが眺めを楽しみ、同時にマッテーイ家の喜捨による佳肴《かこう》にあずかるのだ。

　十歳から十二歳くらいの少年たちの行列が近づいてくるのが見えた。みな、僧服ではなく、職人の徒弟が祭日に着て歩くのにふさわしいような、色も仕立てもおそろいの服で、二列に並んで歩いている。その数は四十人ぐらいだろうか。歌い、神妙に連禱を唱えながら、静かに行儀よく歩いていく。

たくましい職人風の老人が、かれらのそばにつき添って歩き、全体を統率しているように見えた。このきちんとした身なりで通り過ぎてゆく行列のしんがりに、物乞いのようにはだしで、ぼろを着た子供たちが六人ほどいるのが目についた。この子供たちも同じように行儀よく歩いていく。聞くところによると、「あの老人の職業は靴屋です。子供のいない彼は、昔、貧しい少年を徒弟として引きとり、好意ある人びとの援助で、衣類をあたえ、身を立てさせようという気になりました。これが先例となって、彼は、他の親方たちにも同じように、彼がやはり身を立てさせようと心をくだいた子供たちを引きとらせることに成功しました。このようにして小さな集団ができあがり、彼は、こうした子供たちが日曜や祭日にぶらぶらして悪に染まらないようにするために、たえず敬虔なふるまいをするように促し、それどころか遠く離れたところにある各本山を、一日のうちに参詣するように仕向けました。こうしてこの信心会はますます大きくなり、彼はこの称賛に値する巡礼を依然として実行しています。この

26　一五八二年に建てられた。今日のチェリモンターナ別荘。

ように目立って有益な会には、受け入れることができる数よりも多くの子供たちが押しかけてくるので、一般人の善行をよびおこす方策として、衣類をあたえて面倒をみてあげねばならない子供たちを行列に加えています。そうすれば、あの子、この子の面倒をみるのに十分な寄付をそのたびに得られますから」という。

そのような話を聞いていると、年かさの、ちゃんとした身なりの少年たちのひとりが、私たちの近くに来て、お盆をさしだし、きちんとした言葉づかいで、衣服も靴もない子供たちのために、つつましく寄付をつのった。その少年は、心を動かされた私たち外国人から十分な寄付を得たばかりでなく、あたりに立っていた、ふつうなら小銭すら出し渋るローマの男女からも寄付を得た。かれらは、口をきわめて件《くだん》の立派な行いを祝福し称賛し、その少ない寄付金に信心深げな勿体《もったい》をつけることを忘れなかった。

庇護されている子供たちが前述の巡礼によって信仰心を深めてから、いつも件の寄付にあずかるのかどうか知りたかった。この敬虔な養い親の高尚な目的には、かなりの実入りがあるはずなので。

美の造形的模倣について[27]

——カール・フィリップ・モーリッツ、ブラウンシュヴァイクにて、一七八八年——

このタイトルのもとに、六十ページほどの小冊子が印刷された。モーリッツが原稿をドイツに送ったのは、イタリア旅行記を書く約束で前借りしている出版社をいくぶんかでも安心させるためだ。むろんイタリア旅行記は、冒険的なイギリス旅行記[28]ほど気軽に書き下ろせるものではない。

上述の小冊子「美の造形的模倣について」にふれないわけにはいかない。これは私

27　モーリッツの論文はゲーテの論文《Einfache Nachahmung der Natur, Manier und Stil》（自然の単純な模倣、手法、様式）（一七八七年七月二十二日付け、五七頁、注19参照）や、カントの美学における《das interesselose Wohlgefallen（私利私欲をはなれて好ましく感じること）》や芸術の自律性といったテーマとも関連している。

28　出版社を営むカンペとモーリッツのイギリス旅行記については一七八七年報告八月、一〇三頁、注42、43参照。

たちの談話から生まれたものを、モーリッツが彼の流儀で活用し、練り上げた書である。ともあれ、あの頃、いかなる考えが私たちの前にあらわれたかが見てとれ、歴史的に見ていくぶん興味深いかもしれない。その後、こうした考えは発展し、検討され、応用され、今世紀の思考方法とうまく合致して流布していったのである。

議論の中心となる数ページをここに挿入したい。これがきっかけとなって、全文が重版になるかもしれない。

「天才が造形するとき、活動力のおよぶ範囲は、大自然そのものと同じく広大でなければならない。すなわち、構造は精緻でなければならず、万有を包み、滔々《とうとう》と流れる大自然と、かぎりなく多くの共通点を有するものでなければならない。自然の次元では、大規模に隅々までおよんでいるものが、芸術作品では小規模に、互いに押しのけ合わないように、十分な余地をもって並存していなければならない。

この精緻な構造が十全に展開し、みずからの活動力をおぼろげに予感するうちに、目や耳、想像力や思考力ではとらえることができなかった全体をふいに把握する。すると必然的に不安定になり、不均衡になり、ふたたび均衡をとりもどすまで、ゆらぎを見せることになる。

魂が気高く大いなる自然全体をおぼろげな予感のうちに把握する活動力をもつ場合、明瞭に認識する思考力、より生き生きと描き出す想像力、このうえなく明敏に反映する外的感覚は、個々のものを大自然と関連づけて観照することに、もはや飽き足らなくなる。

活動力においておぼろげに予感された、あの大いなる自然全体はすべて必然的になんらかの方法で、目に見えるもの、耳に聞こえるもの、あるいは想像力でとらえられるものとなる。そういう状態になるために活動力は、自分のなかでまどろむあの大いなる自然全体を、自分の力に応じて、自分の内部から生み出さねばならない。活動力は、あの大いなる自然全体が有するすべてと、そのなかの最高の美を、光線の尖端のごとく、焦点でとらえる。――この焦点から、目の照準範囲にしたがって、最高の美の繊細にしてしかも忠実な像が完成される。そしてこの像は、大いなる自然全体を小規模にして、自然そのものと同じように真に正しくとらえていなくてはならない。

さて、この最高の美が複製されるには、当然ながら何かよりどころが必要なので、造形力はその個性に左右されながら、目に見え、耳に聞こえ、あるいは想像力でとらえられる、なんらかの対象をえらび、最高の美を縮約して写し取ることになる。――そしてこの対象もまた、その表現が本物であるならば、自分以外の独断的な全体性を容認しない大自然と、これ以上のつながりをつづけることはできないだろう。かくして、内的本質は芸術によって自律性をもつ作品につくりあげられ、大いなる自然全体を支障なく十全に反映できないと、その都度まずちがう形であらわれることになる。

しかしまさに美が横溢する自然の壮大さは、もはや思考力の領域におさまらないので、美の造形的模倣という生き生きした概念が生じるのは、発生の最初の瞬間、美を生み出す活動力を感じるときだけである。そしてその瞬間に、作品はすでに完成されている。つまり、作品はおぼろげな予感のなかで、次第に生成されるものなのだが、この瞬間、作品はそうしたあらゆる段階を走破して、ふいに心のなかにあらわれる。作品はこの最初の創造の瞬間に、いわば現実の存在に先立って存在する。そのためにまた、創造的な天才を間断なき造形へと駆り立てる、あの名状しがたい魅力も生じる。

美の造形的模倣について考察することは、美術作品そのものを純粋に享受することと調和するので、たしかにその考察によって、この生き生きした概念に近いものが私たちのなかに生じ、そのために美術作品の味わいが増す。しかし、私たちが美を最高に享受しても、それは自力で美を生成することと重なり合うわけではないので、自力で美を生成し、その美を最高に享受できるのは、つねに創造的な天才だけである。それゆえ美は生まれること、生成することで、すでにその最高目的を達成している。美の受容は、美がそこに在ることの帰結にすぎない。それゆえ造形する天才は自然の大いなる構想のなかで、まず天才自身のために在り、それからようやく私たちのために在る。なぜなら天才の他に、私たちが、すなわち、みずから創造し造形することはできなくても、ひとたび芸術作品が生み出されれば、それを想像力で包みこむことのできる人間が存在しているからである。

　美の特性は、まさしく美の内的本質がもはや思考力のおよばぬ領域で美が生じ、美が独自に生成する点にある。思考力が美に接して、『なぜ美しいのか？』ともはや問うことができないからこそ、美しいのだ。つまり思考力には、美を評価し考察できる比較の基準点が完全に欠落している。真正の美に対して、思考力で包摂できない、調和的で大いなる自然全体の総体と比較する以外に、いかなる比較の基準点が存在するというのか？　大自然のここかしこに点在するあらゆる個々の美は、あの大いなる全体の総体が多かれ少なかれ、そこに姿をあらわす場合のみ美しい。そういうわけで、この個々の美は決して造形美術の美にとって比較の基準点として役立つことができず、美を真に模倣するときにも模範とはなりえない。なぜなら自然の個々のものにおける最高の美であっても、荘厳で大いなる、すべてを包摂する自然全体をみごとに模倣したものに比べると、十分に美しいとはいえないからである。したがって、美は認識されえないものであり、生み出されるもの、あるいは感受されるものなのだ。

比較の基準点がまったくないために、美は思考力の対象ではないというのであれば、みずから美を創造できない場合には、美を享受しえないことになってしまう。美を美の程度の低いものに近づけても、そうした程度の低い美を、私たちは決してよりどころにできないからである。――つまり、創造力そのものでなくても、創造力にできるかぎり近い何かが、私たちのなかで創造力の代わりになれないなら、ということである。この創造力の代わりになるものが、美に対するセンスもしくは感受能力と呼ばれるものだ。そしてこの感受能力がまあまあであるとき、美の創造という高度の楽しみは味わえなくても、だれにも邪魔されずにゆっくりと静かに鑑賞すれば、その埋め合わせができる。

感覚器官が十分に精緻な働きをせず、流れ込んでくる自然全体に、大いなる自然のすべてを、芸術作品に完璧に反映するのに必要な多くの共通点を提供することができず、画竜点睛《がりょうてんせい》ともいうべき最後の一点が欠けている場合、そなえているのは造形力ではなく、美に対する感受能力にすぎない。そういう場合、美を外部に表現するどんな試みもうまくいかず、美に対する感受能力が造形力――この造形力こそ、自分に欠けているものである――に近接していればいるほど、自分自身に対する不満がつのることになる。

なぜなら、美の本質は芸術の自律性にあるので、画竜点睛ともいうべき最後の一点が欠けていると、他の点がみな在るべき位置からずれてしまうので、無数の点が欠けているのと同じくらい、美がそこなわれるからである。この作品完成の最後の一点がないと、芸術作品は着手したときの苦労も、生成に要した時間もむだになってしまう。無用なまでの劣悪さに堕し、必然的に忘却の淵にしずみ、作品の存在そのものが消えてゆく。

同じように、この作品完成の最後の一点がないと、的確に作品を構築してゆく造形能力にも、無数の点が欠けているのと同じくらいの害をあたえる。感受能力にとって最高の価値をもつものでも、造形力にとってほとんど顧みるに値しないものだろう。

感受能力が分をわきまえないと、その時点で感受能力は必然的にしぼみ、消え、滅んでいく。

ある種の美に対する感受能力が申し分のないものであればあるほど、思い違いをして、おのれの感受能力を創造力とみなす危険が増す。そうして無数の試みをしては失敗し、おのれの平穏がかき乱されてしまう。

たとえば感受能力は、なんらかの芸術作品の美を味わう際に、同時にその作品の生成を通して、作品を生み出した造形力を垣間見る。美をみずから創造するのに十分に強大なこの力を感じながら、こうした美の高度な味わいをおぼろげに予感する。

既存の作品では体得できないこの高度な味わいに、ひとたびあまりにも深くゆさぶられた感受性は、自分でも類似のものを作ろうと努めるが、無駄である。自作を憎み、投げ捨て、自分の感受性以外の美がそこにあっても、楽しみが台無しになってしまう。美が自分の感受性の関与なく存在しているために、そこに喜びを見出せないのである。

感受性は、自分には拒まれた、あのおぼろげに予感した高度な味わいに関与することをひたすら望み求める。すなわち、自分のおかげで存在する美しい作品に、自分ならではの造形力を意識して、自分自身を反映したいと願う。

しかし感受性のこの願いは、永久にかなえられない。なぜなら、この願いを生み出しているのは、エゴイズム、私利私欲、利己心であり、いっぽう美とは、美であるがゆえに芸術家の手によってとらえられ、芸術家によって喜んですなおに形をなしてゆくものだからである。

創作を意図する造形衝動のなかにただちに、美の完成時にゆるされる、美を味わうイメージが混入する場合、また、活動力が作品へ没入し、みずから突き進むのを実感できず、このイメージが活動力の最初で最強の原動力である場合には、その造形衝動は純粋なものとはいえない。美の焦点・完成点は、作品そのものからはみ出して、効果ねらいに堕してゆく。光は分散し、完結した作品像をむすぶことができない。

みずから創造した美という最高の味わいが間近にあると思われたのに、それを断念するのは、むろん苦しい戦いのように見えるが——この苦闘は、次のケースにおいて、きわめて楽なものになる。すなわち、ひとたび自分が手にしたと自惚れているこの造形衝動から、自分で気づいた利己的興味の痕跡をすべて消し去り、造形衝動の本質を純化する場合、また、自分が創造したいと思う美がいまそこに在って、自分の力を感じることで許される、あの美を味わうイメージを可能なかぎり追放しようとつとめるなら、――それは死にようやく完遂されるものかもしれないが、それでも完遂しようと努めるなら――その場合、この苦闘は楽なものになる。

次に、ほのかに予感される美がそれ自体、なおも十分な魅力を保持し、活動力をゆさぶり、美を創造させるなら、造形衝動は真正かつ純粋なものなので、安んじてこの造形衝動にしたがってかまわない。

しかし享受や効果をまったく考えなければ、魅力も失せ、そうなると、もはや闘う必要はなく、心の平穏が得られる。そして感受能力がその正道にもどり、慎ましく分をわきまえると報いられて、感受能力の本質のままに美を純粋に味わうことができる。

ただし、造形力と感受力の分水嶺《ぶんすいれい》はどこにあるのかという点になると、まちがえて踏み込みすぎてしまうことが非常に多いので、美術作品のなかに最高の美を真正に写しとった作品が一点あれば、それに対して、まちがった造形衝動によるあやまった僭越な模写が常に千点あるというのは、別にふしぎなことではない。

すなわち真正の造形力は、作品が生まれるとすぐに、美をまっさきに最高度に味わうことによって確実に報われる。また、真正の造形衝動のいちばん最初のきっかけとなる要因は、自作を味わう予感ではなく、造形衝動からくるので、その点でまちがった造形衝動と区別される。この熱情の瞬間、思考力自体は正当な判断をくだすことができないので、あれこれ試みて失敗をかさねないと、この自己欺瞞からのがれることはほぼ不可能である。

真正な造形力でも、目の前にあったほうがよいものを、想像力の前に置こうとしたり、耳で聞いたほうがよいものを、目の前に置こうとしたりして、しばしばまったく見当ちがいの方向をとるので、試みが失敗しても、かならずしも造形力の欠如を証明するものではない。

内在する造形力は、必ずしも自然に成長し熟成するわけではなく、決して成長をのぞめないような、まちがった道をとることもあるので、真正な美はめったに残らない。また思い上がった造形力からも、自然に低俗で粗悪なものが支障なく生じるので、まさにそれゆえに、真に美しく気高いものはその希少価値によって、粗悪で低俗なものと区別される。

さて、感受能力にはつねに造形力が成果をみせることでしか穴埋めできない、いわば空白の部分がある。——造形力と感受能力は、男性と女性のような相互関係にある。というのも、造形力もまた、はじめて作品が生まれる際に味わう最高の喜びの瞬間には同時に感受能力であり、自然と同じように、みずから自分の実体の複製を生み出すからである。

したがって、感受能力ならびに造形力は、構造が大いなる自然全体と接点をもち、完全な、もしくはほぼ完全な複製である場合には、精緻な構造に基づいている。感受能力ならびに造形力は、思考力よりももっと多くを包摂する。この両者が基礎をおいている活動力は、私たちが持ちうるあらゆる概念のうちで最初の契機となるものを、たえず自分自身から紡ぎだしながら、みずからのうちに担うので、思考力がとらえるあらゆるものをも同時にとらえる。

この活動力は、思考力の領域に属さないすべてを創造的に表現する場合には、造形力と呼ばれ、思考力の領域外にあるものを創造とは反対向きに内包する場合には、感受力と呼ばれる。

造形力は、感受性と活動力がなければ、存在しえない。これに対して活動力は、感受力と造形力の基礎をなすものであり、本来の感受力と造形力がなくても、それだけで存在しうる。

この活動力が同じように精緻な構造に基づくかぎり、芸術作品は一般に大いなる全体と接点をもち、そのあらゆる接点において、大いなる全体の複製であってかまわず、感受力と造形力があてにしている完成度はとりたてて問題とならない。

つまり、私たちをとりまく大いなる全体のひじょうに多くのものが、つねに芸術作品をめぐる活動という接点にあつまるので、私たちはこの大いなる全体を、みずからそれであることなく、おぼろげに自己のうちに感じる。私たち人間存在にあの大いなる全体が紡ぎこまれ、それはあらゆる方向に向かってふたたび広がってゆこうとする。芸術作品をめぐる活動はあらゆる方向へ向かい、果てしなく先へ進もうと願う。この芸術作品をめぐる活動は周囲にある全体を、自己のなかに反映させようとし、可能なかぎり、その周囲にある全体そのものになろうとする。

そういうわけで、やや高次の構造をもつものは、その特質にしたがって、自分よりも下位の構造のものをとらえて、自己の存在へ移しかえる。植物は生成し成長しながら、無機物をとりこみ、動物は生成し成長し味わいながら、植物をとりこむ。人間は生成し成長し享受することをとおして、動植物を自分の内なる本質にとりこんで変化させるばかりでなく、同時に、人間の本質を反映する、もっとも明るく研ぎ澄まされた表面をとおして、自分よりも下位の構造をもつすべてのものを、自分が生きている広がりのなかで把握する。そして知覚能力・造形能力・認識能力が成長し完成すると、より美しいものにして自分の外部に再び表現する。

そうでないばあい人間は、周囲にあるものを破壊することによって現実の生活圏に引き入れ、できるかぎり破壊の手を自分の周囲にのばしていくことになる。なぜなら、純粋に無心に観照しても、現実の生を広げようとする人間の渇望を埋め合わせることなど、決してできないからである」

四月

通信

ローマにて、四月十日

体はまだローマにあるが、心はもうローマを離れている。ローマを立ち去る決心がかたまるやいなや、もはや興味が失せて、二週間前に発っていればよかったと思うほどだ。実のところカイザーのため、そしてブリーのために滞在している。カイザーは当地ローマでしかできない、二、三の研究をやりとげ、なおいくつか楽譜を集めねばならないし、ブリーは、私のアイデアによる絵のスケッチを仕上げるのに、私のアドバイスを必要としているから。

とはいえ、四月二十一日か二十二日に旅立つことに決めた。[1]

1　実際にゲーテが旅立ったのは四月二十三日。

ローマにて、四月十一日

日は過ぎてゆくが、もはや何事も手がつかず、ほとんど見物する気にもなれずにいる。誠実なマイヤーはなおも手助けしてくれ、教え教わりながら、最後まで楽しくつき合っている。カイザーをそばにおけないなら、マイヤーを連れて出発したろう。せめて一年、マイヤーと一緒にいたら、二人とも十分上達するだろう。特に彼なら、頭部のスケッチにおける、あらゆるためらいをほどなく一掃して助けてくれるだろう。

今朝、親愛なるマイヤーといっしょに、古代のもっともすぐれた立像の模造がおさめられているフランス美術院《アカデミー》へ行った。ここもう見納めかと思うと、言葉にできない。こうした作品に直面すると、人間はあるがままの自分以上に高められ、「自分が取り組むべき最も価値あるものは、ここに多種多様なすばらしさをもって現れる人間の姿形だ」と感じる。だが、このような光景に接して、すぐさま自分のいたらなさを痛感しない者がいるだろうか。覚悟していたのに、打ちのめされたように立ち尽くす。私はこれまでも、人体の比例関係《プロポーション》、解剖学、動きには規則性があることなどを多少とも解明しようと努めてきたのだが、ここでは結局、四肢の機能性、つり合い、特性や美、すべてはフォルムに包摂されていることがあまりにもはっきりと目についた。

ローマにて、四月十四日

おそらくこれ以上、混乱が大きくなることはないだろう！　例の足部の模造作りを続行しているあいだに、これからすぐに『タッソー』にとりかからなくてはという思いが浮かび、実際に私の考えもそちらへ向かった。『タッソー』は、間近にせまった旅行の好ましい伴侶となる。そのあいだに荷造りが行われ、こうした瞬間になってはじめて、収集し運び込んだものの多さに気づく。

報告

四月

ここ二、三週間の手紙には、重要なことはほとんど記されていない。芸術と友情、すでに持っているものと熱心な企て、慣れ親しんだ現在とふたたび新たに慣れなければならない未来、そうしたものの間にはさまれて、私はひどく込み入った状況にあった。そんな状態にあると、内容の乏しい手紙になってしまう。信頼できる旧友に再会する喜びは、控えめにしか口に出さなかったのに対して、別離の苦しみはほとんど隠すことができなかった。それゆえ、いま補足的にいくつか総括して報告し、当時のことから、一部は他の文書や記念物によって保存されているもの、一部はふたたび思い起こせるものだけを取り上げることにしよう。

ティッシュバインは、春になったらローマに戻るとくりかえし言っていたが、依然としてナポリにとどまっていた。ふだんは彼とうまくいっているのだが、彼には一種奇妙な癖があって、それが長期にわたると、負担になった。つまり、彼は企図したことをすべて、あやふやな状態のままにしておくので、そもそも悪意はなくても、しばしば相手方に迷惑をかけてしまうのである。今度の場合も、同じような目にあった。宿の上の階がちょうど空いていたので、さっそくそこに引き移り、[2]彼が戻ったとき、下の階が彼が戻ってきたとき、みなが具合よく宿泊できるように、住まいを移った。宿の上の階がちょうど空いていたので、さっそくそこに引き移り、彼が戻ったとき、下の階がすべて整えられているようにした。

上の階は下の階と同じつくりだった。私たちの家は角地《かど》にあったので、後ろ側は、家の庭と、四方に広がる近隣の庭が見渡せて、眺めがすばらしいという利点があった。ここからは、じつにさまざまな庭園が規則正しく石塀によって仕切られ、とりどりに手入れされ、草木が植えられているのが見えた。この緑なす花咲く楽園をほめたたえるように、いたるところに簡素で上品な建物が散在していた。すなわち、庭に面した広間、バルコニー、テラス、または丈の高い裏側の家屋には屋根のない桟敷、そのあいだにこの地方のあらゆる種類の草木があった。

私たちの家の庭では、年老いた教区僧[3]がレモンの樹の世話をしていた。ほどよい高

2　一七八七年三月七日付け、三八一頁、注16参照。

さの手入れの行き届いたたくさんのレモンの樹が、飾りのついた素焼きの壺に入れてある。夏は表に出して外気にあて、冬は庭に面した広間で保護する。熟し具合を吟味してから、果実を入念にもぎとり、一個ずつやわらかい紙に包んで、箱詰めにして発送する。品質が特別に上等なので、商取引においては人気があった。このような温室栽培は市民の家庭ではちょっとした資本とみなされ、毎年、そこから多少の利益がえられる。

晴れ渡った空のもとで、かくも優雅な光景をくまなく見渡せる、その同じ窓から、絵画作品をじっくりと見るのに申し分のない光がさしこんできた。ちょうどそのころクニープが、一緒にシチリア旅行をしたときに注意深く描いていたスケッチにしたがって、種々の水彩画に仕上げ、約束通り送り届けてくれた。いまや実に光の具合がよく、それらの絵は見る人びとの喜びと称賛のまととなった。この種の絵で清澄さや空気感において、クニープの右に出る者はいないかもしれない。それこそ彼が一心に打ち込んできたものである。これらの絵を眺めると、ほんとうにうっとりする。海の湿り気、岩の青い陰、山々の橙《だいだい》色の色調、輝きに満ちた空の下にほんのり浮かぶ遠景などをふたたび眺め、ふたたび感じるように思われたからだ。しかしこんな風に引き立つのはクニープの水彩画ばかりではない。どんな絵でもこの場所のこのイーゼルに立てると、より効果的に、より際立って見えた。思い起こせば、部屋に足を踏み入れたときに、こうした絵が魔法にかけられたように引き立って見えたことが何度かあった。

光の具合が有利・不利に、直接・間接にはたらいて雰囲気を醸しだすのだが、その謎は当時まだ解明されていなかった。光の具合そのものは十分に感知されていたし、驚嘆のまなざしを向けられてはいたが、ただ偶発的で説明しがたいものとみなされていたのである。

しだいに私たちのまわりにたくさんの石膏模造があつまってきた。この新しい住まいは、これらを好ましく配置し、光が適切にあたるように陳列するきっかけとなり、こうしてはじめて、価値ある所持品を味わえるようになった。ローマにいるときのように、たえず古代の彫刻美術品を前にしていると、自然を前にしたときのように、は

3　司教座聖堂参事会員ドン・ジョヴァンニ・マルティニ。この家の半分を所有していた。

てしないもの、はかりしれないものの前にいるのを感じる。崇高なもの、美しいものからいかに有益な印象を受けようとも、それは私たちの心を波立たせ、私たちは自分の感情や見解を言葉で表現したいと願う。だが、そのためにはまず認識し、洞察し、理解しなければならない。分類し、識別し、整理することからはじめるが、これは無理ではないにせよ、きわめて困難な仕事である。かくして結局、ながめて味わって感嘆するという態度にもどってしまう。

だが一般に、あらゆる芸術作品がもたらすもっとも決定的な影響は、それらが制作された時代や制作者個人の状況へわが身をうつすことである。古代の彫像にかこまれていると、潑剌たる自然生活のただなかにいるように感じ、人間の姿態の多様性に気づき、人間のもっとも純粋な状態にもどるので、それによって鑑賞者自身が生き生きと純粋に人間らしくなる。自然に即した、いわば姿形をさらに引き立てる衣装すら、一般的な意味で快い。来る日も来る日も、ローマでこのような環境を楽しんでいると、同時に所有欲にかられ、そのような作品を自分のそばに並べておきたくなる。すぐれた石膏像は、厳密な複製として、絶好の機会をあたえてくれる。朝、目をあけると、すばらしい作品に感動し、すべての思索と熟考にこのような形姿がつき従うので、野蛮状態に逆戻りすることは不可能になる。

ルドヴィージのジュノー[4]は、私たちの家では第一位を占めていた。オリジナルは稀に、それも偶然目にするだけだったので、この模造をたえず眼前に見るのは、幸運と思わねばならず、それだけにいっそう高く評価され、尊重されていた。なぜなら、はじめてこの像に歩み寄る同時代人で、この像を鑑賞するのに十分な力があると主張できる者はひとりもいないくらいなのだから。

この像と並んで比較のために、もっと小さなジュノーの像が立っており、とりわけジュピターの胸像、他の像はさておき、ロンダニーニのメドゥーサのすぐれた古い模造があった[5]。これは死と生、苦痛と快楽の軋轢《あつれき》を表現しながら、何か他の問題のように、私たちの心を名状しがたく惹きつける不思議な作品である。

さらに、たいそう力強く偉大で、聡明で温和なヘラクレスの像や、なによりも好ま

4　上巻一七八七年一月六日付け、三〇六頁参照。
5　ジュピターの胸像とメドゥーサの模造については上巻、一七八六年十二月二十五日付け、二九七〜三〇〇頁参照。

しいメルクリウスの像に[6]言及したい。この両者のオリジナルは、いまはイギリスにある。

浅浮き彫りの作品、さまざまな美しい素焼きの作品の模造、大きなオベリスクの頂き[7]から写しとったエジプト彫刻の模造、そのほか、二、三の大理石の模造といった断片類も具合よく配列された。

新しい住まいに数週間だけ陳列されたこれらの宝について話していると、私は自分が遺言のことをとくと考えながら、周囲の所蔵品を平静に、しかし感動の面持ちで眺める人のような気がしてくる。こういう品々は扱いが面倒で、労力と費用がかかり、いわば詮《せん》なきものゆえ、逸品をすぐさまドイツに送ることができなかった。ルドヴィージのジュノーは気高いアンゲーリカに贈るつもりでいたし、他の二、三のものは親しい芸術家に、かなりのものをティッシュバインにあげようと思っていた。その他のものは手をつけずにおいて、私の後にこの宿にうつってくるブリーによって、彼の流儀で活用されることになった。

こんなことを書きながら、私の思いははるか昔へさかのぼった。こうした対象をはじめて知ったときのことや、興味を引かれ、まったく考えが足りぬまま、熱狂的な情熱をかきたてられ、イタリアへのかぎりない憧れを抱くようになった諸々の機会が思い起こされた。

少年時代、故郷の町では彫刻作品というものをまったく見たことがなかった。はじめて見たのはライプチヒだ。いわば踊るように足を踏み出しながら、小型シンバルを打ち鳴らすファウヌスの像[8]に深い感銘を受け、いまでもその模造の個性的な特徴と周囲のありさまを思い出すことができる。だいぶたってから、天井からの採光が絶妙なマンハイム博物館[9]の展示室で、とつぜん彫像に囲まれたとき、いきなり満々と水をたたえた海に突き落とされたような感じがした。

6 ヘラクレスの像もメルクリウスの像も詳細は不明。

7 一七八七年九月三日付け、一〇七頁参照。

8 この像のオリジナルは紀元前三世紀のギリシア人によるもので、フィレンツェにある。ゲーテはプライセンブルクのエーザーのアカデミーで模造を見ている。『詩と真実』第十一章参照。

9 ゲーテはマンハイム博物館の古代美術品展示室を訪問している。上巻、一七八六年十月八日付け、一六四頁および『詩と真実』第十一章参照。

その後、石膏職人がフランクフルトにやって来た。かれらはひな型にするための像をたくさんもってアルプスを越えてやって来て、それらに合わせて像をつくり、ひな型にした像もかなりの値段で売った。かくして私は、かなり出来のよいラオコーンの頭部、ニオベの娘たち、後になってサッフォーだと言われた小さな頭部、その他数点を手に入れた。これらの気高い像は、私が弱気や偽善やマンネリズムに支配されそうになるたびに、一種のひそかな解毒剤となった。しかし私はもともと、いつも内なる苦しみを感じていた。すなわち、未知のものにまつわる飽くなき欲求、たびたび鎮まっては、また盛り返す欲求からくる苦しみである。そういうわけでローマを発って、あこがれ望み、やっと手に入れた収集品と別れることになったときの悲痛は大きかった。

シチリアで発見した植物の構造の法則性は、いかなる場合もずっと私の念頭を去らなかった。私たちの内面を支配し、同時に私たちの能力に見合う好みや傾向はとかくそうであるように。植物園を訪れたら、そこは廃《すた》れた様子で、あまり人びとの心を惹きつけるものではなかったとも言えようが、園内に目新しく思いがけないものがたくさんあって、おおいに役立った。そこでこの機会に、いろいろ珍しい植物を採集し、それについて考察を続けて、自分の手で種子や実から育てあげた植物をひきつづき世話しながら観察することにした。

私の出発に際して、幾人かの友人が、「特にゲーテさんが育てた植物を分けていただけませんか」と言ってきた。私は、将来、大木になりそうな、すでにかなり育ったマツの苗木を、アンゲーリカの家の庭園に植えた。この苗木は幾年もたった後に、見上げるような高さに成長し、関心のある旅行者たちが、かの地における私の記念物と同様、お互いに楽しい話題としていろいろ語ってくれた。ところが残念なことに、あのこよなく尊い女ともだちアンゲーリカが世を去った後[11]、入居した新しい持ち主は、自分の花壇に場違いなマツが生い茂るのは、ふさわしくないと考えた。後日、親切な旅行者がそのマツをさがしたが、かつての場所には何もなく、少なくとも優雅に生い茂っていた痕跡は消されていた。

10　『詩と真実』第十三章参照。
11　アンゲーリカは一八〇七年十一月五日、ローマで没した。

私が種子から育てたナツメの樹のほうは、幸運だった。つまり、この樹の標本を何本か犠牲にして、その注目すべき生育ぶりをときおり観察していたが、この残って元気に生育していたものをローマの友人に譲り渡した。彼はシスティナ街の庭園[12]に植えた。畏れ多くも、ある高貴な旅行者が私に、「あのナツメはいまも元気ですよ。しかも大人の背丈ほどに伸びています」と確言してくれた。「ナツメが所有者の目ざわりになりませんように。そして今後も、私の記念として緑に色づき、成長し繁茂しますように」と願わずにはいられない。

ローマを発つ前に、とにかくやっておきたいことの予定表があって、まったく異質のものが最後に残った。クロアカ・マキシマ[13]とサン・セバスティアーノの地下納骨《カタコン》堂《ベ》[14]である。前者は、ピラネージ[15]の作品からあらかじめ思い描いていた壮大さを上回るものだったが、後者の訪問はあまりうまくいかなかった。このかび臭い場所に足を踏み入れると、私はたちまち気分が悪くなり、すぐに日の照っている戸外へ飛び出し、もともと不案内な町はずれで、他の仲間たちが戻ってくるのを待っていた。かれらは私よりも沈着で、地下納骨堂のようすを悠然《ゆうぜん》と見物したらしい。

その後だいぶたってから、ローマ人アントーニオ・ボージオの大著『地下のローマ』[16]で、私があそこで見物したであろうことや、見物できなかったであろうことなど、すべて詳しく知ることができた。私は、この書で十分に埋め合わせができたと考えている。

これに反し、もうひとつの巡歴は、もっと有益で成果があった。すなわち、ラファエロの頭蓋[17]に敬意を表しようと、聖ルカ美術院《アカデミー》へ詣でた。建築上の都合でこの非凡な

12　ヴィラ・マルタのこと。当時の所有者はジョヴァンニ・アントーニオ・パルミッジァーニ。「高貴な旅行者」とはバイエルンのルートヴィヒ一世のことで、一八二七年にこのヴィラを買い求めた。

13　「最大の下水」を意味する。前六〇〇年ころ都市建設に伴い大下水溝として築造された。

14　この教会は七つの本山のひとつ。聖セバスティアンの墓と、使徒ペテロとパウロの遺骨があった。

15　一七八七年報告十二月、二三一頁、注16参照。

16　一六三二年にローマで刊行された書で、アントーニオ・ボージオ（一五七五〜一六二九）は地下納骨堂の学術的研究の創始者。ゲーテは一八一七年十二月九日付け、および一八二七年十月九日付けの日記でこの書に言及している。

る人物ラファエロの墓が発掘され、この頭蓋が取り出されてここへ持ってこられ、それ以来、神聖なものとして保管されている。

まことに不思議な光景だった！　考えられるかぎり美しくまとまった、完全な頭蓋骨である。ガル[18]の学説で多様な意義をもつようになった、他の頭蓋骨に見られる例の隆起、凸凹がない。なんとも離れがたい光景で、去り際に、

「もし可能であればの話ですが、この頭蓋の模造があったら、自然と芸術を愛する人ね」とコメントした。すると、顔の広い友人、顧問官ライフェンシュタインが「見込みはありますしばらくしてから本当にドイツにそのような模造を送り、私の希望をかなえてくれた。この模造を見ると、いまなお種々の考察をうながされる。

ラファエロ画伯の手になる愛すべき絵[19]、聖ルカが、眼前にあらわれた聖母マリアの神々しい気高さと優美さを、真にあるがままに描こうとしている絵を見ていると、じつに晴れやかな気持ちになった。ラファエロ自身はまだ若く、すこし離れたところに立っていて、この福音史家が制作しているのをながめている。自分自身を惹きつけてやまない天職を、これ以上に優美に表現し告白することは、おそらく不可能だろう。

ピエトロ・ダ・コルトナは、かつてこの絵の所有者[20]だったが、それを美術院に寄贈した。むろん数ヵ所、破損し、修復されてはいるが、依然として大きな価値をもつ作品である。

このころ私は試練にさらされた――奇妙な誘惑によって、旅立ちを阻まれ、ローマに再びしばりつけられそうになった。すなわち、芸術家で美術商のアントーニオ・レーガ氏[21]がナポリから友人マイヤーのところに来て、内々にこう告げた。「当地に船で着いたのですが、船が停泊している市外のリパ・グランデへ、一緒に来

17　一七八八年三月七日付け、三七八頁、注12参照。
18　フランツ・ヨーゼフ・ガル（一七五八～一八二八）。骨相学の創始者。ゲーテは一八〇五年の夏、彼の講義を聞いている。『詩と真実』第十章参照。
19　一七八八年三月七日付け、三七八頁、注13参照。
20　実際には所有者はコルトナではなく、フェデリーコ・ツッカリである。
21　フィリポ・レーガ（一七六一～一八三三）のことではないかと推察されている。ナポリとローマで石工として成功し、美術商としても活躍していた。

ていただけませんか。船に立派な古代の彫像があります。舞姫かミューズの像[22]です。ナポリのカラッファ・コロンブラーノ宮殿の中庭にある壁龕《へきがん》に、他の彫像とならんで立っていたもので、たしかに逸品と思われます。これを売りたいのですが、内々に進めたくて、問い合わせています。マイヤー氏本人、もしくはその親しいご友人で、この取引をしようと思う方はいらっしゃいませんか？　この貴重な芸術作品を、とにかくきわめて穏当な価格、三百ツェッキーノでお譲りしましょう。売り手と買い手のことを考慮して、慎重に対処するという特別の事情がなければ、まちがいなくもっと高値になりますよ」

この件はすぐさま私に伝えられ、私たち三人は住まいからかなり離れたところにある陸揚げ場へ急いだ。レーガはさっそく甲板に置いてある荷箱の板をもちあげた。豊かな巻き毛から、このうえなく愛らしい頭部がのぞいており、頭部は胴体に続いていた。しだいに覆いがあげられてゆくと、上品な衣装をまとった、愛らしい躍動感のある姿があらわれてきた。ほとんど破損しておらず、片方の手の保存状態は完璧だった。たちまち、この像がもともとあった場所をはっきりと思い出した。あのときには、かくも近くで見ることになるとは、夢にも思わなかったが。

私たちは思わず、「たしかに丸一年間、かなりの費用をかけて発掘して、ついにこうしたお宝にぶつかったとしたら、最高に幸せでしょうね」という言葉を口にしたが、こう思わない者がいるだろうか。飽かず眺め、その場を去るにしのびなかった。容易に修復できそうな状態の、かくもきれいに保たれた古代の遺跡をまのあたりにしたことは一度もなかったからである。結局、「できる限り早くお返事します」と約束し、またそのつもりで辞去した。

マイヤーと私は二人とも、内心はひどく葛藤したが、これを購入するのは得策ではないと思った。そこで、この一件を親切なアンゲーリカに報告することに決めた。彼女なら、購入できる十分な資力があるし、修復その他の事の伝手《つて》もあるから、うってつけだろう。マイヤーはこの申し入れを、ダニエレ・ダ・ヴォルテッラの絵のとき[23]と同様に引き受け、これで一件落着と思われた。ところが、彼女が慎重なうえに、夫

---

22 上巻、一七八七年三月七日付け、三八八頁参照。この手紙のなかでゲーテはナポリでこの像を見たこと、および「欠け落ちていた頭部が手際よく復元されていた」旨を述べている。考古学上の調査結果によれば、頭部は胴体よりも新しい。

23 一七八七年六月十六日付け、一四参照。

ズッキ氏は倹約家で[24]、この件を断ってきた。ふたりは、絵画には相当な出費をしても、彫刻にはとうてい手を出す気になれなかったのである。

こうした断りの返事をもらった後、私たちはあらためて熟考しはじめた。このような幸運はまたとないものと思われ、マイヤーはもう一度このお宝を観察し、「全体の特徴からみて、たしかにギリシア時代の作品ですね。しかもアウグストゥス時代をはるかにさかのぼり、ヒエロン二世[25]の時代に分類されるかもしれません」と確言した。

おそらく私は、こうしたすぐれた芸術作品を購入するだけの信用を得ているだろうし、レーガはそれどころか分割払いに応じるつもりらしかった。一瞬ではあるが、この彫像を手に入れ、大広間に具合のよい照明で展示したさまが目に浮かんだ。

しかし情熱的な恋愛から、結婚契約が結ばれるまでのあいだに、さまざまな考えが割りこんでくるのは世の常だが、この場合もそうだった。それに、ズッキ氏とその親切な夫人という、すぐれた芸術愛好家の助言と同意なしに、この取引をするわけにはいかなかった。なぜなら、それは精神的ピグマリオン[26]の気持ちで結ぶ契《ちぎ》りだったから。この彫像を所有したいという考えが、私の心に深く根をおろしていたことは否めない。いや、それどころか、次の告白は、私がどんなにいい気になっていたかということのあらわれと思われるかもしれない。私はこの出来事を、より高次のデーモン(超自然力)の合図とみなし、デーモンが私をローマに引きとめようとして、旅立ちを決意させるあらゆる原因を積極的に打ち砕こうとしていると考えたのである。

幸いにもすでに私たちは、このような場合に、理性がつねに分別の助太刀《すけだち》をする年齢に達していた。こうして芸術好き、所有欲、それらをつねに助長してきた詭弁《きべん》と妄信は、気高い女ともだちアンゲーリカが思慮深く、親切に忠告してくれた有益な意見に屈した。彼女に諭《さと》されて、このような計画の前に立ちはだかる困難と危険性がすべて、きわめて明らかになってきた。

「これまで美術品や古代遺跡の研究にいそしんできた、もの静かな男性たちが、とつ

24 一七八七年七月十六日付け、五二頁参照。
25 シラクサの王(在位前二六九~前二一五)。
26 ピグマリオンはギリシア神話の人物。キプロスの王で彫刻家。彼は自分がつくった象牙の女人像に恋をする。女神アフロディテは像に生命をあたえ、彼と結婚させた。ここでゲーテは、ピグマリオンの所有欲が肉体的なものであったのに対して、自分の所有欲の根源が、精神的美学的なものであることを強調している。

ぜん美術品の売買にのりだして、もとからこの商売をしてきた人たちの嫉妬をひきおこしたこともあります。修復は多種多様な困難をともない、どの程度まで公正に正直にやってもらえるか、疑問です。さらに発送に際して、すべてができるかぎり整然と行われても、このような美術品の輸出許可という点で、最後に支障がでるかもしれません。それから輸送、陸揚げ、自宅への配達など、いずれもどんな厄介ごとが起こるかわかりません。商売人はこうしたことをいろいろ考え、それを見越してやりますので、苦労も危険も大局的には帳消しになりますが、一回限りのこうした種類の企ては、どうみても危険です」という。

このように諭されて、欲望や願望、計画はしだいに薄められていったが、まったく消え失せたわけではなかった。ことにこの彫像はやがて大きな名声を博したので、なおさらである。この像[27]はいまでは、ピオ・クレメンティーノ美術館内、すなわち、美術館につながるように増築された小さな陳列室に置いてある。この部屋の床には、仮面と葉飾りのすばらしく美しいモザイクがはめ込まれている。この陳列室の残りの作品群は、（一）踵《くびす》の上に座るヴィーナス[28]、この像の礎石にはブバルスの名が刻まれている、（二）たいそう美しいガニュメデスの小像[29]、（三）青年の美しい像[30]、真偽のほどはわからぬが、アドニスの名が添えられている、（四）ロッソ・アンティコのファウヌス、[31]（五）円盤を投げる人が静かにたたずむ姿。[32]
ヴィスコンティ[33]は、上述の美術館に献じた著書の第三巻で、例の記念物のことを叙述し、彼の流儀で解説し、第三十図に模写をのせている。私たちがかの彫像をドイツ

27　この立像は一七八八年、ピウス六世が購入し、「仮面陳列室」に展示されている。

28　浴場にしゃがむアフロディーテの像。紀元前二五〇年頃のドイダルサスの作品をローマ時代に模造したもの。

29　ワシに連れ去られるガニュメデス。レオカレスの作品をハドリアヌス帝の時代に縮小して複製したもの。

30　アポロンの像。紀元前四世紀のもの。

31　赤い大理石でできたサテュロスの像。ブドウの房を高く掲げている。ヘレニズム時代のオリジナルを、ローマ帝政時代に複製したもの。

32　ポリクレート周辺から出た彫刻の複製。ミュロンの円盤投げの像は投擲《とうてき》の姿勢をとっているので、それと対比されている。

33　エンニオ・キリノ・ヴィスコンティ（一七五一〜一八一八）。考古学者・バチカン美術館の管理責任者。主著『ピオ・クレメンティーノ美術館』（全七巻、一七八二〜一八〇七）。

へ運び、祖国のどこか大きなコレクションに加えるという成果を残せなかったことを、私たちと共に残念に思うすべての芸術愛好家たちのために、付け加えておく。

　別れの挨拶にまわったおりに、私があの優美なミラノ娘のことを忘れなかったのは、当然と思われるだろう。あのとき以来、彼女についていろいろ喜ばしいことを耳にしていた。アンゲーリカとますます親しくなったこと、こうして仲間入りした上流社会で立派にふるまっていること。また、ズッキ氏とごく親しい裕福な青年[34]が、彼女の優美さに惹かれて、結婚を考えていないわけでもないことが推察され、こちらの方面にも希望がもてた。

　さて、私が訪ねてゆくと、彼女は、カステル・ガンドルフォで初めて会ったときのように、こざっぱりした普段着姿だった。率直に愛想よく私を迎え、自然な優美さで、私の心遣いに対して実に愛らしく何度も礼を述べた。

「決して忘れません。私が混迷状態から立ち直るとき、容態をたずねてくださる親切な方々のお名前のなかに、あなたのお名前があるのを耳にしたことを。『それ、本当なの？』と何度もたずねました。何週間にもわたってお心遣いを賜り、とうとう兄が、私たち二人からの礼を申し上げようと、あなたをお訪ねしました。でも兄は、私のことづけ通りに伝えてくれたかしら。作法に反していなければ、一緒にお伺いしたかったのですが……」

私のこれからの道程をたずねるので、旅のプランを語って聞かせると、彼女はこう答えた。

「思いのままに旅行できるほど裕福で、お幸せですね。私たちなどは、神さまと聖者さまがお示しになった場所に甘んじなければなりません。もう長いこと、家の窓の外で、船が出入りし、荷を下ろしたり積んだりするのを眺めていますが、面白いですよ。みんな、どこから来て、どこへ行くのかしらとたびたび考えます」

窓はちょうどリペッタ[35]の階段のほうに開いていて、たいそう活気ある賑わいをみせていた。

34　ジュゼッペ・ヴォルパト（一七六五〜一八〇三）。有名な銅版画家ジョヴァンニ・ヴォルパトの息子。ミラノ娘と一七八八年六月二十日に結婚した。

35　今日のヴィア・ディ・リペッタのこと。一七八七年報告十一月、二一〇九頁参照。

彼女は愛情こまやかに兄のことを話し、自分がきちんと兄の家政を取り仕切り、給料はさほど多くないが、いくぶんか貯金して、有利な商売に投資できるように尽くしてやれることを喜んでいた。要するに、彼女は自分の事情を心おきなく打ち明けてくれた。私は彼女のおしゃべりが嬉しかった。というのも、私の眼前にすばやく、二人がはじめて会った瞬間から、いまにいたるまで、情愛に満ちた関係のあらゆる瞬間がくり広げられたので、私はなんとも妙な具合になってしまったからである。そのとき兄が入ってきて、お別れは、友情のこもった、しかし味気なく月並みなもので終わった。

戸口に出ると、私の馬車には御者がいなかった。まめまめしい少年が御者を呼びに行った。彼女は、兄と共に住んでいる立派な建物の中二階の窓から、外を眺めていた。窓はあまり高くなく、手を伸ばせば届きそうに思えた。

私は叫んだ。「ご覧のように、あなたから離れられずにいます。どうやら、私の別れがたい想いを察したようです」

これに彼女が答え、さらに私が返事をした。典雅な会話のやりとり。あらゆる桎梏《しっこく》から解き放たれ、おぼろげながらも愛し合っている二人は胸の内をあかした。だがくり返し物語れば、神聖さは失われてしまう。私はそうはしたくない。それは無垢のほのかな相思相愛が、奇しくも偶然に導かれ、内なる衝動にかられて思わず口にした簡潔な最後の告白であり、そのために決して忘れ得ぬものとなった。

しかし私のローマとの別れは、とりわけ壮麗に準備され、出立の前は三晩とも、澄み切った大空に満月がかかっていた。大都市のうえにひろがる魅惑的な美しさは、これまでもしばしば感じてきたが、いまや、わけても身に染みた。大きな光の塊は、やわらかな真昼の光に照らされているように明るく、濃い影とコントラストをなしていた。影はときおり反射して明るくなり、個々の物をほんのりと感じさせる。よりシンプルで、より壮大な別世界にいるような気がした。

気もそぞろで、ときにはやるせなく、数日を過ごした後、二、三の友人とひとめぐりした。おそらくこれが最後になるだろうと、長いコルソ通りを歩きまわったあとで、荒野にたたずむ魔宮のようなカピトリーノの丘にのぼった。マルクス・アウレリウスの像は[36]、『ドン・ジョヴァンニ』[37]に登場する騎士長を想起させ、さすらい人である私に、私の企てが並々ならぬものであることを悟らせた。にもかかわらず、私は背後の階段をおりて行った。セプティミウス・セウェルスの凱旋門が、暗い影を投じながら、黒々と私の前に立ち、ものさびしいサクラ街では、いつもなら馴染みの事物が、幽鬼じみた異様な姿であらわれた。しかし円形劇場《コロッセオ》[38]の崇高な遺跡に近づき、閉鎖された内部を柵ごしにのぞきこんだとき、戦慄におそわれて、帰路を急いだことは否めない。巨大なものはみな、崇高であると同時に把握しやすいという、独特な印象をあたえる。こうして見てまわりながら、私ははかりしれないローマ滞在全体をいわば総括した。すると、それは高ぶった心に深遠かつ雄大に感じられ、英雄的で哀調を帯びたともいうべき気分を呼び起こし、そこから詩の形をとって、悲歌《エレギー》が生まれようとしていた。

まさしくこうした瞬間に、どうして、オウィディウスの悲歌[39]を思い起こさないはずがあろうか。彼もまた追放されて、月明かりの夜、ローマを去らねばならなかったのだ。悲嘆に満ちた境遇のオウィディウスが、はるか遠い黒海のほとりで追懐の情を詠んだ「かの夜をおもえば！」は私の念頭を去らず、ところどころ正確に記憶によみがえるその詩を復唱した。だがそのために、新たに自分の詩をつくる自信を失い、創作がさまたげられた。あとになって自作を試みたが、どうしてもできあがらなかった。

ローマを去ろうとする最後の夜に
　悲しみを心に抱いて逍遥《しょうよう》し
なつかしき数多《あまた》のものと別れた　かの夜をおもえば
　いまなお　涙が　頰をつたう
すでに人の声も　犬の吠え声もしずまり
　月の女神ルナは　空高く夜の馬車を駆る

36　皇帝マルクス・アウレリウスの騎馬像。戦勝記念として一六四年に建てられた。
37　一七八七年十月二十九日にプラハで初演されたモーツァルトのオペラ『ドン・ジョヴァンニ』では、ドン・ジョヴァンニに殺害された騎士長の石像が、彼に改心をうながす。彼が改心を拒否すると、地面が裂けて、彼は地獄へ落ちるという結末になっている。ゲーテは後にこの作品に深く感動しているが、ローマを離れる時点ではまだこの作品を見ていない。
38　上巻、一七八七年二月二日付け、三三三頁参照。
39　オウィディウスの『トリスティア』（悲しみの歌）第一巻第三の歌をさす。詩人のローマにおける最後の夜のことが描写されている。

それを仰ぎ　カピトリーノの神殿を仰ぐ
かくも間近だったラレスの庇護も　いまはむなしい

40　古代ローマの家の守護神たち。家のほかに、道や畑、四つ辻などもラレスの保護を受けると信じられていた。

解説

鈴木 芳子

ゲーテは芸術家にして自然研究者という独特の視点に立ち、文学以外にも美術、演劇、建築学、鉱物学、考古学、動植物学などにも深い関心を寄せ研究に励んでいる。本稿では、そのなかでも顕著なものを取り上げ、イタリア体験が彼の精神面・芸術面にもたらしたものについて見ていきたい。

美術修業

ゲーテにとってイタリアの旅は美術修業の旅でもある。旅行のあいだに残された水彩スケッチは八百枚、デッサンは三千枚におよぶという。美術史家ヴィンケルマンは書簡集のなかで「私の心はすべて絵画と古代芸術の知識に向かっています。この知識を私はデッサンの力をつけることでより徹底したものにしなければなりません」(一七五三年一月六日付け)と記しているが、ゲーテは彼のやり方を踏襲して素描に励んだばかりか、積極的に身近な専門家のアドバイスを仰ぎ、謙虚な姿勢で絵画と古代芸術を学び続けた。

ナポリ北方のカゼルタでは宮廷画家ハッケルトの指導を仰ぐ。ハッケルトは卓越した技量と人を逸らさない応対で、「とりわけデッサンを的確に。それから自信をもって明確に」「素質はあるのに、なかなかうまくいきませんね。僕のところに一年半ほどいれば、自他ともに楽しめるものが出来るようになりますよ」などと言って、アマチュア画家を鼓舞している。

画家ティッシュバインとゲーテは、すでに一七八一年から文通するなど繋がりがあった。ローマに到着したばかりのゲーテがホテル・デル・オルソに宿泊していると、その日の晩にティッシュバインがさっそく宿を訪れ、自分の下宿している家、すなわちコリーナ夫妻（夫七十一歳、妻六十五歳）のもとに移るようにすすめた。コリーナはもと枢機卿の御者で、素朴で心根が優しく客好きで、家はコルソ通りのポポロ門の近くにあった。夫妻は随分前から、外国人芸術家にわずかのお金で食事付きで部屋を又貸ししており、ティッシュバインは全部で三部屋、すなわち大きな部屋二つと来客用の部屋を借りていたが、後者をゲーテに譲ったのである。彼は、ゲーテが宿でくつろいでいる姿をスケッチし、また肖像画「カンパニアのゲーテ」を後世に伝えている。

かくしてゲーテは一七八六年十一月二日から、途中ナポリ、シチリアに数ヵ月旅行したときをのぞいて、一七八八年四月の帰国までここに住んだ。ゲーテがローマに到着したころ、この家にはティッシュバインの他に二人の若いドイツ人画家が滞在していた。シュッツはフランクフルト出身、ブリーはその東のハーナウ出身で、ゲーテの同郷といえる。

ゲーテはカールスバートを発ったときはライプチヒの商人ヨハン・フィリップ・メラーを名乗っていたが、その後は青年芸術家のように過ごした。一七八七年初頭、宿が所属するサンタ・マリア・デル・ポポロ教区の司祭を訪れ、年齢は五、六歳サバを読んで三十二歳、職業は画家と告げている。戸籍役場の職員を兼ねていた主任司祭はドイツ人の名前が不得手で、教区の住民登録簿には「ドイツ人フィリッポ・ミラー氏、三十二歳」と記入された。ゲーテは芸術家仲間の食事代や宿代をもつ代わりに、絵を教えてもらい、あちこち案内してもらっている。このギブ&テイクを、彼は「ヴィルヘルムめいた振る舞い」と呼んだ。この造語は、一七八五年に中断した小説『ヴィルヘルム・マイスターの演劇的使命』の主人公ヴィルヘルム・マイスターが、資金難を抱える劇団を援助するために、気前よく自分の財産を使うことに由来する。

こうして芸術家仲間と一緒に過ごすことで、彼は微行を楽しむと同時に、かけがえのない多くの事柄を吸収した。例えば、若々しく陽気な画家クニープとナポリ、シチリアの旅を共にし、博学で慎み深いスイス人画家・美術史家マイヤーからは、専門的な知識や技法を伝授される。ゲーテは当初、偉大な芸術作品のまばゆさに眩惑されていたが、マイヤーのおかげで次第にじっくりと鑑賞し、真に識別し認識することができるようになったばかりでなく、細部《デテール》や個々のフォルムの特性について開眼することができたと述べている（ローマ、一七八七年十二月二十五日付け参照）。また、画家アンゲーリカとはたびたび一緒に楽しく美術鑑賞し、「彼女は眼がたいへん肥えていて、美術の技巧についても該博《がいはく》な知識があり、そのうえ、あらゆる美しく真実で繊細なものにたいしてきわめて感度が高い」と称賛している。しかしアンゲーリカによるゲーテの肖像画については「実物にはほど遠い美青年が描かれている」（ゲーテ評）、「本人よりも優男《やさおとこ》」（ヘルダー評）だという。この点については、もともと優美で柔和な印象の肖像画を得意とする彼女が「美しく真実で繊細なもの」、すなわち、ここでは文豪の純粋さ、雅やかで嫋々《じょうじょう》たる面をこのうえなく鋭敏に感じ取り、それを強調する仕上がりになったのではないかと推察される。

他にも、ベテランの美術ガイドで、フラスカーティの別荘で画家生活を満喫させてくれた宮廷顧問官ライフェンシュタイン、ゲーテの戯曲に曲をつけ、舞台音楽のみならず教会音楽にも注意を向けさせた作曲家カイザーや、自伝的小説『アントン・ライザー』で有名な作家・美学者モーリッツ等々。ことにゲーテは、モーリッツを実の弟のように可愛がり、「よき教えをこれほど吸収してくれる肥沃な土壌はめったにない」という無類の賛辞を添えて、ヘルダーに彼の指導を引き受けてくれるように依頼している。

美術と解剖学を結びつける

ゲーテの探究法においてなかんずく注目に値するのは、解剖学の知見を美術に活かしたことである。これによって自然科学と芸術はいっそう近しいものとなる。

彼はイタリアに旅立つ前から、解剖学に精通していた。一七八一年にイェーナ大学でユストゥス・クリスティアン・ローダー教授（一七五三〜一八三二）の解剖学の講義を聴き、以後一七八四年まで同教授のもとで熱心に解剖学を研究し、さらに一七八一年十一月から翌年一月まで、ヴァイマールの自由絵画研究所で解剖学について講演を行っている。このように「粘り強く自然を研究し、入念に比較解剖学をすすめてきた」ゲーテは、ローマで古代の彫像がどのパーツも高貴な美しいフォルムを成しているのを鑑賞し（一七八七年八月二十三日付け参照）、「結局、四肢の機能性、つり合い、特性や美、すべてはフォルムに包摂されている」（一七八八年四月十一日付け）という考えにいたる。自然と古代美術の両面から、さまざまなことを総体的に見ていくと、すべては私たちの目に見えるフォルムの問題に帰着する。

鉱物が大好物

ゲーテは一七七六年に、ヴァイマール公国の鉱山委員会の議長としてイルメナウ鉱山を再開発のために視察したことから鉱物学、地質学に興味を抱き、地球の創世や岩石・鉱物の世界への思索を深めてゆく。それは文学作品にも反映されることになる。いっぽうイタリア滞在中を含め生涯にわたって各地の石を蒐集しており、そのコレクションは一万九千点にもおよび、「花崗岩について」をはじめ幾多の論文を発表している。針鉄鉱の英名ゲータイト（goethite）はゲーテの名にちなむものであり、ゲーテと親交のあった鉱物学者によって一八〇六年に名づけられた。

イタリア旅行中も当時一般の人にはあまり知られていなかった重晶石の産状や、三度のヴェスヴィオ登山について嬉々として報告している。ギリシア神話の巨人アンタイオスは大地の女神ガイアを母とし、ヘラクレスと戦っているときも母なる大地に接触するたびに力を増すが、ゲーテは興味深い鉱物や地層を見るたびに、喜びと知識欲が内奥からあふれてきて、いっそう精力的に蒐集・研究するので、そんな自分をアンタイオスになぞらえている（ボローニャ、一七八六年十月二十日付け参照）。

文学的成果

イタリアで古代美術の均整と調和と節度ある美しさに接し、自己の文学の規範を見いだしたゲーテは、未完のまま放置していた『イフィゲーニエ』『エグモント』を一挙に完成させ、『タッソー』もほぼ完成させている。作品の成り立ちや作者の心情などについて述べたい。

『タウリス島のイフィゲーニエ』

散文による初稿は、一七七九年二月十四日から三月二十八日までの短期間で完成され、同年四月六日、ヴァイマールで内輪で上演された。その際、宮廷歌手コロナ・シュレーターがイフィゲーニエを、詩人クネーベルがトーアス王を、ゲーテ自身がオレストを演じた。オレストの親友ピュラデス役は、初めはコンスタンティン公子が演じ、それからカール・アウグスト公に引き継がれている。

イタリア旅行中もゲーテは入念に推敲している。一七八七年ヘルダー宛に五脚抑揚格の五幕の戯曲『タウリス島のイフィゲーニエ』が発送され、一七九〇年ライプチヒのゲッシェン社より刊行された。題材はエウリピデスの同名の作品からとられたが、ゲーテはギリシア悲劇をかなり変えて、主人公イフィゲーニエを思慮深く理性的で、より高次の愛を具現する存在として描き、外的な事件よりも登場人物の内面の動きに重点を置いている。

ギリシア軍の総帥アガメムノンの娘イフィゲーニエは、父とトロヤ戦争から凱旋する途中、嵐にあったギリシア軍を救うために犠牲に供えられることになったが、彼女を憐れんだ女神ディアナに助けられ、タウリス島にあるディアナの神殿の巫女となった。この国の習慣では異国人はディアナ女神の犠牲に供えられることになっていたが、イフィゲーニエが巫女になって以来、この習慣をやめていた。しかし彼女がトーアス王の求婚を拒み続けるので、おりからここに漂着した異国人二人を犠牲にすることを強要される。あろうことか、この二人の異国人は、イフィゲーニエが十年前に別れた弟オレストと友人ピュラデスであった。

オレストは、凱旋した父アガメムノンを浴場で刺し殺した母クリュタイムネストラを父の仇として討ったため、母殺しの罪を負って復讐の女神フリアたちに追い回され、方々をさまよっていた。姉（Schwester）をタウリスから連れ戻せば助けてやるというアポロンの神託を受けた彼は、アポロンの姉ディアナの神像を持ち帰らねばならないと考えて、ピュラデスとともにこの地にやって来た。そもそもイフィゲーニエとオレストの姉弟は神を試して罰せられたタンタロスの子孫で、祖先の罪の報いで一族の者は代々、悲惨な運命を背負っていたのである。

さて、久々に対面した姉弟は女神像を盗み出してこの国を脱出しようとする。しかしいざそのときになると、イフィゲーニエはどうしても虚言を弄して異国の王を欺くことができず、一切の計略を王に打ち明け、王の寛大な心に訴える。王は彼女の気高い心根に打たれるが、ディアナの像を奪われるのは許容しがたいことであった。そのときオレストは不意に「アポロンの神託にいう姉（Schwester）とは、アポロンの姉ディアナではなく、自分の姉イフィゲーニエのことだ」と思いつく。そうすると女神像とは何の関係もない。イフィゲーニエは言葉を尽くして王を説き、ついに姉弟と友人の三人は平和裏に故郷ギリシアに帰ることができた。イフィゲーニエの高潔なヒューマニズムが、異なる風習をもつ異国の王の心を和らげ、自分たちの生命を救ったばかりか、タンタロス一族にかけられた神の呪いをも解いたのである。復讐と奸計の連鎖を断ち切ることができるのは、ほかならぬ崇高な人類愛だけであり、ここにあらゆる救済の鍵がある。

ゲーテは、この草稿を「旅の道連れ」として大切に持ち歩き、「タウリスの岸辺に立つ」孤独なギリシア女性は常に彼に寄り添い、彼が見物すべきときにも仕事をするようにうながしたと表現しているが（ローマ、一七八七年一月六日付け参照）、最終的に意志と理性によって真の自由を手に入れ、周囲の人びとをも幸福にする女性像を打ち出した。古典的形式の中にも近代精神が盛り込まれ、ゲーテの古典主義文学の代表作といわれる。

『エグモント』

イタリア旅行中に完成された五幕の悲劇で、大部分は一七七五年に書かれている。エグモントは実在のネーデルランドの貴族で、スペインのフェリペ二世の圧政に反抗して一五六八年に斬首された。ゲーテは舞台をスペイン統治領ネーデルランドの首都ブリュッセルに設定し、民衆の友であるエグモント伯と市民の娘クレールヒェンとのロマンスを絡めて、主人公を『鉄手のゲッツ・フォン・ベルリヒンゲン』と同じく自由に憧れながら封建的な為政者の弾圧の下に斃《たお》れる英雄として描き出した。

フェリペ二世はネーデルランドの新教徒を弾圧するために、この地の摂政である妹マルガレーテ・フォン・パルマの政治を手ぬるいとし、代わりに冷酷なアルバ公を軍隊とともに派遣する。オラーニエンは親友エグモントに災いがおよぶことを警告し、一時期ブリュッセルを離れることをすすめるが、エグモントはそのような過激な弾圧は必然的にスペインに不利な結果をもたらすので、国王にもそれがわからぬわけではあるまいし、自分の身は金羊毛の騎士という身分によって安全を保証されているはずだと考えて、友の忠告にしたがわない。しかしアルバ公が到着すると、すぐさま彼は捕らえられ、処刑されることになる。愛人クレールヒェンは、民衆が彼を救うために立ちあがらないことを口惜しがるが、ついに毒を仰いで彼の運命に殉じる。いっぽう、そうとは知らぬエグモントはアルバ公の庶子フェルディナントに彼女を託す。獄中のエグモントの夢のなかに、彼女は自由の女神となって現れる。

イタリアで生活面でも気持ちのうえでもはかりしれない自由を得てようやく完成できた作品だが、ヴァイマールの友人たちはクレールヒェンの造型やエグモントの愛のかたちに不服を唱えた。これに対してアンゲーリカは、生と自由を享受する人物像に深い理解を示し、エグモントの気持ちを丁寧に読み解き、ゲーテも彼女の考察と分析を高く評価している（「第二次ローマ滞在」報告十二月、二四一～二四四頁参照）。また彼女は『エグモント』の題扉、エグモントの前にクレールヒェンが跪《ひざまず》いている図を素描しており、これをリップスが銅版に刻んだものが、一七八八年に刊行されたゲーテ全集の第五巻に挿入されている。

『トルクァート・タッソー』

イタリアの詩人タッソーを素材とした五幕の悲劇。タッソーはゲーテが子供のころから強い興味を抱いていた詩人で、作品にはヴァイマール宮廷におけるゲーテの体験が織り込まれている。構想はイタリア旅行前にさかのぼり、一七八〇、八一年に書かれた《Ur-Tasso》はもっぱら恋愛がテーマだったという。ゲーテはシチリアへ向かう船のなかで、ひどい船酔いにおそわれたが、自分にとってできる限り楽な姿勢を選び、内なる世界の支配にまかせて作品全体をあらゆる方向から徹底的に練り直した（一七八七年三月三十、三十一日付け参照）。

フェラーラの離宮を舞台に、世事に疎く空想的で一本気な天才詩人タッソー、世才にたけた敏腕の次官アントーニオ、アルフォンソ公、公の妹でタッソーが崇拝する慎ましやかな公女、才気に富む伯爵夫人の五名が登場する。公女に対するタッソーの恋を取り入れ、タッソーとアントーニオの内面的抗争を主軸に、はげしい情熱と節度、感覚的な享楽と義務が対比される。詩人にして高級官僚であるゲーテは、彼の中の相反するものを二人の人物に巧みに振り分け、タッソーに託して心中を披歴し、公人としての見解をアントーニオに表明させている。自制と調和の精神を欠いた芸術家気質は、周囲から孤立し、実生活においては悲劇に向かわざるをえないが、タッソーの「人間が苦悩のなかで沈黙するとき、神は私に、私がどのように悩んでいるかを語るすべを与えた」（三四三一～三三行）という言葉には、詩人としての天命を自覚したゲーテ自身の姿が反映されている。イタリア体験によって完成する力を授けられ、帰国後の一七八九年に完成した。

ホメロスが生きた言葉になる

彼はイタリアの澄み切った空、すばらしい風物、光と風と海に触発されて詩想を得、なかんずくシチリアではまさしく「第二のオデュッセウス」として旅をした。一七八七年四月三十日、彼は「旅人よ、だれであるにせよ、カターニアの『黄金の獅子亭』には泊まらないように。いっぺんにキュクロプス、セイレン（妖女）、スキュラの手中に落ちるよりも、ひどい目にあいます」という壁の落書きを目にし、「黄金の獅子亭」を避けようとする。だが、よりによってそこに宿泊するはめになる。セイレンとスキュラはホメロスの叙事詩『オデュッセイア』の第十二歌に登場する怪物で、ゲーテは自分の体験をいささか神話的に誇張している。セイレンならぬ若い美人が宿の主人代理の男と悶着を起こすが、これはもちろん茶番であり、この主人代理の男が言葉巧みにゲーテたちに散財させようとするのをぶじ回避する。

こうしてゲーテはさらにオデュッセウスの気分に浸りながら、シチリア旅行最後の滞在地メッシーナでキュクロプスならぬ癇癪《かんしゃく》もちの専制君主に出会う。キュクロプス退治の話は『オデュッセイア』の第九歌に出てくる。さて、ゲーテが知恵の女神アテナのご加護を祈りつつ、獅子の洞窟ならぬ総督の館へ向かうと、年老いた総督は冠を曲げるどころか、由緒あるサン・グレゴリオ教会を見学できるように計らってくれる。詩人はシチリアの美しい空を仰ぎながら、みずからの冒険譚を楽しく紡いでゆく。それればかりか彼は、『オデュッセイア』の第六歌に登場する乙女の名をタイトルに掲げた悲劇『ナウシカ』を構想する（一七八七年五月七日付け、回想から参照）。未完とはいえ、彼自身の体験をオデュッセウスの冒険に重ね合わせた作品で、ホメロスは彼にとってまさに生きた言葉となった。

美しきミラノ娘

美しきミラノ娘マッダレーナ・リッギとの小さなロマンス、ゲーテの文言によれば「無垢のほのかな相思相愛」は、第二次ローマ滞在のアクセントになっている（報告十月および四月参照）。彼は、恋した女性にはすでに婚約者がいるという『若きヴェルターの悩み』と同じ三角関係の構図に仕立てた。ゲーテの筆になる彼女は、英語を学びたいという可憐な少女であるが、実際のマッダレーナはもっと大人のしっかりした女性だったし、店員として描かれている有能で誠実な兄も、実際は支配人だった。兄妹のこうした設定そのものに、すでに芸術家の創意と文学的想像力があるといえよう。しかし大切なのは、ゲーテが彼女のなかに何を見、彼女を通して何を得、それをどのように表現したかということである。なぜなら、この女性との出会いを経て、ゲーテの前により美しく、よりすぐれた、節度と調和に満ちた世界が開かれるのだから。

いまや分別盛りの作家は、ヴェルターと同じ悲劇的運命に見舞われることを回避し、彼女と適度な距離をとって対処する。それによって感受性は研ぎ澄まされ、この地方の岩石や樹木、土地の起伏、静かな湖水などがより豊かな量感をもって、よりはっきりと感じ取れるようになる。見る者が晴れやかな気分のときには、廃墟も生気を取り戻すが、悲しみに沈むときには、古代の重要な記念物・芸術作品からも美しい彩りが失われることを実感する。かくして現実世界は主観と客観という二つの側面から成り立っており、客観的側面は同じでも、主観的側面が異なれば、現実世界はまったく別様に見えるということが情感豊かに語られる。

メタモルフォーゼ

イタリアの旅は、ゲーテの植物のメタモルフォーゼ論において重大な意義をもつ。メタモルフォーゼという概念は、ふつう昆虫について用いられるが、彼はこの概念を生物学の中心に据えることによって、生命現象を動的にとらえていた。

一七八六年九月二十七日にゲーテは、パードヴァ大学で解剖学教室やヨーロッパ最古の植物園を見学し、さらにナポリやパレルモの公園でも多くの植物を観察している。シチリアは彼にとって自然研究の宝庫であり、珍しい南の植物、地質や地層、鉱物や化石などにおおいに興味を示し、自然における原型と変容のメカニズムを形態の系統的な分析によって明らかにしようとした。彼は多種多様な植物のなかにもその典型と言えるものがあるはずだという考えを強くし、これを「原植物」と名づけた。言いかえれば、「たとえ現に存在していなくても、存在可能性があり、絵画や文学に登場する夢まぼろしや仮象とはちがって、内なる真実と必然性をそなえた植物」であり、これさえあれば、論理的には無限に地上の植物を作りあげることができる根源的な植物を意味する。

　彼は一七八四年に人間の顎間骨を発見したときすでに、あらゆる有機的自然の根源的同一性を予感し、一七九〇年頃から有機体の構造が基本的には同一のものであると確信し、これを「原型」、すなわち「原植物」と「原動物」として把握している。彼は、植物においては葉がしだいにメタモルフォーゼして萼《がく》、花弁、果実、種子になってゆくし、動物においては椎骨が頸骨や尾骨や胸骨に同時的にメタモルフォーゼしてゆくが、その態様は多種多様であり、そのため自然界には無数の差異が生まれると考えた。一七九〇年、イタリアでの植物観察の成果を論文「植物のメタモルフォーゼ」にまとめて発表している。

　ところで実際に、葉の役割に特に注目したゲーテのメタモルフォーゼ論を見事に体現した植物がある。ドイツで《Goethe-Pflanze（ゲーテの植物）》の愛称をもつセイロンベンケイ（マザーリーフ、ハカラメ、学名：*Kalanchoe pinnata(Lam.)Pers.*）である。親株から葉を一枚摘んで、水を張ったシャーレのような浅い器に数日浮かべておくと、葉の縁からどんどん可愛らしい葉が芽吹き、根っこも出てくる。むろんその後、小さな芽を植えかえれば、成長して花もつける。文字通りハカラメ（葉から芽）、つまり葉から直接次世代を生み出すわけで、ミラクルリーフ、子宝草とも呼ばれる。ちなみに花言葉は、無言の愛、静穏である。

自然の深淵を見る者は芸術の深淵を見る

当時の西欧知識人にとって、自然は神が聖なる文字（ヒエログリフ）で書き記し、人間に与え給うた巨大な書物であった。例えば地質学・鉱物学なら、岩石に刻まれた聖なる文字を解読することが研究者の使命である。芸術家にして熱心な自然研究者であるゲーテは、長い間「自然という比類なき書物」を判読する努力を重ね、芸術のなかに調和ある人間性の展開と、必然性の法則の現れをずっと求めてきたが、いま一気に自然と芸術を繋ぐものが見えてくる。

一七八八年一月二十五日付けのカール・アウグスト公宛の手紙でゲーテは、それまでの人生で自分が芸術作品に見たものは自然の大雑把な《Abglanz（反映）》にすぎなかったが、ローマで初めて芸術の《Abgrund（深淵）》をのぞき込んだと告白している。《Abglanz》には反照、なごり、余韻という意もあり、《Abgrund》には破滅の淵、越えがたい溝という意もある。この二つの語は頭韻を踏み、修辞的技巧に富んでいるが、単なる言葉遊びに終わらない。というのも、前者は鑑賞者を眩惑し、そこはかとない余情に浸らせるのに対し、後者は芸術家を容赦なくふるいにかける苛烈なものだからである。深淵をのぞき込んだ芸術家はさらなる高みをめざすことができるのだろうか、それとも奈落の底へ落ちるのだろうか？

ゲーテは、自然を観察するのと同じように芸術を見ることによって、これまで以上に陶冶された、もっと自由な領域へ向かう。高尚な芸術作品は人間が生み出した最高の自然の産物であり、恣意や虚妄とは無縁の、自然界の被造物と同じ掟《おきて》にしたがって生じたものである。そこには必然性が、神が在るという（ローマ、一七八七年九月六日付け参照）。ここに芸術の神髄がある。

また芸術には他者を教え導き、後世へ伝えてゆけるものが含まれているので、冷静に虚心に観察すると、芸術作品のフォルムとフォルムの根底をなす普遍的な法則と歴史性が見えてくる。彼は古代ギリシア・ローマの芸術世界と向き合い、すぐれた古代建築は公益を重んじる第二の自然であること、芸術作品は過去から連綿と受け継がれた伝統に根ざしていることを強く感じる。

とりわけパッラーディオの建築物を鑑賞することによって、ゲーテの古代への取り組み方がはっきりしてくる。真に内なる偉大さをそなえたパッラーディオは古代と古代人を徹底的に研究し、自己を通して古代人の精神を再現した。ゲーテは「彼の設計には実際、何か神的なもの、偉大なる詩人がもつ力とまったく同じものが宿っている」と述べ、建築と詩文学に共通するものを感知し、この卓越した建築家に、詩人としての自分を投影させている。

わが天命は詩文学にあり

どの植物もそれぞれの天命を尽くしていることをつぶさに観察する彼は、メタモルフォーゼ論を植物のみならず人間の世界や芸術観にも適用し、実際に自分の成長も植物の成長のように受けとめている。「私という人間が成長し、茎がもっと伸びて、花がいっそう豊かに美しく咲きでるとよいのだが。たしかに私は、生まれ変わって帰るのでなければ、二度と帰らないほうがましだろう」（ナポリ、一七八七年三月二十二日付け）と願望を述べるばかりでなく、静かな幸福感をもって鑑賞し鑑識眼を培い研究をすすめることによって、自分の内面が熟成し、健やかな天性が広がってゆくのを感じている（ローマ、一七八七年十二月二十五日付け参照）。

ゲーテはさらに観察・研究に傾倒するが、交友のあった将来有望な画家ドルエが天然痘で世を去った（享年二十五）とき、自らの来し方行く末を思い、次のように綴っている。「私は勤勉で、楽しむすべを知っていて、未来がある。私がそもそも詩文学のために生まれついたこと、仕事できるのはせいぜい、あと十年くらいであり、この才能を開花させ、なにか立派なものを書きあげねばならないということが、日増しに明らかになってくる」（ローマ、一七八八年二月二十二日付け）。

彼のイタリア体験は、「私ははじめて私自身を発見し、はじめて私自身とひとつになって幸福かつ理性的になった」（ローマ、一七八八年三月十四日付け）という文言に集約されるが、芸術と自然科学を結び、幸福と理性を融合させることは人類の不断の目標でもある。

〈主要参考文献〉

Johann Wolfgang Goethe: Sämtliche Werke, Briefe, Tagebücher und Gespräche. 40 Bände. Deutscher Klassiker Verlag: Frankfurt a. M. 1985 ff. – Dort:I. Abteilung: Sämtliche Werke. Band 15/1, 2.

Frankfurt a. M. 1993: Italienische Reise. Teil 1 und Teil 2

Johann Wolfgang Goethe: Sämtliche Werke nach Epochen seines Schaffens, Band 15, Münchner Ausgabe. —Dort:Italienische Reise, herausgegeben von Andreas Beyer und Norbert Miller in Zusammenarbeit mit Christof Thones, Carl Hanser Verlag München, 1992

Goethes Leben in Bilddokumenten, herausgegeben von Jörn Göres, Verlag C. H. Beck, 1981

ゲーテ全集11新装普及版「イタリア紀行」高木久雄訳　潮出版社　二〇〇三年

ゲーテ著『イタリア紀行』上・中・下巻　相良守峯訳　岩波文庫　一九四二年

ゲーテ全集第十巻『イタリアの旅』（抄）大野俊一訳　人文書院　一九六〇年

石原あえか著『科学する詩人　ゲーテ』慶應義塾大学出版会　二〇一〇年

エッカーマン著『ゲーテとの対話』上・中・下巻　山下肇訳　岩波文庫　一九六八、一九六九年

岡田温司著『グランドツアー　18世紀イタリアへの旅』岩波新書1267　二〇一〇年

小栗浩著『人間ゲーテ』岩波新書46　一九七八年

ゲーテ著『自然と象徴―自然科学論集―』高橋義人編訳 前田富士男訳 冨山房百科文庫33 一九八二年
坂田正治著『ゲーテと異文化』九州大学出版会 二〇〇五年
相良守峯著『ドイツ文学史』上・下巻 春秋社 一九六九年
髙橋明彦著『ゲーテ『イタリア紀行』の光と翳』青土社 二〇一一年
星野慎一著『ゲーテ』人と思想67 清水書院 一九八一年
牧野宣彦著『ゲーテ『イタリア紀行』を旅する』集英社新書ヴィジュアル版007V 二〇〇八年
ロベルト・ザッペリ著『知られざるゲーテ ローマでの謎の生活』津山拓也訳 法政大学出版局 二〇〇一年
ロベルト・ザッペリ著『ローマの痕跡 ゲーテとそのイタリア』星野純子訳 鳥影社 二〇一〇年

ゲーテ年譜

一七四九年
八月二八日、フランクフルト・アム・マインで生まれる。父ヨハン・カスパー・ゲーテ、母カタリーナ・エリーザベト（旧姓テクストール）。

一七五〇年　一歳
一二月七日、妹コルネリア生まれる（のちに生まれた四人の弟妹は夭折）。

一七五三年　四歳
クリスマスに祖母から人形芝居のセットを贈られる。

一七五四年　五歳
二月二六日、祖母コルネリア死去。
＊リスボン大地震（一七五五年）。

一七五六年　七歳
ラテン語・ギリシア語を学びはじめる。
＊七年戦争勃発。

一七五七年　八歳
一二月末、母方の祖父母に捧げる新年の詩をつくる（現存する最初の詩）。

一七五九年　一〇歳
仏軍、フランクフルトを奇襲占領。仏総督トラン伯、ゲーテ家に宿泊（一月から一七六一年五月末まで）。仏軍の占領中、ゲーテはしばしばフランス芝居を見に行く。

一七六二年　一三歳
英語・ヘブライ語を学びはじめる。

一七六三年　一四歳
二月末、仏軍、引きあげる。グレートヒェンとの初恋。

一七六五年　一六歳
一七六八年までライプチヒの大学生。法律学を専攻、医学や自然科学（特にリンネ）にも関心を抱く。美術史家ヴィンケルマンの著書を初めて読む。
＊レッシング『ラオコーン』（一七六六年）。

一七六八年　一九歳
喀血し、病床につく。フランクフルトで暮らす。フォン・クレッテンベルク嬢より精神的影響を受ける。

一七六九年　二〇歳
錬金術思想や敬虔主義に親しむ。一〇月末、マンハイムで古代彫刻を見る。
喜劇『同罪者』。

一七七〇年　二一歳
一七七一年までシュトラースブルクの大学生。法律学の勉強を続けるかたわら、医学や地質学への関心を深める。ゼーゼンハイムでフリーデリケ・ブリオン（一七五二〜一八一三）との恋。ヘルダーに出会い、強い影響を受ける。

一七七一年　二二歳
「五月の歌」「野ばら」などフリーデリケ体験による詩、いわゆる「ゼーゼンハイムの歌」。八月一四日、フランクフルトに帰り、月末に弁護士として開業する。

一七七二年　二三歳

ヴェツラーの最高裁判所の研修生となる。ヴェツラー滞在中、シャルロッテ・ブッフに恋する。煩悶の末、九月一一日ヴェツラーを去る。論文「ドイツの建築について」。

一七七三年　二四歳

スピノザを初めて読む。戯曲『鉄手のゲッツ・フォン・ベルリヒンゲン』を匿名で出版し、大きな反響を呼ぶ。戯曲『ファウスト』初稿（いわゆる『ウルファウスト』）を書きはじめる。

一七七四年　二五歳

小説『若きヴェルターの悩み』執筆、九月刊行。世界的な反響を呼ぶ。

一七七五年　二六歳

四月、復活祭のころリリー・シェーネマン（一七五八〜一八一七）と婚約するが、秋に婚約解消する。六月、第一次スイス旅行。一一月七日、カール・アウグスト公の招きを受け、ヴァイマールの宮廷に入る。

一七七六年　二七歳

七歳年上のシャルロッテ・フォン・シュタイン夫人と親しくなり、彼女との長い友情・恋愛関係がはじまる。カール・アウグスト公よりヴァイマール郊外にある荘園を拝領し、植物、特に蘚苔《せんたい》類・地衣類に興味をもつ。ヴァイマール公国の枢密院に加わる。鉱山復興のため、カール・アウグスト公とイルメナウを訪れ、地質学、鉱物学に関心を抱く。
＊ギボン『ローマ帝国衰亡史』。

一七七七年　二八歳
六月八日、妹コルネリア死去。ハルツの旅。

一七七八年　二九歳
小説『ヴィルヘルム・マイスターの演劇的使命』第一巻（執筆を進め、一七八五年に第六巻を出す）。公国の庭園の改造を指導し、植物学に関心をもちはじめる。

一七七九年　三〇歳
軍事と道路建設の委員会の長となる。一七八〇年一月にかけて第二次スイス旅行をし、自然現象に関する学問的な関心が強まる。戯曲『タウリス島のイフィゲーニエ』の散文稿完成。四月六日、自演（オレスト役）。

一七八〇年　三一歳
一月七日、ヴァイマールに新劇場が開かれ、仮装舞踏会が催される。戯曲『トルクァート・タッソー』（初稿、散文体）を書きはじめる。

一七八一年　三二歳
イェーナ大学でローダー教授の解剖学の講義を初めて聴き、以後一七八四年まで同教授のもとで、熱心に解剖学の研究をする。

一七八二年　三三歳

貴族に列せられる。内閣首班になる。
父カスパー（一七一〇〜）死去。戯曲『エグモント』執筆。

一七八四年　三五歳
ヘルダーやシュタイン夫人とともにスピノザを研究する。人間の頭蓋に顎間骨を発見する。論文「花崗岩について」。

一七八五年　三六歳
植物学の研究。
＊プロイセン、オーストリア両強国の圧迫に抗して小国の連合を策するが、成功しない。

一七八六年　三七歳
顕微鏡を用いて、植物学の研究に専念する（菌類・蘚苔類など）。代数学を学ぶ。
九月から一七八八年六月までイタリアの旅。気象や地質の観察にふける。パードヴァの植物園を訪れ、原植物についての確信を深める。韻文の『タウリス島のイフィゲーニエ』完成。

一七八七年　三八歳
ヴェスヴィオ火山に登り、溶岩の成因について考察する。
パレルモの公園を何度も訪れ、原植物に関する考察を深める。人体のフォルムの研究。戯曲『エグモント』。歌唱劇『エルヴィンとエルミーレ』（第二稿）。

一七八八年　三九歳
『ファウスト』初稿を書き改めようと

決意する。自分の方法が「見る」ことにあると確信する。イタリアからヴァイマールに帰る。クリスティアーネ・ヴルピウスと知り合い、彼女との同棲生活がはじまる。シラーに会う。一〇月、『旅行日記よりの抜粋』の表題でイタリア旅行中の手紙、日記を整理し、《トイッチュ・メルクール》誌に掲載。歌唱劇『クラウディーネ・フォン・ヴィラ・ベッラ』（第二稿）、論文「ローマのカーニバル」（二〇枚の銅版画入り）、「自然の単純な模倣、手法、様式」（ともに一七八九年刊行）。

一七八九年　四〇歳
長男アウグストが生まれる（五人の子供のうちただ一人生き残る）。詩『ローマ悲歌』（九五年説あり）、『トルクァート・タッソー』完成。論文「植物のメタモルフォーゼ」を執筆（翌年刊行）。
＊フランス革命勃発。

一七九〇年　四一歳
解剖学、植物学、光学の研究。一〇月三一日、シラーを初めて訪ねる。

一七九一年　四二歳
宮廷劇場の監督となる。

一七九二年　四三歳
カール・アウグスト公にしたがって、対仏大同盟戦争に参加。出征中、色彩論研究。

一七九三年　四四歳
マインツ攻囲戦に従軍（五～八月）。叙事詩『ライネケ狐』完成。

色彩環の図式、完成。

一七九四年　四五歳

『ヴィルヘルム・マイスターの演劇的使命』の改作である『ヴィルヘルム・マイスターの修業時代』を書き進める（一七九六年完成）。

イエーナでの自然科学学会からの帰途、シラーと原植物について議論する。

「美は自由をともなった完全性であるという理念は、どれほど有機的自然に適用されうるか」と題する論文をシラーに送る。

一七九五年　四六歳

シラー主宰の文芸誌《ホーレン》（一七九七年まで）に『ドイツ亡命者の談話』を寄稿。

一七九六年　四七歳

シラーと協力して風刺詩『クセーニエン』を発表し続ける。

『ヴィルヘルム・マイスターの修業時代』完成。

一七九七年　四八歳

叙事詩『ヘルマンとドロテーア』完成。

シラーのすすめにより『ファウスト』の完成を決意。

一七九八年　四九歳

古典主義のための雑誌《プロピュレーエン》刊行（一八〇〇年まで）。

一八〇〇年　五一歳

シラーとともに劇場運営に尽力。

一八〇三年　五四歳

悲劇『庶出の娘』完成。四月二日、初

演。

一八〇四年　五五歳
スタール夫人に会う。九月二二日、『ゲッツ』を改作して上演。
＊ナポレオン、皇帝となる。

一八〇五年　五六歳
腎疝痛を病む。シラー（一七五九～）死去。ゲーテ編『ヴィンケルマンとその世紀』刊行。この年より『色彩論』の発表をはじめる（一八一〇年まで）。

一八〇六年　五七歳
一〇月一九日、クリスティアーネと正式に結婚する。
＊フランツ二世、神聖ローマ帝国皇帝を退位、帝国滅亡する。ヴァイマール、ナポレオン軍に占領される。

一八〇七年　五八歳
二月一六日、『トルクァート・タッソー』初演。五月一七日、長編小説『ヴィルヘルム・マイスターの遍歴時代』の第一章を口述しはじめる（一八二九年に完結）。ミンナ・ヘルツリープ（一七八九～一八六五）をひそかに愛し、その体験から『親和力』を構想する。詩『ソネット』。
＊フィヒテの講演『ドイツ国民に告ぐ』（一八〇八年まで）。

一八〇八年　五九歳
母カタリーナ（一七三一～）死去。ナポレオンと会見する。『ファウスト』第一部刊行。

一八〇九年　六〇歳

長編小説『親和力』刊行。色彩論の研究を続ける。自伝『詩と真実』に本格的にとりかかる。

一八一〇年　六一歳

一三巻のゲーテ著作集が完結。

一八一一年　六二歳

『詩と真実』第一部刊行。

一八一二年　六三歳

七月、ベートーヴェンに会う。『詩と真実』第二部刊行。

＊ナポレオンのロシア遠征。

＊グリム兄弟『童話集』。

一八一三年　六四歳

『イタリア紀行』編纂の仕事にとりかかる。

＊ロシア、プロイセン、オーストリア、連合して反ナポレオン戦争はじまる。

一八一四年　六五歳

『詩と真実』第三部刊行。ライン・マイン地方への旅。マリアンネ・ヴィレマー（一七八四～一八六〇）を知る。

＊ナポレオン退位して、エルバ島へ流される。

一八一五年　六六歳

ふたたびライン・マインへの旅。フランクフルトのヴィレマー家に滞在し、マリアンネと愛の日々を過ごす。この間に『西東詩集』の多くの詩が生まれる。

＊ワーテルローの戦い。ナポレオン、セントヘレナ島へ流される。

一八一六年　六七歳

『イタリア紀行』第一巻刊行。妻クリスティアーネ（一七六五〜）死去。

一八一七年　六八歳
劇場監督をやめる。『イタリア紀行』第二巻刊行。
＊ドイツの大学生、ヴァルトブルクに集結して、自由と祖国愛のために祝祭を行なう。

一八一九年　七〇歳
『西東詩集』刊行。

一八二一年　七二歳
『ヴィルヘルム・マイスターの遍歴時代』第一部刊行。ウルリーケ・フォン・レーヴェツォー（一八〇四〜九九）を知る。『滞仏陣中記』執筆。

一八二三年　七四歳
エッカーマン、初めて来訪し、ゲーテのすすめで、そのままゲーテ家にとどまる。
ウルリーケへの強い思慕の念から詩『マリーエンバートの悲歌』が生まれる。

一八二五年　七六歳
『ファウスト』第二部の制作をふたたびはじめる。一一月七日、ゲーテのヴァイマール出仕五〇年式典。論文「気象学の試み」。

一八二七年　七八歳
一月六日、シュタイン夫人（一七四二〜）死去。

一八二八年　七九歳
六月一四日、カール・アウグスト大公

三月二二日、永眠。

（一七五七〜）死去。
この年から翌年にかけて『往復書簡集・シラーとゲーテ』刊行。

一八二九年　八〇歳
『ヴィルヘルム・マイスターの遍歴時代』（第二稿）、『イタリア紀行』（第二次ローマ滞在）刊行。
＊ヨーロッパでコレラ大流行。

一八三〇年　八一歳
息子アウグスト（一七八九〜）、ローマで死去。
＊パリで七月革命。

一八三一年　八二歳
遺言をつくる。『詩と真実』第四部完成。『ファウスト』第二部完成。

一八三二年　八三歳

訳者あとがき

ゲーテほど、「永遠の青春のひと」という言葉がしっくりくる文豪はおそらくいないでしょう。彼はイタリアの明るい空の下で、二年に満たないとはいえ、きわめてクリエイティブな休暇を満喫します。若々しいヴァイタリティーとみずみずしい感性がほとばしり、探究心はとどまるところを知らず、自然と民衆を観察し、美術研究と執筆に勤しみます。ゲーテは《Augenmensch（目の人）》としての本領を存分に発揮し、「これほど幸せだったことは、これまで一度もなかったと言える」（ローマ、一七八七年九月六日付け）とまで記しています。

翻訳の底本にはフランクフルト版著作集（一九九三）第十五巻を用い、ハンブルク版著作集（一九八二）第十一巻を参照しています。なお訳注のためにミュンヘン版に基づくCarl Hanser Verlag München（一九九二）も参照しました。『イタリア紀行』には、すでに相良守峯訳（岩波文庫）と高木久雄訳（潮出版社）のほかに、抄訳として大野俊一訳『イタリアの旅』(人文書院)、さらに数多《あまた》の優れた関連論文があり、大変勉強になりました。訳出はゲーテの巧みな語り口に魅了され、彼の自然と芸術と人間に寄せる愛の軌跡をたどる喜びに満ちた営みでした。読者に楽しんで頂ければ幸いです。

最後に、本書の刊行にあたって独語の疑義に関しては元立教大学文学部教授で現在ベルリン在住のミヒャエル・フェルト博士から、鉱物・地質学については資源地質学会会長の五味篤様から、音楽面ではピアニストの西えりか様から貴重なアドバイスを頂き、光文社翻訳編集部編集長、中町俊伸様には図版や片仮名表記の件をはじめ、大変お世話になりました。皆様に心より感謝申し上げます。

二〇二一年八月吉日

鈴木芳子

kobunsha classics
光文社古典新訳文庫

イタリア紀行《きこう》（下）

著者　ゲーテ
訳者　鈴木《すずき》 芳子《よしこ》

2021年12月20日　初版第1刷発行

発行者　田邉浩司
印刷　萩原印刷
製本　ナショナル製本

発行所　株式会社光文社
〒112-8011東京都文京区音羽1-16-6
電話　03（5395）8162（編集部）
03（5395）8116（書籍販売部）
03（5395）8125（業務部）
www.kobunsha.com

落丁本・乱丁本は業務部へご連絡くだされば、お取り替えいたします。
ISBN978-4-334-75455-6 Printed in Japan

いま、息をしている言葉で、もういちど古典を

長い年月をかけて世界中で読み継がれてきたのが古典です。奥の深い味わいある作品ばかりがそろっており、この「古典の森」に分け入ることは人生のもっとも大きな喜びであることに異論のある人はいないはずです。しかしながら、こんなに豊饒で魅力に満ちた古典を、なぜわたしたちはこれほどまで疎んじてきたのでしょうか。

ひとつには古臭い教養主義からの逃走だったのかもしれません。真面目に文学や思想を論じることは、ある種の権威化であるという思いから、その呪縛から逃れるために、教養そのものを否定しすぎてしまったのではないでしょうか。

いま、時代は大きな転換期を迎えています。まれに見るスピードで歴史が動いていくのを多くの人々が実感していると思います。

こんな時わたしたちを支え、導いてくれるものが古典なのです。「いま、息をしている言葉で」——光文社の古典新訳文庫は、さまよえる現代人の心の奥底まで届くような言葉で、古典を現代に蘇らせることを意図して創刊されました。気取らず、自由に、心の赴くままに、気軽に手に取って楽しめる古典作品を、新訳という光のもとに読者に届けていくこと。それがこの文庫の使命だとわたしたちは考えています。

このシリーズについてのご意見、ご感想、ご要望をハガキ、手紙、メール等で翻訳編集部までお寄せください。今後の企画の参考にさせていただきます。
メール　info@kotensinyaku.jp

光文社古典新訳文庫　好評既刊

読書について

ショーペンハウアー
鈴木　芳子　訳

「読書とは自分の頭ではなく、他人の頭で考えること」……。読書の達人であり一流の文章家ショーペンハウアーが繰り出す、痛烈かつ辛辣なアフォリズム。読書好きな方に贈る知的読書法。

幸福について

ショーペンハウアー
鈴木　芳子　訳

「人は幸福になるために生きている」という考えは人間生来の迷妄であり、最悪の現実世界の苦痛から少しでも逃れ、心穏やかに生きることが幸せにつながると説く幸福論。

ヴェネツィアに死す

マ　ン
岸　美光　訳

高名な老作家グスタフは、リド島のホテルに滞在。そこでポーランド人の家族と出会い、美しい少年タッジオに惹かれる…。美とエロスに引き裂かれた人間関係を描く代表作。

だまされた女／すげかえられた首

マ　ン
岸　美光　訳

アメリカ青年に恋した初老の未亡人（「だまされた女」）と、インドの伝説の村で二人の若者の間で愛欲に目覚めた娘（「すげかえられた首」）。エロスの魔力を描いた二つの女の物語。

トニオ・クレーガー

マ　ン
浅井　晶子　訳

ごく普通の幸福への憧れと、高踏的な芸術家の生き方のはざまで悩める青年トニオが抱く決意とは？　青春の書として愛される、ノーベル賞作家の自伝的小説。（解説・伊藤白）

光文社古典新訳文庫　好評既刊

賢者ナータン

レッシング
丘沢 静也 訳

イスラム教、キリスト教、ユダヤ教の3つのうち、本物はどれか。イスラムの最高権力者の問いにユダヤの商人ナータンはどう答える？ 啓蒙思想家レッシングの代表作。

ほら吹き男爵の冒険

ビュルガー
酒寄 進一 訳

世界各地を旅したミュンヒハウゼン男爵は、いかなる奇策で猛獣を退治し、敵軍に打撃を与え、英雄的な活躍をするに至ったのか。彼自身が語る奇妙奇天烈な武勇伝。挿画多数。

黄金の壺／マドモワゼル・ド・スキュデリ

ホフマン
大島かおり 訳

美しい蛇に恋した大学生を描いた「黄金の壺」、天才職人が作った宝石を持つ貴族が襲われる「マドモワゼル・ド・スキュデリ」ほか、鬼才ホフマンが破天荒な想像力を駆使する珠玉の四編！

みずうみ／三色すみれ／人形使いのポーレ

シュトルム
松永 美穂 訳

歳月を経るごとに鮮やかに蘇る初恋……。幼なじみとの若き日の甘く切ない経験を叙情あふれる繊細な心理描写で綴った、根強い人気を誇るシュトルムの傑作3篇。

マルテの手記

リルケ
松永 美穂 訳

大都会パリをさまようマルテ。風景や人々を観察するうち、思考は奇妙な出来事や歴史的人物の中へ……。短い断章を積み重ねて描き出される若き詩人の苦悩と再生の物語。（解説・斎藤環）

光文社古典新訳文庫　好評既刊

車輪の下で
ヘッセ
松永美穂 訳
神学校に合格したハンスだが、挫折し、故郷で新たな人生を始める…。地方出身の優等生が、思春期の孤独と苦しみの果てに破滅へと至る姿を描いた自伝的物語。

デーミアン
ヘッセ
酒寄進一 訳
年上の友人デーミアンの謎めいた人柄と思想に影響されたエーミールは、やがて真の自己を求めて深く苦悩するようになる。いまも世界中で熱狂的に読み継がれている青春小説。

変身／掟の前で 他2編
カフカ
丘沢静也 訳
家族の物語を虫の視点で描いた「変身」をはじめ、「掟の前で」「判決」「アカデミーで報告する」。カフカの傑作四編を、〈史的批判版全集〉にもとづいた翻訳で贈る。

訴訟
カフカ
丘沢静也 訳
銀行員ヨーゼフ・Kは、ある朝、とつぜん逮捕される…。不条理、不安、絶望ということばで語られてきた深刻ぶった『審判』は、軽快で喜劇のにおいのする『訴訟』だった！

飛ぶ教室
ケストナー
丘沢静也 訳
孤独なジョニー、弱虫のウーリ、読書家ゼバスティアン、そして、マルティンにマティアス。五人の少年は友情を育み、信頼を学び、大人たちに見守られながら成長していく―。

★続刊

法王庁の抜け穴　ジッド／三ツ堀広一郎・訳

プロトス率いる百足組が企てた法王幽閉詐欺事件を軸に、奇蹟によって回心した無神論者アンティム、予期せぬ遺産を手にしながら無償の行為に突き動かされるラフカディオら、多様な人物と複雑な事件が絡み合う。風刺が効いたジッドの傑作長編。

人間のしがらみ（上・下）　モーム／河合祥一郎・訳

幼くして両親を亡くした主人公フィリップ。人生の意味を模索して、画家を志したり、医者を目指したり。そして友情と恋愛のままならなさに翻弄され……。理性では断ち切ることのできない結びつきを描き切る、文豪モームの自伝的長編小説。

スッタニパータ　ブッダの言葉　今枝由郎・訳

ブッダの遺した言葉を伝える最古の聖典。パーリ語からの完訳にあたっては、漢訳で生まれた難解な仏教用語（涅槃、沙門など）を極力避け、わたしたちの日常語に訳すことで、平易な言葉で人々に語り掛けていた人間ブッダの姿が生き生きと蘇る。